FENGKUANG
YU
XINYANG

XIAMUSHUSHIYANJIU

疯狂与信仰：
夏目漱石研究

李玉双◎著

中国社会科学出版社

图书在版编目（CIP）数据

疯狂与信仰:夏目漱石研究／李玉双著.—北京:中国社会科学出版社,
2013.9

ISBN 978 - 7 - 5161 - 3362 - 0

Ⅰ.①疯…　Ⅱ.①李…　Ⅲ.①夏目漱石(1867~1916)—文学研究

Ⅳ.①I313.064

中国版本图书馆 CIP 数据核字(2013)第 235641 号

出 版 人	赵剑英	
责任编辑	张　林	
特约编辑	朱凤兰	
责任校对	高建春	
责任印制	戴　宽	

出　　　版	中国社会科学出版社	
社　　　址	北京鼓楼西大街甲 158 号（邮编 100720）	
网　　　址	http://www.csspw.cn	
	中文域名:中国社科网　　　010 - 64070619	
发 行 部	010 - 84083685	
门 市 部	010 - 84029450	
经　　　销	新华书店及其他书店	

印刷装订	三河市君旺印装厂	
版　　　次	2013 年 9 月第 1 版	
印　　　次	2013 年 9 月第 1 次印刷	

开　　　本	710 × 1000　1/16	
印　　　张	11.25	
插　　　页	2	
字　　　数	191 千字	
定　　　价	38.00 元	

序

作家漱石的文学出发

佐藤泰正

　　夏目漱石在他的《文学论》里，说过这样一句话："怀着被英国文学欺骗的不安之念开始了伦敦之行。"这句话常常被人引用和论及，某位知名评论家是这样理解的：这种不安之念，并非起于对文学的不解，而是起于对自身的不解。

　　从一开始漱石就把"我是谁"当作最大的探究对象。他的所有疑惑都来自"人生是什么"这一终极命题。对漱石来说，他的文学出发基于：人生就是自己，自己就是人生。凡论及人生的学问才是真正意义上的文学。他说：文学是指向人生的，苦痛也罢、穷困也罢、忧伤也罢，凡人生之所遇即文学，呈现它们的自然是文学者。

　　在创作《道草》和《明暗》期间，漱石的文学创作已经完成了从"往相契机"到"还相契机"①的回转，特别是在晚年，提出"则天去私"，这不仅仅是人生论，而且是一种独特的文学论的构想。他把创作与学理、人生观与文学观，诸如此类不即不离的二元概念统合起来，可以这么说：求心与求道的姿态贯穿了漱石的全部文学作品。发表在明治二十九年十月的一篇题为《人生》的作品里，漱石曾这样写道：小说无非是展示了错综复杂的人生的某个侧面，从中教给我们一条哲理，无论是"叙述境遇"，还是"描写品行"，或者"尝试做心理上的解剖"，以及"从直觉上审视生活"，在所有这些方式的底部，都藏着一种不可思议的权且叫作"狂乱"的东西，小说之于人生意义的解释，不是明言而是暗示。文中提到的不可思议的"狂乱"，构成了夏目漱石文学论的"内核"。漱

　　① 往相与还相：都是日本佛教术语，往相即在极乐净土获得往生的姿态；还相即获得往生的人再次回到人世，教化众生的姿态。

石早年的作品中也隐约出现这样的句子。如在《一夜》中，漱石说："我很无奈地认为，自己是在写人生而不是写小说。"在《兴趣的遗传》里，他却又固执地相信："无论怎么看，这都是小说，或者是已经接近于小说的不自然的东西。"而在长篇小说《矿工》里，他又将"无性格论"深度展开，断定："真正的人生纠葛，是小说家们永远写不出来的，那是连上帝也拿它没办法的东西。"

1900 年，33 岁的漱石远渡重洋留学伦敦，决定从心理和社会层面弄明白一件事：文学究竟是什么？漱石是如何看待文学的呢？他认为："汉语文学和英语文学似乎是两类不沾边的物质"，无法在他那里统一起来。我曾经在很多场合下说过，漱石是那个所谓"文明开化"时代最独立的一位作家，当然也是最苦闷的一位作家，他以文学的方式对文明的批判、对社会的批判，随着时间的流转，其意义显得格外重大。

在执笔创作《心》的前一年的年末（大正二年十二月十二日），漱石应邀在母校第一高等学校做了一次题为《模仿与独立》的文化演讲，其中说道：日本人在近代化的过程中总是沿着西欧文化的踪迹一路追赶是不行的，我们要学会培养独立的志向。有意思的是，在这样的演讲中，漱石反复触及到"自白"的话题：人如果犯了罪，当然要受到惩罚，但是，倘若犯罪人的内心，有一条像秘密通道一样的隐秘空间，让他逃脱似的可以对罪行进行反思，做最真诚的自白和忏悔，至少在他的灵魂深处，罪恶感会得到释缓。这样自白式的小说是好小说。在法律上，有罪必罚，但是在文学上，罪恶感被彻底洗清了。长篇小说《心》里，"先生与遗书"那一章第二节，先生说过这样的话："我现在正在自己剖开自己的心脏，要把它的血泼到你的脸上去。当我的心脏停止搏动的时候，能够在你的胸脯里孕育着一个新生命，我就满足了。"真正的文学是人间学，漱石的文学出发，从审视自我开始。

以上章节，摘自《夏目漱石论·作家漱石的出发》，是我早年的旧作，节选其中的片段，权且为李玉双的这部论著作序吧，一则为祝贺论著顺利出版，二则期待夏目漱石的文学在美丽的中国产生更多共鸣。

目　录

导　言

夏目漱石（1867—1916）是日本近代文学史乃至世界文学史上具有深邃哲学思辨力和艺术表现力的杰出作家，是人类自由思想的代表。在漱石逝世将近百年的今天，若问近代日本文学代表作家是谁，十人中必有九人会说出漱石的名字。在十二年的作家生涯中，他创作了十五部小说、两部文学论著，大量随笔、汉诗、俳句以及大量的书信和日记，此外他还是出色的绘画家、演讲家和优秀的学者。其作品中表现出的丰富精神世界和卓越的艺术才华，在日本乃至世界文学史上树立了一座精神文化丰碑。夏目漱石对普世价值和人性等重大问题的执着探索，使其文学作品折射出经久不衰的精神魅力。

一　日本文明开化中的夏目漱石

明治维新前的 1853 年，美国海军舰队驶入江户湾，向日本官方递交美国总统的国书，给日本带来前所未有的骚动与混乱。第二年，美国舰队再次驶入江户湾，日本将面对美国的炮舰，有着被攻击灭亡的命运，在幕府无计可施的情况下，被迫与美国缔结《日美和亲条约》。1868 年的明治维新，日本由上而下进行了大规模的政治改革，废除封建体制，给予国民选择职业和信仰的自由，以西方的政治、社会和文化为蓝本进行了一系列的改革，在日本历史上经历了巨大变化，无论是政治、经济、文化，还是宗教。这一巨变彻底改造了日本社会的意识形态和价值观念，从某种意义上说，日本近代化即是西洋化。

日本明治维新经历了巨大的变革，国民心声也是向往民主，如自由民权活动家板垣退助创立自由党，宣传自由、平等。1890 年日本国体实行君主立宪制，逐渐发展成为亚洲最强盛的国家，在其后日本挑起了两次侵略战争，1894 至 1895 年的中日甲午战争和 1904 至 1905 年的日俄战争，日本竟然战败了两个大国，连西方人都感到惊奇，日本上下滋生了天下无敌的狂妄状态。

随着日本欧化风潮的发展，社会发展已经背离了维新的初衷，走向歧路。主要表现在受欧化政策的影响，日本进入"鹿鸣馆时代"。由英国人设计具有意大利风格的鹿鸣馆建成于 1883 年，此后，就成为日本上层人士进行外交活动的重要场所。经常在鹿鸣馆举行有首相、大臣和他们的夫人小姐们参加的晚会、舞会，将欧化之风推向高潮。民众受欧化风潮的驱动，各种标新立异的声音层出不穷，如鼓励日本人与西洋人通婚，放弃日语将英语作为国语，还有倡导全盘西化、"脱亚入欧"等主张，1889 年日本帝国宪法颁布日，森有礼被刺，加之此后日本与中国和俄罗斯的战争获胜，国粹主义和国家主义势力逐渐高涨。同时，在日本有识之士中，也出现了一些世界主义者，他们反对极端欧化和极端的国家主义，希望找到一条包容性的道路。

漱石出生于明治维新的前一年，他的家境此时已开始衰败，加之上面有 5 个兄妹，父母年事已高，他的出生并不受欢迎。出生不久就被送与他人作养子，9 岁因养父母不和而回到亲生父母家，正式复籍是 21 岁。这种被遗弃的人生经历对于漱石后来走向文学道路有着莫大的影响，尤其是他诞生在近代日本历史上的社会重大转折时期，无疑这也丰富了他的人生经历。幼时学习中国古籍，培养了东洋文化趣味，17 岁后又开始学习英语，大学里学习英国文学，又让他进入了另一个全新的世界和秩序中。在日本帝国大学期间就已经显示出优秀的才学。他撰文（《老子的哲学》）批评老子的神秘主义，赞赏英国诗人惠特曼的表达民主倾向的诗歌（《文坛平等主义的代表惠特曼的诗》），还分析英国浪漫主义诗人的自然观。大学毕业后本可以在东京谋得一份英国文学教授的职位走向学者的道路，但他却阴差阳错去了偏远的山区一处中学当起了孩子王，这意外的选择让他周围的人很不理解。在松山中学工作一年后，又转到熊本第五高等学校（高中），在熊本他加入好友正冈子规创办的俳句学会，与夏目镜子结婚，长女出生，看似生活充实，但漱石并不满足。他希望改变工作，有自由的时间，全力投入到所喜爱的文学事业。大学毕业 7 年后，33 岁的漱石以英语教师的身份被公派到英国学习。由松山到熊本，再去伦敦，正应验了他大学刚毕业时客居在一个寺院中的和尚的话，"您有一路西行之相。"①

　　漱石到达英国后，注册了伦敦大学的旁听生，但不久由于对课程的失望或许还因为经济的原因，他不再去学校听课，而是自己请研究莎士比亚的 50 岁的老教授克莱格博士进行每周一次的个别指导，这对于漱石爱上研究莎士比亚文学给予了有益的启发和帮助。漱石在他回国后写的永日小品中，有一篇回忆文章《克莱格先生》，文中曾提到，克莱格先生出版过《亚丁·莎士比亚》和《哈姆雷特》两本书，他写道："回国后，我在大学里讲课，《亚丁·莎士比亚》和《哈姆雷特》两本书着实让我受用了一番。在我看来，恐怕再也找不到比这本《哈姆雷特》更周到更得要领的书了。可在当初，我却没有意识到这一点。但先生的莎士比亚研究，在此之前，就很让我震惊。"②

　　漱石留学英国期间，他最想解决的是何谓文学的问题，探究东洋与西洋文学到底有何不同，也时常与爱好文学的朋友来探讨这个问题，最后他清醒地意识到仅仅读文学书籍，永远寻求不到什么是文学的答案。在那段灰色苦闷的日子里，他放弃了阅读文学书籍，将其尘封箱底，开始扩展阅读，如哲学、历史、政治、心理学、生物学和进化论等名著，他每晚潜心攻读到深夜，打算在英国留学期间收集资料，归国后写一部专著，他以该如何认识这个世界为起点，探究人生及其意义，其次剖析文明开化带来的结果，开化的发展以及开化对文艺开化带来的影响。过度的勤奋学习，使漱石患上了神经官能症，以至于在英国有人说他神经衰弱，也有日本人致信文部省说他发疯了。但是漱石在给夫人的信中批判了这些流言，就让世人想说什么就说什么好了。在镜子的《回忆漱石》一书中，漱石在实际生活中的病症主要体现在被害妄想和跟踪妄想。关于漱石发疯、神经衰弱还是神经官能症等说法，都是普通人对他的看法，而日本评论家吉本隆明将漱石发疯看成西方文学和东方文学概念上的不相容性，是作家到底要走哪一条路为好的矛盾心理造成自己的分裂状态，也可以说这不是真正的精神疾病，而是文明开化的产物，如果这一根本问题不能解决，发疯就难以解决，简而言之，漱石的发疯亦即西方和东洋文明的差异问题，是他成为

①　［日］夏目漱石：《梦十夜》，李振声译，广西师范大学出版社 2003 年版，第 216 页。
②　同上书，第 90 页。

伟大作家的缘由。① 漱石本人更是以发疯为荣,甚至在归国后也视神经衰弱及发疯为幸事,认为这是他事业成功的有利因素。在漱石的眼里,在这个价值颠倒的社会里,真正发疯的不是被关进疯人院的人,而是关人之人。他在《我是猫》中感慨道:

> 说不定整个社会便是疯人的群体。疯人们聚在一起,互相残杀,互相争吵,互相叫骂,互相角逐。莫非所谓社会,便是全体疯子的集合体,像细胞之于生物一样沉沉浮浮、浮浮沉沉地过活下去?说不定其中有些人略辨是非,通情达理,反而成为障碍,才创造了疯人院,把那些人送了进去,不叫他们再见天日。如此说来,被幽禁在疯人院里的才是正常人,而留在疯人院墙外的倒是些疯子了。②

福柯在其《疯癫与文明——理性时代的疯癫史》中谈到,疯癫是一种随时间而变的异己感,疯癫不是一种自然现象,而是一种文明产物。"尼采的疯癫、梵·高和阿尔托都属于他们的作品"③。在权力主宰下的维新时期的日本,漱石被认为发疯也是上帝赐予的恩惠。漱石思想深受尼采、柏格森等哲学家的影响,内心有着深重的苦恼,有着忧郁、孤独的情绪,其文学创作近似于陀思妥耶夫斯基、卡夫卡,他们的思想境界和艺术表现力,尤其是在性格的双重特征方面极为类似,揭示现实的阴暗和荒诞,表现出不同于一般作家的深刻性与超前性。他博学多识,不仅通晓文学及文学理论知识,而且熟谙美学、哲学、心理学、宗教等,其文学作品深刻洞察人类精神世界,对后世文学的影响极为深远。

二 夏目漱石的魅力

明治维新后,日本人的观念都发生了极大转化,过去从理想出发的教育,逐渐变化成从事实出发的教育,他认为这种变化来自科学的发展,人

---

① [日] 佐藤泰正、吉本隆明:『漱石の主題』,春秋社1986年版,第56页。
② [日] 夏目漱石:《我是猫》,于雷译,译林出版社1993年版,第280页。
③ [法] 福柯:《疯癫与文明——理性时代的疯癫史》,刘北成、杨远婴译,生活·读书·新知三联出版社1995年版,第270页。

们用科学的精神观察和研究社会，还有就是取消了等级制度等诸如此类的变化，引起现代人思想的变化。漱石对于社会问题的看法是以一个进步主义者的面目出现的。他对禁锢思想的封建道德给予批评的同时也正视西方文明带来的弊端。1911年，漱石在和歌山的演讲《现代日本的开化》中指出，西洋的文明开化是内发的，而日本的文明开化是外发的、肤浅的，人们盲目地追赶西方，但其精髓并没有真正吸收，所以导致社会畸形发展，人们变得不安、浅薄、疲惫和绝望。这是漱石对日本社会现状的深刻洞察。《三四郎》和《从此以后》等作品就体现出他对这种境况下的日本前景的担忧，在日本人为日清和日俄战争的胜利沉浸在国运上升的喜悦中时，漱石清醒地正视着日本的命运，如在《三四郎》中，广田先生毫不避讳地对三四郎说："即使日俄战争打赢了而上升为一流强国，也无济于事。""（日本）将会亡国呢"①，他为盲目乐观和急于扩张的日本敲响了警钟。文明批评和社会批评是漱石文学的魅力之一。

　　夏目漱石的魅力还在于他独特的女性观。漱石文学中描写的女性缺少温柔，难以找出一个冰清玉洁的女性，这是读者和评论家们的共感。他作品中的女性，在恋爱或是生活方面，都有着积极主动和自由奔放的个性，如《虞美人草》中的藤尾、《三四郎》中的美祢子等，可以说她们才气焕发，相貌美丽，与传统女性形成鲜明对比，她们让人羡慕的同时也惹人反感；还如《使者》中的千代子、《行人》中的阿直、《明与暗》中的阿延等人物形象，都是他在实际生活中深切凝视和感受到的人物，她们把男性逼到痛苦的边缘，是令男性怀疑、恐惧的女性。《从此以后》中的三千代可以说是漱石塑造的最完美的女性，作者打破原有的对女性的成见，以肯定的、深怀激情的笔调描写出一位娴雅、聪明、勇敢和精神美的女性，她最能理解高等游民代助，指出"（代助）不寻常的逍遥自在带有厌世的成分"②，她不仅是漱石文学也是日本近代文学中塑造出的最具魅力的女性形象。纵观夏目漱石文学，他根据自己对女性的认识，创造了三类不同的女性形象，即理想型、显恶型和觉醒型，体现了他在特定语境中对女性伦理道德的评判。尽管夏目漱石对女性有许多偏见，但在争取男女平等、婚

---

　　①　［日］夏目漱石：《三四郎》，吴树文译，上海文艺出版社2010年版，第15页。

　　②　［日］夏目漱石：《夏目漱石小说选》上册，张正立、赵德远译，湖南人民出版社1984年版，第326页。

姻自由等方面,代表了时代的进步思想。夏目漱石的创作跳出了单一的平面描写模式,探求女性生存的意义,赋予了作品高层次的艺术品位,表现出作者独特的审美意识。

还有一个方面是人们无法回避的,那就是漱石创作中包含着大量的宗教思想。宗教文化为他提供了取之不尽的文学素材,使其文学创作内容和主题的丰富博大凸显出来。日本有不少学者关注过这个问题,但在中国还鲜有涉及。漱石是一位无神论者,他热情追求自由思想,强烈讽刺宗教中的偶像崇拜和形式主义,并在小说中展开对宗教的理性批判,同时他又憧憬宗教的伦理要素和超越思想。作品中的"善恶观"、"罪感意识"、"恶的救赎"等宗教意识,包含了其深刻的宗教哲理,可以看出,他认为宗教不仅仅是为了个人的安身立命,而且也是突破个人的私我,达到自我与他者、自我与自然的和谐。夏目漱石是日本少有的能把灵魂力量展示出来的伟大作家。他晚年践行自我反省意识和倡导"则天去私"观念,以期通过"去私"摆脱精神束缚,获得人格的自我完善,期望以此消解苦恼,约束日本近代社会的自私与贪婪。他主张以"则天去私"的理念滋养、丰富自己的心灵,增进人与人之间的信赖,在没有爱的地方催生爱、播撒爱的种子,从而改善人类的生存环境,使其臻至和谐与快乐的理想境界。

漱石文学中体现出的现代思想和艺术技巧,在日本近代文坛中,具有开拓性的意义。若是没有漱石这位作家,近代日本文学会黯然失色。他的文学理想是期望揭示生存之意义,而且还期望推动人们去追求有价值意义的人生。他的作品依然深受读者的喜爱,其显性化小说《哥儿》,简洁明快、脉络清晰,依然被广泛阅读;潜性化小说《心》,悲情感人,寓意深刻,亦深受年轻人喜爱。因为他作品的张力,特别是正义感和伦理感深深打动读者心灵。"在日本近代作家中,若要说出一位充分表现日本明治后诸问题的文学家的话,非漱石莫属。"① 他的作品就社会重大问题发出自己的声音,对社会问题多视角的观察,对人物内心世界细致入微的刻画,都具有超前性,透视出明治这一特定历史时期的气息,贯穿明治始末的所有社会问题,在漱石的作品里都得以体现。面对文明开化后社会极度黑暗的现实,在这个苦恼者眼里,国家命运、国民道德、人的生存,成为他关注的首要问题。漱石文学表明:日本文明开化并非人们想象的那么正面,

---

① [日]佐藤泰正、吉本隆明:『漱石の主題』,春秋社1986年版,第19頁。

是虚妄的文明，特别是明治末期，政治上的专制统治，社会动荡，价值观混乱，战乱不断，生离死别，导致知识分子希望幻灭，精神压抑，悲观绝望，所以，"自我幽闭"是明治末期文坛的普遍现象，是知识分子悲观情绪的流露。漱石走出"自我幽闭"，发出自己的声音，对明治社会在吸收西方文化时出现的弊端，进行了无情的批判。例如，漱石在《心》中所描写的人物 K，是具有"明治精神"的典型代表，因理想破灭而绝望自杀，作者在大正三年塑造这样一个艺术形象是为了唤起被幽闭的"明治精神"。漱石晚年自传体小说《路边草》，将日本经济的匮乏、价值沦丧和拜金风气表现得淋漓尽致：决定一个人的价值，主要是钱，如建三的姐夫离职后拿到一笔养老金，为了盘算几个利息，打算放高利贷，以致让建三感慨："不合理的事，在这个世界上要多少有多少啊。"① 还有《明与暗》中"贫民的同情者"小林经常被警察跟踪。读漱石的作品倍感熟悉，就像审视我们的生存境况。目前在中国，虽然物质生活有所改善，但不时发生的事件、道德沦丧、拜金风气以及文坛的幽闭现象等，与百年前的日本非常相似。

　　王小波曾在《关于幽闭型小说》一文中说过这样一段话："假如一个社会长时间不进步，生活不发展，也没有什么新思想出现，对知识分子来说，就是一种噩梦。这种噩梦会在文学上表现出来。这正是中国文学的一个传统。这是因为，中国人相信天不变道亦不变，在生活中感到烦躁时，就带有深刻的虚无感。这方面的例子，明清的笔记小说，张爱玲的小说也带有这种味道：有忧伤，无愤怒；有绝望，无仇恨；看上去像个临死的人写的。……看当代中青年作家的作品，都是这股味。"王小波说自己"不承认有牢不可破的囚笼，更不信有摆不脱的噩梦"，他的艺术见解是"文学事业可以像科学事业那样，成为无边界的领域，人在其中可以投入澎湃的想象力。"② 这和夏目漱石的文学理念完全契合，漱石文学就是走出幽闭、打破囚笼、摆脱噩梦的文学典范，他的文学作品是时代的缩影，是灌注他心灵生气的伟大艺术。

---

　　① ［日］夏目漱石：《心·路边草》，周大勇、柯毅文译，上海译文出版社 1988 年版，第 413 页。

　　② 王小波：《我的精神家园》，文化艺术出版社 1997 年版，第 162—163 页。

三　批评界对夏目漱石文学的阐释

　　夏目漱石熟练驾驭语言的能力，对人类本性的深刻了解和敏锐的洞察力以及他独特的个性，尤其是他作品的丰富思想内涵，以及深刻性和创新性，是被广泛阅读的关键所在。漱石的作品不仅在日本拥有广泛的读者，而且在世界各国亦深受读者欢迎和学者重视。一个世纪以来，评论家对漱石文学不断重新解读，可谓久盛不衰，在日本至今还没有一个作家的研究胜过漱石。

　　日本漱石文学研究早期主要围绕两个方面。一方面是"自然主义作家系谱上的漱石论"，如正宗白鸟、田山花袋等，他们眼中的漱石文学是暴露社会的阴暗面，含有"憎人厌世"等因素，批评其文学是"高等讲坛"，不过是陈旧的"劝善惩恶"文学传统的延续。另一方面是"人文主义或者人格主义者系谱上的漱石论"，这是漱石弟子们关于其文学的共识，主要代表作有小宫丰隆的《漱石的艺术》与和辻哲郎的《先生其人及艺术》等，其后还有评论家唐木顺三的《漱石概观》以及泷泽克己的《漱石》。他们持有一个共同的论点，即漱石先生由"我执的苦恼"到"宗教意识"的探寻者，最后达到"则天去私"的境界。之后，文学评论家江藤淳的《漱石》和《漱石与时代》两部论著，完全抛开运用弗洛伊德和马克思哲学的决定论、传记方法以及自然主义文学家们研究文学的尺度，运用以文本为中心的研究方法，对漱石文学进行了全新诠释，他认为漱石文学创作是他自身三个方面的艺术体现：（1）狂气；（2）（与登世嫂）私通的甜蜜追忆及罪恶感的二律背反；（3）立身出世荣耀的功名心，打破了漱石"则天去私"的"圣人"偶像，指出漱石是"爱之不可能"的证实者，而非求道者。但这只是江藤淳的个人观点，事实表明震撼心灵的漱石文学将与世长存，无论是有意无意的曲解都变得黯然无光。

　　日本学术界"三剑客"吉本隆明、柄谷行人和小森阳一对漱石文学做出了比较全面和客观的评价。吉本隆明在《漱石的主题》中指出，漱石作品尤其是后期作品反映的是社会和人性，是普遍的人类共性问题，从另一个角度来说，是日本近代文明中知识分子不得不背负的"文明苦"的问题。柄谷行人在《漱石论集成》中，利用克尔凯郭尔、海德格尔和萨特等存在主义哲学的理论来评价漱石文学，对漱石的哲学思想、存在问题做了彻底的梳理，全面把握漱石的文学思想。他指出漱石文学是"悲剧"性文学。漱石在两种文化体系下培养起来的复杂思想，使他在混乱无序的社会中很不合拍，其感受是敏感而独特的，这种"精神上的黑暗，或者说精神的地下室"是他苦闷的根源。如果一个人既不能像真正的宗教徒那样超越，又不能融入世俗，人就失去了存在的根基，剩下的只能是痛苦。① 小森阳一的论著《读漱石》和《重读漱石》中对漱石文学的独特性解读也特别引人注目，他注重通过漱石作品中的人物形象分析，来探讨漱石民主、自由和平等的思想观念，尤其是他借鉴西方女性批评的理论，对漱石文学中的女性形象进行了别具一格的阐释。佐藤泰正对于漱石的"文学与宗教"有过独到的探讨，认为漱石"则天去私"的本质与宗教相关。这些具有影响力的学者对漱石的重新解读，带动了 20 世纪 90 年代漱石研究热。在漱石文学研究队伍中，有语言学家、文学家、社会学家和宗教家等等，每年有数千篇论文（含专著）出版。近年来，年轻学者对漱石文学研究亦取得了卓越成就，研究的内容不断扩展和深化，伦理道德、存在主义哲学、历史观、自传性解读、宗教思想和性别研究等，为我们的漱石文学研究提供了借鉴。

　　在中国，漱石文学的译介始于鲁迅和周作人。鲁迅非常欣赏他的作品，推崇他文学创作的"余裕说"和作品的幽默讽刺风格。20 世纪 80 年代，刘振瀛主编的《日本近现代文学阅读与鉴赏》，何乃英出版了《漱石和他的小说》，李国栋出版了《漱石文学主脉研究》，这些著作对漱石文学的文明批评、社会批评以及其文学体现出的"真"、"善"、"美"等方面进行过探究。90 年代以来，漱石文学研究进入了一个新的阶段。刘立善出版的《日本文学伦理意识——论近代作家爱的觉醒》，从爱情观角度，来透视日本近代作家关注自我价值的新意识，遗憾的是，这部论著不是漱石研究的专著，只有一章是专门论述漱石文学。1998 年何少贤倾注了 10 年心血写了《日本现代文学巨匠——漱石》，他将漱石放到 20 世纪文艺理论发展的大背景中，系统研究漱石成为文艺理论家的过程，通过考察漱石文学理论与批评较为全面地把握了漱石文学及其思想。李光贞的《夏目漱石小说研究》和张小玲的《夏目漱石与近代日本文化身份构建》，对漱石文学创作以及文化构建展开研究，揭示出漱石之于日本特色的文学

---

① ［日］柄谷行人：『漱石論集成』，平凡社 2001 年版，第 371 頁。

近现代化之路的意义。

　　漱石是一位多元文化语境中成长起来的作家，本论著试图在多维视野中去研究，彰显其文学创作及其思想的独特性与价值意义，首先通过漱石的文学理念、"存在"问题、女性观以及宗教观等方面进行综合考察，以探求漱石文学中关于人的存在状况，诸如个人对人生的悲观、绝望、厌倦、恐惧心理和生存的虚无境地，揭示作者追求个性发展、倡导自由平等、弘扬人文精神等价值观重建的美好愿望。其次分析漱石的生命历程及作品中的叙事和人物形象，透析作者的宗教意识，诸如罪感意识、恶的救赎以及超越意识，人与自然的和谐等。漱石的宗教态度经历了较为明显的嬗变过程，内心呈现出极端的矛盾与痛苦，漱石文学展示出的宗教情结看似矛盾，实则统一，他极力批判对神佛的偶像崇拜，又憧憬宗教的伦理要素和超越思想，真正地追问人的生存状况，希望从宗教中能寻找解决问题的途径，为我们揭示了宗教与人之生命关系的意义。

　　在研究方法上，主要采用实证和比较文学的方法研究漱石文学创作及其思想。基本思路是把漱石文学理论与创作结合起来，并通过与西方作家和同时代日本作家的比较来进行综合考察。在漱石文本材料的运用方面，囊括了其全部作品即：小说、随笔、汉诗和文学论著、演讲集，以及作者的大量信札。研究特色体现在两个方面：第一，把漱石文学创作放在东西方文化影响上去实证考察，把握漱石文学思想渊源，同时尽可能多地关注漱石所处的社会和时代背景，进而准确全面地把握漱石创作的本质特征，揭示其思想形成的必然性。第二，注重文本解读，用心去体味作者的思想。借用一段文字来说："这种批评不会努力去评判，而是给一部作品、一本书、一个句子、一种思想带来生命。"①

　　当今世界，价值观混乱，物欲横流，道德迷失，人的精神变得日渐紧张和焦虑。漱石文学思想对于突破生存困境，塑造崇高人格，提升社会道德具有积极意义。再过三年，是漱石逝世一百周年，对这位享有崇高声誉的杰出作家的研究将会备受重视，期望本书能为丰富漱石文学研究提供可参考的资料，也期望漱石的文学创作，对中国作家的创作能有启发意义。重温经典作家的文学思想，对于穿越虚无守护诗意尤为重要。

----

　　① ［法］米歇尔·福柯：《权力的眼睛——福柯访谈录》，严锋译，上海人民出版社1997年版，第104页。

第 一 章

夏目漱石文学观及其渊源

在日本近代文学史上，集文艺理论、文学批评及文学创作于一身的作家寥若晨星，而在这类精英中表现最为出色的当数漱石。他在创作小说的同时，也不断撰写评论，以表明自己的创作思想，如漱石早期的《文学论》和《文学评论》，此后还有《处女作追怀谈》、《创作家的态度》、《文艺与道德》、《文艺的哲学基础》和《文坛趋势》等等，有的小说如《草枕》和《三四郎》也包含了文论。漱石自幼受到良好的国学、汉学等传统文化教育，壮年时期有着西方留学经历，西方的文学与自由民主思想给予他深刻影响，因此他的文艺观呈现出颇为复杂的现象，一方面追求超脱世俗的高踏派的"非人情"文学，另一方面又主张以维新志士的坚韧精神来从事文学。其文学理想是真、善、美、庄严四要素的统一。作家的文艺观与其创作有着十分密切的联系，在此首先对漱石的文艺观做初步探讨。

第一节 "余裕"与"非人情"

"余裕"是漱石提出的文学主张。1907 年冬，漱石为其挚友高滨虚子的写生集《鸡头》作序，在序文中反对按照西方的文学分类法对小说进行分类。西方式的分类是浪漫派小说、写实派小说和自然派小说等，而他主张将小说分为"余裕"和"非余裕"两种。鲁迅在《现代日本小说集》关于作者的说明中，对漱石的"余裕"小说做过如下概括："有余裕的小说，即如名字所示，不是急迫的小说，是避了非常这字的小说……世间很是广阔，在这广阔的世间，起居之法也有种种的不同：随缘临机的乐此种种起居即是余裕，观察之亦是余裕，或玩味之亦是余裕。有了这个余裕才得发生的事件以及对于这些事件的情绪，固亦依然是人生，是活泼泼之人生也。"① 关于"余裕"的文学主张，漱石借画工做过这样绝妙的论述："旷达和天真显现出余裕，而余裕之于画，之于诗，乃之于文章，皆为必备的条件。当今艺术的一个弊端就是所谓文明的潮流一味驱使艺术至上，使他们拘束于一格，随处做龌龊的表演。裸体就是一个极好的例证。"②

漱石在提出"余裕"文学主张的前一年发表了小说《草枕》，作品中提倡"非人情"文学观，这也正是作者所主张的"余裕"文学的前奏。他在小说的开篇就指明自己的文艺观点："发挥才智，则锋芒毕露；凭借感情，则流于世俗；坚持己见，则多方掣肘。总之，人世难居。""愈是难居，愈想迁移到安然的地方。当觉悟到无论走到何处都是同样难居时，便产生诗，产生画。"诗人与画家的天职与使命就是为了让人在难居之处"尽量求得宽舒"，艺术的尊贵在于"能使人世变得闲静，能使人心变得丰富。"③ 这是关于人生与艺术的一段精彩表述，蕴含作者所持有的独特"非人情"文学审美趣味，简言之，"非人情"就是引导人超脱世俗的文学观念。漱石认为人活在世上是痛苦的。首先是"与人无争，一分钟也无法自立。尘世如此相逼，人生不免当今之苦"。其次是"所谓欢乐，均来自对物的执着之念，因此包含着一切痛苦。"所以，他说：

　　然而诗人和画家，都能尽情咀嚼这个充满对立的世界的精华，彻底体会其中的雅趣。饮霞咽露，品紫评红，至死无悔。他们的欢乐不是来自对物的执着之念，而是与物同化一处。一旦化为物的时候，茫茫大地上再也找不到树立自我的余地。于是自由自在抛开了泥团般的肉体，将无边薰风尽皆盛于破笠之中。我之所以一味相信此种世界，并非喜欢标新立异，借以恫吓市井臭小儿，仅仅为了陈述此中的福音，以召示有缘之众生。从实质上说，所谓诗境，画境，皆为人人具备之道。虽则阅尽春秋、白首呻吟之徒，当他回顾一生，顺次点检盛衰之经历的时候，也会从那老朽的躯体里发出一线微光，产生一种感兴，促使他忘情地拍手欢呼。倘若不能产生这样的感兴，那他就是没

---

① 鲁迅：《鲁迅全集》第十卷，人民文学出版社 2005 年版，第 238 页。
② ［日］夏目漱石：《哥儿·草枕》，陈德文译，海峡文艺出版社 1986 年版，第 167 页。
③ 同上书，第 105 页。

有生存价值的人。①

"非人情"文学主张能使人忘却现实生活中的痛苦与悲愁，具有浮扁舟游桃源趣味的艺术，正如荷尔德林诗中所言"充满劳绩，但人诗意地栖住在大地上。"

　　　善难行，德难施，节操不易守，为义而舍命太可惜。要是决心实行这些事，不管对谁来说，都是痛苦的。要敢于冒犯这种痛苦，内心就必须隐含着战胜痛苦的欢愉。所谓画，所谓诗，所谓戏剧，都是蕴蓄于此种悲酸之中快感的别名。了解其中意趣，方能使吾人之作变得壮烈，变得娴雅；方能战胜一切困苦，满足胸中一点无上的趣味；方能将肉体的苦痛置之度外，无视物质的不便，策驱勇猛精进之心，甘为维护人道乐于受鼎镬之烹。若是站在人情这一狭隘的立脚点给艺术下定义，那么可以说，艺术潜隐于我等富有教养之士的心里，它是避邪就正、拆曲就直、扶弱抑强的坚定不移的信念的结晶，光辉灿烂如白虹贯日。②

漱石质朴憨厚、襟怀宽广，看重人性中"正"、"义"、"直"的美好品行，厌恶庸俗低劣的市井小人。他认为，只有"正"、"义"、"直"的人才能创作出高雅的文学作品，以此带动社会的高尚风气。

1881 年，15 岁的少年漱石进入汉学专门学校二松学舍，该校是由三岛中洲于 1877 年创立的汉学私塾，建学精神就是如何实现个人学问的精进，无论是汉学还是国文课程，都是围绕精进，继承和发扬阳明学的理念。漱石在二松学舍学习的时间不是很明确，据他的弟子小宫丰隆所记，至少在明治十四年在二松学舍学习一年。纯真少年漱石胸怀以文学立业的梦想，在这个以儒教为建学精神的私塾里，接受《论语》、《孟子》、《史记》和唐宋诗词等课程的教育，他以浓厚兴趣阅读了大量汉籍，受到的感化和影响至大，成为他日后的思想根基。漱石早年就已经显露其文采，

①　［日］夏目漱石：《哥儿·草枕》，陈德文译，海峡文艺出版社 1986 年版，第 154—155 页。

②　同上书，第 205—206 页。

11岁读小学的时候，在同级生编辑的回览杂志上，所写的《正成论》，无论是立论还是文采，都让老师和同学感到吃惊。漱石曾在《木屑录》中也谈到他幼时的梦想是"有意于以文立身"。但其长兄的意见是文学难以在社会上谋生，劝他改学英语，后来他听从了长兄的忠告，从二松学舍退学，进入成立学舍学习英文。1890年漱石进入东京帝国大学的英文科。在大学，他结识了正刚子规，成为好友。正刚子规喜欢俳句，后来成为俳句和短歌的改革人物，在其影响下，漱石对俳句也产生了浓厚的兴趣，加之自幼就深受汉文学熏染，对东洋的诗文有一种亲近感。

漱石在大学期间，所修的东洋哲学学科的论文是《老子的哲学》，围绕老子哲学中的修身、治民、道等观点，对其言论加以批判，尤其对老子虚无的主张给予批评，认为这种逍遥出世的观念，无力纠正社会现实。他希望用绝对的尺度，放弃相对的价值判断，但对老子哲学中的宇宙论抱有很大兴趣，甚至可以说产生了共鸣。他在同年所写的《英国诗人对天地山川的观念》一文又对老子做出肯定。老子的"道法自然"是漱石晚年思想"则天去私"形成的原因之一。

东西文化修养的融合孕育出漱石奇迹般的艺术杰作。他自称他的头脑一半是日本人的，一半是西洋人的，所以他思想上总有两股相反之力，"漱石走向了'洋学队长'的道路，而且又有着总想从其中逃出来的冲动"①。这铸就了他的双重性格。漱石的诗性、人格只有在中国古代诗人陶渊明和王维身上才能看到，同时不可忽视的是，受过近代西方文明洗礼的他，在社会现实纠葛中不忘追求自我确立，两种相反的力量，构筑起一个极为丰富的艺术世界。

第二节　文学是认识要素与情绪要素的统一

1900年漱石去英国留学，开始思考如何从根本上搞清楚"何谓文学"的问题。他昔日受汉学影响而形成的文学观，主要是以儒学为中心，围绕着政治与道德的思想表现，此外，还有受中国古代诗词影响的"非人情"文学。漱石在《文学论》序言里就已清楚地表明："我少年时代学过汉

---

① ［日］柄谷行人：《日本现代文学的起源》，赵京华译，生活·读书·新知三联书店2003年版，第28页。

学，尽管学的时间不长，可也从《左传》、《论语》、《史记》和《汉书》中暗暗体会到了文学的基本含义。"① 漱石到英国留学后体会到这两种文学"在性质上相差太悬殊"，按照他当时的理解，他觉得东西文学的差异在于，前者是梦的世界，而后者是生活的世界。在伦敦留学的第二年，漱石决心用十年的时间完成学术大作《文学论》，并为此着手搜集资料。漱石于 1907 年比预想时间提前出版了该论著，这是根据他回国后给东京大学的学生授课内容整理而成。对于《文学论》，漱石本人并不满意，自称为"畸形儿的亡骸"，但在日本近代文学史上，它具有里程碑的价值。文学评论家吉田精一称《文学论》为"明治时代唯一一部具有独创性的著作。"川端康成也说，"漱石的文学见解出类拔萃，他之后在日本已经找不到一本值得信赖的文学概论"②。何少贤认为，"《文学论》是日本现代文学理论中最杰出的一部著作，内容丰富，见解独特、新鲜，充分反映漱石的探索精神和批评精神。"③

　　漱石在《文学论》的序言里提出他要用以血还血的手段，从心理学或是社会学根源性上去寻求"何谓文学"。"'何谓文学'的问题对漱石而言，与其说是一个理论的紧箍咒，不如说是一个与存在本身紧密相关的问题。同时，这一存在论的问题又势必带上了时代政治色彩。因为此问题不但与漱石批评的'西洋一边倒'的欧化主义这一高度意识形态化的问题不可分割，而且与漱石本人与国家权力始终不断的紧张关系密切相连。"④ 漱石在《文学论》中指出，文学最重要的是美、伦理、善恶等问题，其中伦理扩而大之是社会伦理，再进一步是政治伦理，这些都是文学中的重要问题。为了发挥文学的这一特点，就要学习西方文学的长处，即'买其利器'。漱石在构思、撰写《文学论》时，就借鉴了西方最先进的"科学心理学"，独创了文学公式：F＋f。F 指感觉，即焦点的印象或者观念，f 指的是附着于其上的情绪，因而上述公式又可以看成是印象或者观念，即认识性的要素（F）和情绪性的要素（f）的结合。漱石指出，感觉先行于情绪，是根本，情绪附在感觉之上。《文学论》把人的身体知觉和感

---

① 程麻：《沟通与更新——鲁迅与日本文学的关系发微》，中国社会科学出版社 1990 年版，第 97 页。

② 转引自何少贤：《日本近代文学巨匠夏目漱石》，中国文学出版社 1898 年版，第 2 页。

③ 同上书，第 37 页。

④ 林少阳：《文与日本的现代性》，中央编译出版社 2004 年版，第 77 页。

觉作为重新审视"文学"的前提，从而摆脱了国家和民族语言的束缚，获得了普遍性。漱石这种用数学公式表述文学的方法，是深受心理学家威廉·詹姆斯理论影响的结果。威廉·詹姆斯在谈到"意识的复合"时，善于用英文字母表示，如，"基本感觉 A，基本感觉 B，在一定条件下发生时，根据这种理论，就合并成感觉 A＋B，而感觉 A＋B 又和相似方式产生的感觉 C＋D 相合并，一直合并到 26 个字母都出现在一个意识场里……"。①漱石的思想与威廉·詹姆斯的学说很相似，他在修善寺大病后创作的《浮想录》中，他谈到"觉得自己平日在文学上所持的见解，与教授在哲学上的主张和思考的，有气脉相通、彼此相依之感，因而觉得亲切愉快。"② 这是他读完威廉·詹姆斯的《多元的宇宙》所发的感慨，还称赞其哲学通俗易懂，是"小说式的哲学"。漱石在《浮想录》第 17 章里再次谈到威廉·詹姆斯，他说："因为大中含小，故而大对那小有所措意，而被包含的小却仅知自身的存在，它对于由众多的自身所汇集而成的整体便显得漫不经心，如同风马牛不相及一般。这是詹姆斯对意识做了一番分解又重新加以组合后得出的一个结论。与此类似，个人意识似乎也被看作这样一种情景，一方面整个儿被包容在一种更为巨大的意识之中，另一方面却对这一存在之浑然无知，仿佛身处孤立之境一般。"③ 小森阳一指出，威廉·詹姆斯反对德国心理学的要素，主张"意识流"和以机能性、生物学为基础的心理学，在哲学方面也反对德国观念主义，以作为"意识流"的"纯粹经验"为基础，否定超越性的实在。漱石在他的《文学论》中，特别重视威廉·詹姆斯的理论，尤其重视"情绪"，就是避免片面经验或是停留在机械主义上，打破了日本自然主义文学一统文坛的格局。

第三节　真、善、美、庄严四要素

漱石 1907 年 4 月在《朝日新闻》发表了《文艺的哲学基础》，提出"真"、"善"、"美"、"庄严"四个文艺理想。他指出，"毋庸置疑，这四

---

① ［美］威廉·詹姆斯：《多元的宇宙》，吴棠译，商务印书馆 2005 年版，第 101 页。
② ［日］夏目漱石：《梦十夜》，李振声译，广西师范大学出版社 2003 年版，第 137 页。
③ 同上书，第 184 页。

种力量受时代和个人的影响，会产生消长变迁"。同时他还对文艺家的使命以及文艺的性质等从理论上进行了系统阐述。"文学家不是单写人，而是要有进步的眼光，借助某种技术，来发挥伟大的人格力量。这种伟大的人格力量，浸入读者、观众或者听者的心，化成其血肉，传递给他们的子孙后代"，这正是文艺的价值所在。他还明确指出："文学家的使命，就是应该解释如何生存，并教给平民生存的意义。"① 文艺就是通过感觉的东西表达理想，就是说，将感觉、情绪的文字作为要素，最后表达作者的理想和信念。他认为要写出伟大的作品，作家的人格、道德和理想缺一不可，没有思想深度和人格力量的作品，感化效果就非常薄弱，只有表现出伟大人格的作品，才能启迪人生，流芳百世。

在漱石看来，文学理想的实现必须经由作家心灵的催发，焕发出一种超越性的力量，把人生价值提升到更高层次。在审美理想与审美表达的统一中成全一部完美的艺术作品。所以，他认为文学人士绝对不是什么闲人。他还在给铃木三重吉的信中说："具有俳句志趣的人，喜欢逍遥于这种悠闲文学。可是躺在这样的天地间，是无论如何也动摇不了这个庞大世界的，而且前后左右还存在着必须由我们去动摇的许多敌人。假如拿文学当生命的话，那么仅仅用美这个词是不够的。没有像维新志士那种卧薪尝胆的心胸是不行的。……我一方面从事带有诙谐味道的诙谐文学，一方面我将以维新志士的坚韧精神来从事文学事业。"② 漱石的这段话表明他自己一方面坚持诙谐的文学，亦即他所倡导的"非人情"文学，另一方面又以维新志士的坚韧精神从事文学的态度，看上去自相矛盾，在他身上体现出一种双重特征，这正是他思想丰富的真实显现。事实上，漱石"非人情"的文学本质上也是抗争的文学。在日本明治文坛最缺少的也是这种精神，当岛崎藤村发表了具有批评精神的《破戒》时，漱石看到了日本文学的希望，令他大为感动，随即给弟子森田草平写信推荐他读这部作品，称赞藤村的《破戒》是"为人生"的文学，没有一般小说家那样矫揉造作，而且态度认真，是对自然、健康、力量的生命形态的追求。"在人们多将粗俗低劣的小说误以为真正小说的今天，能出现这样认真的作

---

① ［日］夏目漱石：『文芸の哲学的基礎』，講談社 1978 年版，第 19 页。
② ［日］松泽信祐：《日本近代作家介绍》，寒冰译，国际文化出版公司 1985 年版，第 91 页。

品，着实令人高兴。"① 漱石还曾借《秋风》中的主人公白井也道阐述了
自己的文学观："文学就是人生，痛苦也好，贫困也好，穷愁也好，凡是
人生旅途上遇到的事物都是文学，尝试了这一切滋味的人才是文学家。"
这些观念看似陈旧，实则道出了文学真谛。漱石在小说《三四郎》中，
借一次大学生聚会上青年人的激情演讲，来表达自己的文学观念：

> 大谈政治自由已经过时了；大谈言论自由也不合时宜了。"自
> 由"已经不是一个单纯为表面的自由所专用的词汇了。我相信我们
> 新时代的青年已面临必须大谈伟大的"心灵自由"的时候了。
> 我认为我们已经面临着这样的时代了。我们是不堪忍受旧的日本
> 压迫的青年；同时，我们也是不堪忍受新的西洋压迫的青年。我们必
> 须把这件事情向世界宣告，我们正处在这样的形势之下：对于我们新
> 时代的青年来说，新的西洋压迫，无论在社会方面或文艺方面，都和
> 旧的日本压迫一样，使我们感到痛苦。
> 我们是研究西洋文艺的。但是研究归研究，这同屈从于这种文艺
> 有本质的区别。我们研究西洋文艺不是为了让它捆住手脚。我们正是
> 为了使受束缚的心灵得到解脱才来研究它的。凡是不为我们所需要的
> 文艺，无论施加多大的威压和强制，我们也有决不盲从的自信和
> 决心。
> 我们在保有自信和决心这一点上，不同于普通的人。文艺既非技
> 术，又非事务，它是触及广大人生根本意义的社会动力。我们正是基
> 于此种意义才研究文艺，并具有上述的自信和决心。也正是基于此种
> 意义来预见今晚集会所产生的非同一般的重大影响的。
> 社会发生着剧烈的动荡。作为社会产物的文艺也在动荡不已。为
> 了顺应这种激荡的形势，按照我们的理想指导文艺，就必须团结分散
> 的个人力量，充实、发展和壮大自己的人生。②

漱石曾断言在西洋和旧日本的双重压迫下，日本文学难以产生创新，

① ［日］松泽信祐：《日本近代作家介绍》，寒冰译，国际文化出版公司1985年版，第
92—93页。
② ［日］夏目漱石：《三四郎》，吴树文译，上海文艺出版社2010年版，第128—129页。

只有在重压中找到自由，才能开创新局面。此外，漱石在《教育与文艺》的演讲中，抱着科学的态度来看待教育和文艺的发展。他指出任何事物不可能一成不变，古今教育的重大变化在于：从前的教育是树立一种理想，这种理想无非是忠与孝，以孔子为宗师，即使不能完全实现孔子的教导，但毕竟是以此为目标。具体说"就是圣人中的孔子，佛教中的释迦，加上节妇、贞女、忠臣、孝子，这是一个理想的集体，现实社会几乎不可能存在那样难得的人物，但必须以这些为理想而前进。为父母的，当孩子不听话时，就立刻摆出二十四孝告诫孩子，这时，孩子就无话可说，只能俯首了。由此可见，从前是对上边没有束缚，上边对下边有束缚，这就很不好，也就是说，父母要求子女必须有理想，但子女不能要求父亲必须有理想。妻不能要求其丈夫有理想，臣不能要求其君有理想。总而言之，使忠臣、贞女成为完美的人，使孝子只知事其亲，忠臣只知事其君，贞女只知事其夫。这的确是不得了的事。原因是缺乏科学精神，对这种理想不加批判，不加考虑，只知遵命奉行。"① 这是一元的教育，到了明治维新，情况就不同了，开始走向二元教育，"凡事再也不能以孝贯彻始终，以忠贯彻始终"，漱石认为，"这种教育上的进步，在西洋是从痴迷中觉醒，在日本固然意思不同，但毕竟可称之为醒悟或者觉醒。""物是常常变化下去的，世上的事也常常变化，所以规定了孔子这个概念并把它理想化了的人，到后来终于有一天醒悟，那纯粹是一个错误。"这种变化的外因在于科技的进步，把科学精神用于观察和研究社会的结果。古人的缺点"或多或少有些虚伪"。现代人变得坦率不加掩饰，"从而发展了宽容精神。结果是社会也显得宽容了"②。由此，漱石主张文学的内容与形式也是不断变化的，特别强调作品内容的重要性，内容是文学的"生命"，但他并没有忽视形式，认为"形式是为内容的形式，内容并不是为形式而产生的"，"内容是变化的，新的形式也会随之不断地创造出来。一种形式如果人为地企图永久维持下去，内容就会破坏这种形式。"他认为思想好而文字坏的文章是普通文章，思想坏而文字好的文章则是坏的文章，"文章之美"和"章法之美"是次要的，重要的是作者的思想力量和人格力量。

---

① ［日］夏目漱石：《十夜之梦：夏目漱石随笔集》，李正伦译，华东师范大学出版社2008年版，第218页。

② 同上书，第220—221页。

他认为形式是为内容的形式，内容并不是为形式而产生的，没有不变的内容，新的形式也就会随之不断地创作出来。正是基于这种观点，在指导青年写作时，他反复强调内容是生活，是灵魂，思想力量、人格力量是最重要的，应该特别重知识重人格修养。刘振瀛谈到漱石文学为何受欢迎时说，漱石作品的文学原理不是别的，乃是"善"与"美"。"漱石文学作品之所以至今仍具有强大的生命力，当是与这种"善"和"美"的原理贯穿其中分不开。"他认为"漱石作品受欢迎的另外一个原因，乃是因为他是第一个洞察到近代社会那阴影部分的作家。有趣的是，这不是因为他落伍于近代社会而造成的，却是一个身为官费留学生的先进知识分子在留学英国后产生的，这就意义不凡了。""漱石不是一个落伍者，而是一个洞察到真髓的先行者。""漱石是通过非存在来谈存在，通过不能直接还原的事实来谈真实。"①

　　1911 年 5 月，日本公布设立文艺委员会制度，森鸥外、上田敏和幸田露伴等 16 人被选为文艺委员。坪内逍遥、池边三山和黑岩泪香拒绝出任文艺委员。漱石因同年 1 月辞退文部省授予的博士学位而落选。当时他在《博士问题始末》一文中指出，这种由文部省授予博士称号的制度弊多利少，它会让人感到学问会成为少数博士的专有物，少数几个学者贵族垄断学术大权，而使其他未当选的人受到冷落。漱石就文艺委员会制度发表了《文艺委员是干什么的》文章，对设立文艺委员会的制度进行了尖锐的批判。他指出，政府在某种意义上代表着国家，政府设立的文艺院也即国家机关，文院的文艺委员们就成为代表国家的文艺家。他们在裁决文艺方面，以强大的政府为背景，就脱离了文学的本真意义，变成最高权威的一家之言，它给社会，尤其是文艺和有志于文艺的青年带来极端恶劣的影响，是文艺的堕落。在日本"大逆事件"之后的"政治闭塞"时代，漱石敢于旗帜鲜明地批判和抵制当政者的文化政策，为作家的创作自由而辩护，的确令人钦佩。一般来说，东洋传统文化有两大系列，即"诗书"和"礼乐"。漱石就属于"诗书"系人物，富于理想和正义感，永远站在弱者的一边，痛恨压制民众的政治秩序，不拘泥于礼法纲常。

---

① ［日］夏目漱石：《夏目漱石小说选》上册，张正立、赵德远译，湖南人民出版社 1984 年版，第 5—6 页。

第四节 夏目漱石对英国文学的批评与接受

1903 年 1 月，漱石回国，4 月就任东京帝国大学英文科的讲师，继任东京帝国大学英籍教师小泉八云的职位，讲授英国文学，并兼任第一高等学校的讲师。当初已经认可了小泉八云的东大学生对于无名讲师漱石的反对呼声强烈，甚至使他产生辞职的想法。5 月 22 日，他所教的一高的男生藤村操，因为思考人生找不到答案，在日光国立公园的华岩瀑布投潭。藤村操的自杀，并非个人的精神因素，而是由于感到前途渺茫而绝望，以自杀来表达对社会的不满。他的死在当时引起了全国轰动。青年学生的自杀给漱石带来沉重打击，加剧了他对现实的失望，并从而患上严重的神经衰弱。9 月，漱石开始讲授莎士比亚作品后，心情才开始好转，教室里的氛围也为之一变，他对《麦克白》中幽灵的独特解读深受学生好评，以此为机缘，发表了归国后第一篇学术论文《关于麦克白的幽灵》。第二年开学后，他在讲授莎士比亚作品《李尔王》时，连本校法科和理科的学生都吸引过去。1907 年 3 月，漱石辞去大学教职，入《朝日新闻》报社，因而中止了英国文学授课。此后出版了《文学评论》一书，弥补了课程未完的遗憾。漱石的《文学评论》，如他对莎士比亚和斯威夫特等英国文学大师的解读，也是我们发现他文学思想和风格的最好入口。

漱石在《文学评论》的序言里阐述了其文学批评观，他认为文学批评可分为三种完全不同的态度：一是根据个人喜好与外界态度完全不同的"鉴赏的"态度，是玩味态度，谈不上是真正的文学批评。二是寻求与个人喜好无关的作品结构形式及意义等"非鉴赏"的"批评"态度，它是分析因果关系探求为什么，是科学的态度。运用这种方法进行文学批评时，将两者以上的作品进行比较是非常重要的。三是介于以上两种态度之间，是从"鉴赏"出发分析理由的"鉴赏批评"态度。他以在英国的经验和自己对文学的理解为基础，采纳内在的"鉴赏"和外在的"批评"相结合的"鉴赏批评"法，从自己的趣味嗜好出发，探寻文学普遍性的趣味。对于外国文学研究，他也提出了自己的要求，即用诚实的真面目去对待。在研究的方法上也接受了西方的影响，他熟悉当时西方社会流行的文学批评方法，如心理分析等，并加以灵活运用。同时，还运用文化批评和比较的方法，即外国人对英国文学的批评与自己的分析进行比较。在

《文学评论》中透视出了漱石从哲学、心理学和社会学方面综合探求文学创作与文学研究关系的心愿。该论著道出了他独特的文学见解:"作者对作品中的事件必须给出是非的判断,对作品中的人物要给予善恶的评价。作者有义务通过自己的作品引导和启迪凡人。"① 这显示了漱石的独特性,从而赢得了很高的评价。

在《文学评论》中,漱石选取了文学史上具有影响力的莎士比亚、笛福和斯威夫特等文学大师的作品进行研究。漱石特别推崇莎士比亚文学,在英国留学期间,没有进英国大学课堂,单独聘请了一位当时研究莎士比亚的著名教授克莱格给他讲授莎士比亚文学。莎士比亚是世界文学史上最伟大的作家之一,其作品的魅力在于以爱与憎、野心与嫉妒以及生与死等普遍的人性问题为主题,作品中主人公都是充满了张力的活生生的人物。理想与现实的完美结合赋予艺术生命。曾经编著过《莎士比亚戏剧集》的英国散文家、诗人和文学批评家约翰逊,特别欣赏莎士比亚剧作中所表达的"普遍的人性",认为"他的剧中角色行动和说话都是受了那些具有普遍性的感情和原则影响的结果,这些感情和原则能够震动各种各样人们的心灵,并且使生活的整个有机体继续不停地运动。""在每个人头脑中唤起原型意象的那些最突出、最醒目的特点","想象的真实"超越了现实的真实。作家应该表现普遍的人性,人的共性,而不是偶然性的东西或细枝末节。② 歌德认为,"艺术要通过一种完整体向世界说话,但这种完整体不是他在自然中所能找到的,而是他自己心智的果实,或者说,是一种丰产的神圣的精神灌注生气的结果。"③ 所以,歌德极力称赞莎士比亚的著作不是为我们的肉眼写作,"莎士比亚完全是对着我们的内在感官说话,通过内在的感官想象力所编织的图像世界立即有了生命,像活的一样;于是就产生了一种效应。"④ 歌德这里说的"完整体"既可以说是"典型",也可以说是"普遍性"。李赋宁认为,莎士比亚所抓住的就是"人性"。他抓住了这个普遍的、永恒的"人性",而加以理想化、深刻化、典型化,这就使他的伟大悲剧和其他优秀作品能够流传万世,而

---

① [日]吉田精一:『近代文芸評論史明治篇』,日本至文堂1981年版,第853页。
② 李赋宁:《英国文学论述文集》,外语教学与研究出版社1997年版,第124页。
③ [德]歌德:《歌德谈话录》,朱光潜译,人民文学出版社1978年版,第137页。
④ [德]歌德:《论文学艺术》,范大灿等译,上海人民出版社2005年版,第227页。

给后人以极大启迪、教育、鼓舞和欢乐。① 莎士比亚对漱石文学影响极大，在漱石的《我是猫》、《草枕》、《三四郎》和《行人》等作品中，多次提到莎士比亚及其作品《哈姆雷特》中的人物。他从莎士比亚那里接受的也正是创作中表达"普遍性"以及永恒的"人性"主题，还承袭了莎士比亚对于生与死的思考、对悍妇的厌恶，还有灵的文学等等。

漱石还对斯威夫特的讽刺文学进行了细致的分析和探究。他对其讽刺种类和程度进行了精密考察，指出斯威夫特的讽刺文学与乐天的滑稽文学完全不同，是痛烈的讽刺文学，是与时代思潮表现根本区别的"一种非常规的现象"。漱石根据斯威夫特的成长经历，分析斯威夫特厌世文学的原因。斯威夫特自尊心很强，他桀骜不驯，内心充满孤独，只限于和屈指可数的几个朋友交往。他有着承受苦难的勇气和守护孤独的殉道精神，积极支持并投入争取爱尔兰独立自由的斗争，猛烈地攻击英国政府，为爱尔兰人民争取早日独立和自由摇旗呐喊，还赢得了"伟大的爱尔兰爱国者"的称号。漱石本人对这些方面都极其看重，对斯威夫特给予极高的评价，称他是"为国家不辞安危而尽力的仁人志士"。由此可以看出漱石和斯威夫特在气质上和精神生活上的一致性，如果没有这个前提，则很难走进斯威夫特的精神王国。他们都有一种超乎常人的敏锐和透视本质的慧眼，有置身于自我之外调侃一切的真诚决心，还有郁积日久的痛苦不满和愤恨的幽默。漱石早期文学作品具有斯威夫特的厌世和讽刺文学的风格特征。漱石就是在对西方文学的批评与接受过程中，形成了自己独特的文学思想。

第五节　夏目漱石与日本自然主义文学

文学反映现实，它深受与所处时代的政治和社会大变革的影响，明治时期的文学适逢日本近代化或者西洋化，这是激进与传统相冲撞的特殊历史时期。这一时期出现了精神信仰上的危机，但文学却获得了大丰收。

明治文学的特征如社会变革一样，经历两个时期，西洋文学的日本化时期和日本文学的西洋化时期。日本在短短的四十年间，吸收了西洋历经几个世纪发展起来的文化，必然会流于表面化，如启蒙主义、古典主义、浪漫主义、现实主义、自然主义、新理想主义、行动派等，各种文学流派

---

① ［德］歌德：《歌德谈话录》，朱光潜译，人民文学出版社1978年版，第124页。

就像走马灯似的陆续登场,呈现出混乱状态。另有一个显著的特点是明治时代分两个时期,前期翻译文学盛行,也就是西洋文学的日本化。最早翻译到日本的西方名著有:中村正直翻译塞缪尔·斯迈尔的(1812—1904)《自己拯救自己》、中江兆民翻译卢梭的《社会契约论》、福泽谕吉编译的《西洋事情》等。特别值得一提的是,被誉为"日本的伏尔泰"的福泽谕吉强调"实学",重视经验科学,大力宣传西方近代的"天赋人权说"为核心的社会政治思想,倡导平等、独立、自尊和社会契约论,并认为,文明就是指人的安乐和精神的进步。此外,迪斯雷利、易卜生、左拉、安德烈夫、屠格涅夫和陀思妥耶夫斯基等著名作家的作品也被介绍到日本。欧洲文学的介绍与移植给日本文学带来极大冲击,尤其是伴随着启蒙思潮成长起来的年轻一代,对于江户文学那种单纯的娱乐已经感到不满足,希望出现一种符合时代要求的新文学,亦即日本文学的西洋化。受过系统教育的年轻一代作家,精神世界发生了很大变化,他们反叛江户文学,思考人生,追问生命意义,希望创作深刻反映现实的时代文学。最初反映出文学新气息的作品是坪内逍遥的《小说神髓》,在这部文论中,他反对江户文学中劝善惩恶的伦理观,以及近代政治小说中实用主义观念的偏颇,积极倡导写实主义文学,要写出真实的人,人的真实心理活动。他根据自己的主张创作的《当代书生气质》,成为明治时代写实主义文学的开篇之作,但并不是成功之作。1887年二叶亭四迷发表了《浮云》,他大胆采用言文一致体,并深化了坪内逍遥的写实主义理论,获得成功,这也在于他借鉴了俄罗斯现实主义文学及理论,突破了当时主流文学的旧框架。

推动日本近代文学发展的,还有山田美妙和尾崎红叶,他们于1885年共同创办砚友社,创刊同人杂志《我乐多文库》,他们的创作理念既不同于功利性的政治小说,又不同于以西方文学为目标的坪内逍遥和二叶亭四迷所主张的现实主义,他们的文学兼有拟古主义和浪漫主义之风,它的出现标志着日本明治时代文学的转折。实际上,从砚友社成立到1903年尾崎红叶离世,该文学流派在日本文学界一直占据主流地位。

此后,为反叛"砚友社"的庸俗写实主义,兴起了自然主义文学,其代表人物是岛崎藤村、田山花袋、德田秋声、国木田独步和正宗白鸟等。他们主张按照事物原样子进行客观描写,摒弃那种庸俗的写实主义。藤村的代表作是《破戒》(1906年),描写一个受过高等教育的正直的年轻人,打破父亲一直秘密隐瞒自己出身卑微部落民族的期望,勇敢面对人生苦闷和命运苦难，大胆追求自己的生存权利。田山花袋的《棉被》（1907年）塑造了一位中年作家与年轻貌美女弟子之间的爱情风波，重点展示了主人公的内心感受。这两部作品虽然风格不尽相同，但在当时作为自然主义文学理论的实践，获得了成功，推动了日本自然主义文学的发展，标志着日本明治文学进入繁荣时期。

在这一时期，日本文坛诞生了夏目漱石和森鸥外两位文学巨匠，他们被称为日本近代文学的两座高峰。他们都深受18世纪西方文学的影响，为摆脱封建传统桎梏，展开启蒙文学，热情追求人生与艺术。他们从生活中寻找素材，真实地描写知识分子的生活与命运，挖掘了他们的内心世界，为堕落的社会道德、拜金主义的盛行而愤慨，带有浓厚的时代气息。他们的作品对生活的真实写照和对社会的无情批判唤醒了公众对社会问题与社会发展的关注，在意识形态领域具有举足轻重的影响。

森鸥外比漱石大5岁，他出身武士家庭，少年到东京求学，寄住在启蒙学者西周家，后来学习德语，曾留学德国4年，学习医学，成为军医后，他在留学期间，对于文学创作、翻译和文艺评论以及哲学、美学、历史都有浓厚兴趣，广泛涉猎西方名家名作，培养出近代实证精神，他尤其喜爱歌德和席勒等文学大师的作品，浸染了浪漫主义和理想主义色彩。回国后连续发表了《舞姬》《泡沫记》《信使》三部关于他德国留学体验的短篇小说。这些作品文笔优美，抒情气氛浓郁，被认为是日本浪漫主义文学的先驱之作。森鸥外以雅文体表达了主人公近代自我觉醒以及在孝道和利禄面前动摇的双重性格。当时正在上大学的漱石，读了森鸥外留学体验的三部作品后，曾给回故乡松山养病的好友正刚子规写信，谈到了他对森鸥外文学的感受。但子规对有着"西洋文学风格"的森鸥外的文学并没有好感，他在给漱石的回信中，批评漱石作为日本人不应受西洋的影响，要认识本国文学的价值。漱石在回信中解释，他认为森鸥外的文学有着一种"忧郁奇雅的美感"，他正确地指出了森鸥外文学的特征。此后5年，不赞成森鸥外作品风格的正刚子规在家中举办俳句会，邀请了漱石和森鸥外，这是他们俩的初次会面。爱好文学但还默默无闻的漱石对森鸥外怀着敬佩之情。这一年，漱石29岁，在偏僻的乡村松山中学当英语教员，此后，漱石离开松山中学到熊本第5高中任教，1900年又去英国留学。在漱石留学的前一年，森鸥外因为耽于文学，被贬谪到边远地区九州的福冈县小仓市，转任军医监，在那里工作到1902年。日俄战争爆发后，1904

年 2 月至 1906 年 1 月，他作为军医部长出征。森鸥外参加日俄战争期间，留学回国的漱石连续发表了《我是猫》、《草枕》和《哥儿》，获得文坛好评，奠定了他的文学地位。

漱石和森鸥外再次见面是在 1907 年 11 月 25 日参加上田敏留学欧美的送别会上。上田敏曾经是东京帝国大学的文科讲师，是《文学家》杂志的同人。在会上漱石被指名发言，正好安排在森鸥外之后。据说漱石幽默的言辞给森鸥外留下了深刻的印象。参加聚会的还有岛崎藤村、木下杢太郎等 50 人。这个文学界名流的聚会被命名为"青杨会"，此后，多次举办过聚会。1908 年（明治四十一年）4 月 18 日，"青杨会"在上野举办，漱石和森鸥外都出席了这次聚会。森鸥外给国外留学的上田敏去信，在信中谈到"晚上，去上野的青杨会，见到金之助等人"，还附上了他自己和漱石在会上临时挥毫书写的俳句。此后，森鸥外给在巴黎留学的上田敏去信，其中谈到过日本文坛的偏颇："自然主义文学占据了日本文坛的主流，除了国木田独步和田山花袋外，似乎无他人，连漱石的声音也听不到了。"①

1908 年至 1910 年的三年间，两位文学家的创作进入佳境。漱石发表了《三四郎》、《从此以后》和《门》，受年轻人欢迎，再次激起文坛波澜，也诱发了森鸥外的文学技痒，1910 年，森鸥外发表了取材于现代生活的小说《青年》，他声称这是受《三四郎》启发创作的青春小说。在该作品中，森鸥外主张"利他的个人主义"伦理观，与漱石的人生观念相同。作品中的人物平田拊石以漱石为原型，鸥村是森鸥外的化身。作者这样描述拊石："他脸色有点苍白，表情愉快，带有嘲弄的意味。都说他和鸥村一样，是有着养子孤僻根性的人物，但表面并非如此。向上抿着稍稍透着红色的八字胡，一丝不乱又没有油滑感。他说话语调缓慢，谈吐不俗，思想活跃，并能用最恰当的语言表达出来，给人留下深刻的印象。"②森鸥外还描写拊石在文学俱乐部喜欢谈论易卜生。"农村大财主的独生子青年小泉纯一挚爱文学，为实现自己的梦想，从乡村来到文化都市东京，拜访慕名已久的自然主义文学代表作家大石路花（原型正宗白鸟）。但是，在文学创作方面，纯一没获得丝毫教益，反而陷入无边虚无之中。后

---

① 转引自何少贤：《日本近代文学巨匠夏目漱石》，中国文学出版社 1998 年版，第 306 页。
② ［日］出久根達郎：『漱石先生の手紙』，日本放送出版協会 2001 年版，第 125 頁。

来小泉纯一参加了文学沙龙——'青年俱乐部'，结识了爱好文学的医科
大学学生欧村。纯一对拊石在文学沙龙里围绕易卜生发表的演讲深有感
触。拊石认为，任何东西，一到日本就势必变得渺小，如伟大作家易卜生
东传日本，变成了渺小的易卜生，东传日本的尼采或是托尔斯泰也是如
此，原本的美好和崇高会遗失殆尽。拊石充分肯定易卜生文学的高度进步
性，明确指出：易卜生力说的个人主义，包括两方面内容即，第一，作品
思想中贯穿的一条红线是'脱尽一切旧套的束缚，主张个人要有独立的
个人生活'，拊石称此为'世间的自己'；第二，其文学中包蕴一种跃动
不止始终向上的精神，拊石称此为出世间的自己。在拊石看来，易卜生奋
力挣脱由旧习惯拧成的腐朽绳索，其目的在于'鼓动强劲的双翼，乘风
朝高远太空飞翔。'拊石反复强调：百折不挠，向世俗腐恶的日常生活开
战的易卜生，当之无愧是有追求的人，是现代人，是新人。"① 拊石演讲
的主旨，是对日本自然主义文学的否定，他和大石路花的文学主张的迥异，
让纯一获益匪浅。从小说描写的这段内容来看，这既是漱石也是森鸥外的
文艺观。他们都吸收了易卜生的启蒙精神和创新艺术。易卜生文学就是张
扬个性，对争取摆脱封建桎梏有着重要的感召力。易卜生在西方现代化进
程中所扮演的角色不仅在于文化知识的启蒙，而且更在于其艺术的创新。

　　作家文学观的不同，自然引发文学争鸣。早在 1891 年至 1892 年，受
易卜生文学影响的森鸥外就有感于日本国内的落后闭塞以及文坛的混乱。
于是，凭借自己深厚的学识修养，展开文化上的全面启蒙。他与日本近代
文学理论的开拓者坪内逍遥，关于文学上的"无理想"问题进行了辩论。
坪内逍遥所著《小说神髓》揭开了日本近代文学的序幕，他主张小说应
描写人情世态，并以写人情为主，着重心理描写与持客观态度，他的小说
《当代书生气质》贯穿了"没理想"的创作理念。森鸥外是日本浪漫主义
文学的先驱者，他站在文学应当表达"理想"这一立场上。他们的辩论
的起因是逍遥发表在《早稻田文学》上的《莎士比亚剧本评注》"绪
言"，争论持续进行了长达八个月，是日本文学史上一次重要的文学论
争。② 继森鸥外与逍遥的文学论争之后，日本近代文学史上规模最大的文
学争鸣是漱石、森鸥外等作家与日本自然主义文学的论争。留学英国的漱

---

① 刘立善：《论森鸥外的长篇小说〈青年〉》，《日本研究》1997 年第 2 期，第 65 页。
② ［日］市古贞次、长谷川泉等：『新编日本文学史』，明治书院 1982 年版，第 113 頁。

石，与森鸥外一样非常了解西欧文学的潮流，他们对日本文坛盛行的自然主义文学看得很透彻。日本自然主义文学流派的大部分作家的作品都是"粗俗低劣"，那只不过是变了形的自然主义，是缺乏艺术的解剖式的描写，他们所宣扬的"无理想"、"无解决"或者说"宿命论"的文学观念，实际上毫无意义。漱石和森鸥外的文学观虽然不完全相同，但根底是一致的，那就是个性的张扬和对自由的追求。漱石认为"爱自由是人的天性"。所以，这两位文坛巨匠不约而同地反对自然主义文学观念，并促动了日本近代文坛反自然主义文学的热潮。

日本的自然主义文学，起于20世纪初小山天外（《初姿》序）和永井荷风（《地狱之花》序）对左拉科学实证主义文学理论的移植，彻底反对旧道德、旧观念，主张暴露现实，按照事物的本来面目如实进行写作。自然主义文学的鼎盛时期是1906至1912年，作家岛崎藤村的《破戒》、田山花袋的《棉被》、正宗白鸟的《向何处去》，德田秋声的《足迹》，岩野泡鸣的《耽溺》等。这些作家从理论和创作两方面都推进了自然主义文学的发展。自然主义文学追求生活中的"真"，有一定的现实意义。但他们过于注重挖掘本能、暴露自我、追求官能，从而招致了虚无主义、宿命主义、无理想、无解决等消极因素。田山花袋等人所追求的"自然"几乎是本能的同义语。花袋在《露骨的描写》一文中提出，"一切必须露骨，一切必须真实，一切必须自然"，主张"露骨和大胆，始终是无所顾忌的"。他的小说《棉被》就是基于本人"露骨描写"的主张，忠实地描写了一位中年文士爱欲女弟子的苦恼心理，一举成为自然主义文学的代表作家。他的揭露现实和平直描写对其后的文学产生了很大影响，并催生出日本独特的"私小说"。为自然主义文学摇旗呐喊的评论家岛村抱月，在评论花袋的小说《棉被》时，指出这是一部"肉欲的人、赤裸裸的人大胆的忏悔录"①。自然作家逐渐走向享乐主义，随着其弱点暴露，1912年之后自然主义文学运动逐渐转向衰落。

自然主义文学的鼎盛时期，也正是漱石的创作时期。自然主义流派的作家们极力否定漱石的文学。漱石与自然主义的论争主要在1908年，作者在小说《三四郎》中，上野的养精轩文艺界人士聚会时，广田先生关于像野野宫那样的物理学家做不成"自然派"的言论，就是揶揄自然主

① 叶渭渠、唐月梅：《20世纪日本文学史》，青岛出版社2004年版，第60页。

义文学的浅薄，同时也是为他自己的文学观念作辩护。

　　"为了测试光线压力，光是睁大眼睛去观察'自然'，当然是一无所获。在'自然'的菜谱中，并没有印出光线压力这样一种事实，对不对？所以就人为地搞出了什么水晶丝啦，真空管啦，云母片啦的精心装置，才能使光线有压力的现象进入了物理学者的眼睛，是不是？所以不能说是'自然派了'呀。"……"那么，物理学者应该是浪漫的自然派了。从文学角度来说，不就是易卜生笔下的那种人物吗？"坐在对面的博士做起比较来了。……"被置于某种状态之下的人，有着可以朝相反方向运动的能力和权利。——然而，一种奇怪的习惯总使大家认为：人也好，光线也好，都同样地按照机械性的法则而活动；所以时常出现意想不到的谬误。……本身就是人的我们，无论如何不会去想象那种不像人干的行为。只因描绘得太蹩脚，便感到不像是人了。"①

　　作品中画家原口的绘画论也可以看作漱石文论的表述。"现今的画儿，仅凭一点儿灵感是画不出来的。"之后他还说，"画家并不是画内心，而是在画体现内心世界的外表，所以，只要细心观察外表而不要遗漏掉什么，内心的情况自然了如指掌。……画任何肉体，不点上灵犀就是死肉，那当然不成其为画。"② 关于画与文在《草枕》中的画工也有一番评论，"每当看到现代法国的裸体画时，觉得有明显极端描绘肉体美的痕迹，因而感到缺乏气韵。""遮蔽肉体，美也就淹没了；如果不遮蔽，就会变得低劣。所谓现代裸体画只不过把技巧都用在不遮蔽的低劣上了。""他们忘记了穿衣服是人间常态，试图把一切职能都归于赤裸裸的形象。"③《草枕》中的画工和《三四郎》中的画家原口所表示的艺术观，在这里也即漱石的艺术论，是对自然主义文学的否定。黑格尔认为："艺术就是从这里开始：它就是按照这些观念的普遍性和自在本质把它们表现于一种形式，让直接的意识可以观照，使它们以对象的形式呈现于心灵。所以对自

---

① ［日］夏目漱石：《三四郎》，吴树文译，上海文艺出版社 2010 年版，第 185—186 页。
② 同上书，第 215 页。
③ ［日］夏目漱石：《哥儿·草枕》，陈德文译，海峡文艺出版社 1986 年版，第 166 页。

然事物的崇拜，即崇拜自然和拜物的习俗，还不是艺术。"①

　　自然主义作家往往忽视艺术高于生活的审美观念，甚至歪曲艺术想象，如自然主义作家田山花袋读了《三四郎》后表示遗憾，认为作品"通篇是编造"。田山花袋在《近代小说》中还说："英国既没有影响一代人的大思想家，也没有小说家能写出与欧洲抗衡的作品。"言外之意，研究英国文学的漱石根本不可能成为大作家，其作品也不合时宜。漱石在《答田山花袋君》里，明确表示了他对文学虚构的看法："与其煞费苦心地责备虚构作品，不如煞费苦心地去虚构活生生的人和使人觉得很自然的角色。"② 漱石认为，只要虚构出来的人和事具有现实意义，就是作者引以自豪的创作。这里的虚构亦即根据作者的理想和想象将个人的自由愿望编织到他所塑造的人物中，他认为真实并不意味着写真人真事。关于漱石小说的虚构问题，谷崎润一郎曾发表过这样的见解："先生的小说是虚构，但比起描写小视野的真实，大视野的虚构更有价值。"③

　　小宫丰隆曾经指出，法国兴起的自然主义，一到日本文坛就变了味，没有原来的大器，显出庸俗之气，并且自然主义作家只不过把它作为排斥异己的工具，把不同类型的作品当作歪门邪道来竭力排斥。他们把漱石的作品攻击为毫无价值的"高等讲坛"。漱石1908年写给小宫丰隆的信中反映了他对自然主义作家的看法：

　　　　文坛诸公，并非都是贤惠的、正派的。而只是日夜思考着怎么样把自己打扮成又贤惠又正派的。你不必怒气冲冲，因为，这是和这个欺世盗名的程度相吻合，不能旁观，不能期望社会自然进步……今天的所谓自然派，对于自然两个字而然是毫无意义的，我只能说这团体认为只有田山花袋、岛崎藤村和正宗白鸟的作品是可贵的。而且都是患有恐俄症的家伙；就人品而言都在你之下；要说通情达理多数人还不如你呢；在生活上，比你还要困难得多。因而他们能够干你不能干的，说你不能说的。你有勇气以这些人为对手斗争下去吗？④

────────────

① ［德］黑格尔：《美学》（第二卷），朱光潜译，商务印书馆1979年版，第23页。
② ［日］夏目漱石：『漱石全集』（第13卷），岩波书店1966年版，第207页。
③ ［日］谷崎潤一郎：『「門」を評す』，『夏目漱石全集別卷』，筑摩书房1979年版，第89页。
④ 转引自何少贤：《日本近代文学巨匠夏目漱石》，中国文学出版社1998年版，第315页。

　　在漱石心目中，文学事业应该是自律性、创造性的高尚精神活动，但当时的许多作家，不过是将文学当作一个糊口的工具，没有丝毫神圣感。

　　此后，漱石对自然主义文学的态度有所变化，在 1909 年发表的《文坛的趋势》的评论中，提出了与自然主义既竞争又同化的理论。1911 年，他在长野县的演讲《教育与文艺》中，比较客观地表达了他对自然主义文学的看法，他说：

　　　　自我解剖、自我批评的倾向渐渐在人的心目中扩大，精神彻底平民化，换言之也就是真正的平凡起来了。……自然主义的道德文学，自我改良的念头显得浅薄，希望向上的动机淡薄，如此等等肯定会有的。这的的确确是个缺点。

　　　　现代教育的倾向、文学的潮流，无一不趋向自然主义，所以才逐渐显示出它的弊害，日本的自然主义这个词成了极其令人鄙视的了。然而这是错的。自然主义并不是那么非伦理的存在，自然主义本身并不表现在一部分日本文学上，它只是显示了缺点而已。前面已经说过，不论任何文学，他绝不会脱离伦理的范围，最低限度它也不能不在某些地方表露出对伦理的渴望。①

　　漱石认为"人的内心深处永远存在浪漫主义的英雄崇拜情绪"，正因为如此，若是忽视了这一点，只表现"人的弱点，并不具有文学的真正价值，而是存在巨大缺点和失败的艺术"。自然主义文学的缺点，归根结底是文学家对于作品处理上的失败，是"对过去极端浪漫主义的反动"。为了挽救自然主义的弊病，不是恢复过去的浪漫主义，而是创造新的浪漫主义。新的浪漫主义抛开了过去近乎空想的理想，树立一个比较实际容易达成的目的。社会总是二元的，所以他的结论是浪漫主义文艺和自然主义文艺，"两者的调和会成为今后的重要倾向"②。

　　1912 年 1 月，小说《春分之后》在《朝日新闻》连载，漱石在前言

---

　　① ［日］夏目漱石：《十夜之梦：夏目漱石随笔集》，李正伦译，华东大学出版社 2008 年版，第 224 页。

　　② 同上书，第 226 页。

里谈到自己很久以来的愿望,"我头脑里始终萦绕着一个念头,就是必须想方设法写出一部好的作品来"。"至于作品的性质、自己对作品的见解或主张,我觉得现在还没有必要。坦率地说,我既不是自然主义流派的作家,也不是象征主义的作家,更不是近来时常耳闻的那种新浪漫派作家。我无法相信自己的作品已经染上了某种固定的色彩,以至于这种色彩竟达到了高声标榜上述各种主义并引起了局外人注意的程度,而且我也根本不需要这种自信。我的信念只是:我就是我自己。在我看来我就是我自己,什么自然主义流派呀,象征主义流派呀,以及冠以'新'字的浪漫派呀,是与不是全都没有关系"。他继续说,"作为普普通通的人在老老实实地呼吸着大自然的空气,同时在四平八稳地过日子。我相信,能把自己的作品公诸于既有教养又平平常常的人士面前,就是自己的莫大荣幸了"①。漱石在作品前言中还提到,自己要对众多的读者负责,写出"有趣"的小说。所谓有趣也就是适合大众关心和理解的内容。由此可以看出作者的创作转向。佐藤泰正如是评论漱石上述文学宣言:"'我就是我自己'的表白,是漱石的自信表现,但也透视出漱石内心的孤独。漱石是一位最为特立独行的作家,很少有人能领略他的内心世界,最追慕漱石的白桦派作家武者小路实笃、志贺直哉等都称漱石为先生,但在白桦派中也不是每个人都能理解漱石。田山花袋等自然主义文学家们非难漱石,谷崎润一郎等唯美派也是如此,从这个意义上说,漱石是他那个时代最孤立的一位作家。"②

在当时日本文坛,能够和漱石在文学观方面产生共鸣的作家是森鸥外。1915 年 10 月 11 日《大阪朝日新闻》刊登了漱石关于"时下文坛"的谈话内容,其中就涉及森鸥外的作品。他说"森鸥外历史题材的新作《栗山大膳》和《堺事件》,被读者说成'高等讲坛',否认它的价值,但我认为是非常好的作品,其价值在于作品蕴涵的远见卓识。"③ 他指出,森鸥外的历史小说,其意义在于尊重历史的同时,又摆脱了历史的束缚,借助历史事件的描述来表达作者的理想和信念。漱石认为森鸥外的作品,

---

① [日] 夏目漱石:《夏目漱石小说选》下册,张正立、赵德远译,湖南人民出版社 1984 年版,第 2—3 页。

② [日] 佐藤泰正、吉本隆明:『漱石の主題』,春秋社 1986 年版,第 21—22 页。

③ [日] 出久根達郎:『漱石先生の手紙』,日本放送出版協会 2001 年版,第 125 頁。

即便是历史小说也是经验和现实的结合，符合他理想中的文学趣味。

　　日本近代社会逐渐达到成熟后，自然主义文学趋向颓废，文学也随之注入新气象。从 1907 年前后到大正时期，在漱石和森鸥外的影响下，以武者小路实笃、志贺直哉等为代表的白桦派、芥川龙之介为代表的新现实主义文学等多元文学形式登上日本文坛；谷崎润一郎和佐藤春夫为代表的耽美派，亦活跃了日本文学。叶渭渠在《20 世纪日本文学史》一书中指出："这场围绕自然主义与反自然主义的论争规模之大、参加人数之众、涉及问题之广、历时之久，没有任何一次文学可与之匹敌。可以说，在日本近代文学史上是空前绝后的。同时通过这些论争，不仅将文学上的技术问题、表现问题的探讨推向深广的层面，而且将文学作为多学科的合成体来综合考察，也就更加扩大了思想视野，对于显得贫弱的近代日本文学理论的提升，无疑起了某种促进作用。"[1]

　　总而言之，莎士比亚、斯威夫特和易卜生等西方文学大师对漱石的艺术创造产生了深刻影响。作家的成长与文化认同和世界观紧密联系。因为深刻的思想总是在与前人的反复对话以及与同代人的思想碰撞中建立起来的。

---

[1]　叶渭渠、唐月梅：《20 世纪日本文学史》，青岛出版社 2004 年版，第 75 页。

第二章

存在意义的迷失与价值重建

"据说日本是 30 年前就觉醒了的。然则此乃闻警钟而急急跃起耳。此觉醒并非真觉醒，乃惊慌失措之举也，一味急于吸收西洋，以致无暇消化矣。文学、政治、商业，无不皆然。若无真觉醒，日本无救矣。"① 这是漱石留学英国日记（1901 年 3 月 16 日）中的一段话，表明文明开化的虚妄带来了意义的迷失。日本的文明开化是表面的、外发的、被动的开化，只是学到了西方表面的东西，而其民主精髓、自由精神和平等意识并没有真正吸收，封建专制依然根深蒂固，加之日本天皇专制政府对外疯狂发动侵略，对内残酷镇压，自由精神和人的个性得不到健康发展，所以导致价值贬损。人的思想被禁锢，并产生恐惧、悲观、厌世、虚无，对未来感到迷茫。漱石文学中的文明批评、社会批评、厌战思想以及对封建伦理道德的挑战，就是对荒谬和黑暗的反抗，也是对存在虚无的超越。他希望社会不断革新，改变不合理的现实，主张树立自由民主、人人平等、个性发展和社会公平等代表人类文明进步的价值观，提倡人格前提下的"个人主义"，并将正义、义务、责任引入"个人主义"，体现了他作为一个启蒙主义者的清醒认识。

第一节　生存困境与变革启蒙

漱石的初期小说《我是猫》、《哥儿》、《草枕》、《秋风》和《矿工》等作品，描写了知识分子拒绝屈服于鄙俗现实，选择精神自由，对于拜金主义，爱慕虚荣、趋炎附势的人给予冷嘲热讽，表达了他改革社会现实的强烈愿望。

---

① 　[日] 夏目漱石：《梦十夜》，李振声译，广西师范大学出版社 2003 年版，第 279 页。

一　生存困境

1905 年漱石创作的第一部小说《我是猫》，是针砭时弊的讽刺文学作品，一举博得喝彩。主人公苦沙弥是位没有身份地位的中学英语教师，他鄙视实业家金田之流，其理由是"只要给钱，他们什么事都干得出。借用一句古话：'市井小人嘛'！"金田拥护者铃木说"如果人不下定'人为财死'的决心，是干不来这一行（实业家）的"。实业家要想发财，"必须实行'三绝战术'——绝义理、绝人情、绝廉耻。"①在苦沙弥眼里，三绝的实业家金田就是十足的"混蛋"。

作者借猫语愤愤地批判价值观颠倒的社会现实："试看当今世界，号称'大有作为'的，除了谎言虚语欺骗人、暗下毒手残杀人、虚张声势吓唬人，以及引话诱供陷害人而外，似乎再也没有本事了。连中学生那些小子辈们也见样学样，错误地以为不这样就不够神气，只有洋洋得意地干那种本应该脸红的勾当，才算得上未来的绅士。这哪里是'大有作为'，简直是'无所事事'。"②《哥儿》中也有类似的尖锐讽刺：人世间的大部分人都在鼓动做坏事。他们认为如果不那样做就难以成功。有时见到正直纯粹的人，就说人家不成熟而加以轻蔑。既然如此，伦理教师的课上，"干脆教学生如何撒谎，如何不信任他人和诬陷他人的法术好了。"③世风日下，单纯和正直被嘲笑。哥儿是一位与世俗对立的刚直不阿的青年，他肯定自己的正直和坦率，抨击媚俗、虚伪狡诈和飞扬跋扈。耿直、纯洁的哥儿犹如一面镜子，照出了物欲横流的社会中的众生相、教育精神的失败、人类灵魂的龌龊。漱石认为教育精神就是扫荡卑鄙、轻浮、粗暴恶习，提倡高尚、正直精神的同时，培养自由意志。他利用《哥儿》中的人物数学教员说出了他的心声："教育的精神不仅在于传授学问，同时还要提倡高尚、正直、武士精神，扫荡卑鄙的、轻浮的、粗暴的恶劣风习。"④《哥儿》是以漱石工作两年的松山中学为舞台的写实文学。他在乡村中学任教时，坚持正义，抨击那些虚伪、谄媚、尔虞我诈、唯利是图的

① ［日］夏目漱石：《我是猫》，于雷译，译林出版社 1993 年版，第 119 页。
② 同上书，第 292 页。
③ ［日］夏目漱石：《哥儿·草枕》，陈德文译，海峡文艺出版社 1986 年版，第 38 页。
④ 同上书，第 49 页。

世俗人物。苦沙弥和哥儿的身份都是中学教师,在这两部作品中,教师和学生不但没有精神交流,而且学生还是主人公恶骂和痛批的对象,如,哥儿骂学生是"一群提不起来的散兵","没有见过那么卑鄙的家伙,简直是猪。可见世上的人也都和学生一样卑鄙"。佐藤泰正指出,这是漱石"假借教育界这个舞台,进行一流的文明批评、社会批评"①。

漱石对日本文明开化持悲观态度,他认为西洋的开化为内发型的,所谓内发型指的是其社会内部自然发展的结果,如行云流水般自然。而日本的开化则为外发型,这种目的性极强的维新变革导致了盲目和浮躁,人们举手投足都失去了天真和自然,给生存带来了压迫感,人变得依附于权力,见利忘义,追名逐利,蝇营狗苟,片刻不得安闲。如"古人是敬人忘我的,尔今,是教育人们不要忘我,完全反了过来。一天二十四小时,全被我字占据了。因此,一天二十四小时没有片刻太平,永远是水深火热的地狱。"《我是猫》最后一章,反映漱石对文明弊端的强烈批评:

> 所谓现代人的自觉意识,指的是对于人际间存在着截然不同的利害鸿沟了解得过细。并且,这种自觉意识伴随着文明的进步,一天天变得更加敏锐,最终连一举手、一投足都要失去天真与自然了。……什么"悠然自得""从容不迫"等等字样,变得徒有虚名、毫无意义了。从这一点来说,现代人都密探化、盗贼化了。……因为现代人不论是醒来还是在梦中,都在不断地盘算着怎样对自己有利或不利,自然不得不像密探和盗贼一样加强个人意识。他们整天贼眉鼠眼,胆战心惊,直到进入坟墓,片刻不得安宁,这便是现代人,这便是文明发出的诅咒。简直是愚蠢透顶。②

随着现代人"自我"意识的觉醒,物质欲望的扩张,精神生活容易被忽视,道德品质也渐次丧失,这是时代困惑的一面。在《草枕》中,对时代困惑的另一面,亦即个性禁锢及危险性,漱石指出:

> 文明就是采取一切手段最大限度地发展个性,然后再采取一切手

---

① [日]竹盛天行编:『夏目漱石必携Ⅱ』,学燈社1982年版,第20页。
② [日]夏目漱石:《我是猫》,于雷译,译林出版社1993年版,第355—356页。

段最大限度地践踏个性。给予每个人几平方米的地面，让你自由地在这块地方起卧，这就是现今的文明。同时将这几平方米的地面围上铁栅栏，威吓你不准越出一步，这也是现今文明。在几平方米的地面希望擅自行动的人，也希望在铁栅栏外边擅自行动，这是很自然的道理。可怜的文明国民们日日夜夜只能啃咬着铁栅而咆哮。文明给个人自由，使之势如猛虎，而后又将你投入铁槛，以继续维持天下和平。这和平不是真正的和平，就像动物园的老虎瞅着游客而随地躺卧的那种和平。铁槛的铁棒要是拔出一根——世界就不堪收拾。第二次法国革命也许就是在这种时候发生的。个人的革命现在已经在日夜进行。北欧的易卜生曾经就革命兴起的状态向吾人提出具体的例证。我每当看到火车猛烈地、不分彼此地把所有的人像货物一般载着奔跑，再把封闭在客车里的个人同毫不顾忌个人的个性的铁车加以比较，就觉得危险；危险，一不留神就要发生危险！现在的文明，时时处处都充满这样的危险。顶着黑暗冒然前进的火车便是这种危险的一个标本。①

丰子恺翻译漱石小说《旅馆》（《草枕》）时，也称赞说"夏目漱石真是一个最像人的人"，并且引以为知音。在他的随笔《塘栖》里，开篇就引用其中的一段关于火车的比喻，火车是代表 20 世纪文明的东西，如同把几百个人装在同样的箱子，被毫不留情地拉走。"被装进箱子里的许多人，都必须用同样的速度奔向同一车站"。"别人都说乘火车，我说是装进火车里。别人都说乘了火车走，我说被火车搬运。再也没有像火车那样蔑视个性的东西了"。丰子恺还写道："在二十世纪中，恐怕再没有这样重视个性、这样嫌恶物质文明的了。有的话，还有一个我。我自己也怀着和他同样的心情呢。"文章最后这样结束："我谢绝了二十世纪的文明产物火车，不惜成本地坐客船到杭州，实在并非顽固。知我者，唯夏目漱石乎？"② 在日本的作家中，丰子恺最推崇夏目漱石，自称是给予他精神上影响最深的作家。

漱石的《草枕》从表面上看像东方式的作品，用俳谐、绘画的手法，

---

① 　[日]夏目漱石：《哥儿·草枕》，陈德文译，海峡文艺出版社 1986 年版，第 218—219 页。

② 　丰子恺：《丰子恺散文》，人民文学出版社 2008 年版，第 262 页。

描写一个画家到山中寻求闲静宽舒的生活故事。但细读《草枕》,我们会看到 20 世纪的文明中,人们精神不安,希望得到悠闲而宁静的生活,但即便逃到山中,也依然感受到所谓文明的压迫。日本近代文明开化没有带来"安乐和精神的进步",而逃离文明,前行是地狱,后退也是地狱。在此,漱石就是借助火车来比喻践踏个性与自由的日本现实,提醒国人法国为什么会爆发大革命。当画工随娜美等人到车站去送(日俄战争)参战人员时,看到正在吃喝的两个乡下人,内心充满抱怨和愤怒,"他们闻不到满洲原野上风的腥臭,也尝不到现代文明的弊害。革命是怎么回事?他们连这两个字都未听到过吧。"① 郭来舜在《草枕》序中指出,漱石的"《草枕》、《二百一十天》等早期作品中,愤然抨击社会黑暗,赞扬法国大革命的精神,有一股浩然正气。"② 漱石怀着一颗宽广的胸襟,而不是怀着恶毒、狭隘、阴暗的心理,揭示现实中存在的黑暗,正如学者韦政通所言:"批判的心灵是正义之神的化身,社会的关怀是爱神的使者。"③

二 拘泥与解脱

《我是猫》中苦沙弥与落云馆中学相邻而居,金田常常利用那所学校的中学生来给苦沙弥制造麻烦,如学生经常故意把球踢到他家,然后不打招呼,擅自入宅取球,搞得他整日不得安宁。金田之流认为"既然是个教师,不论受到多大的侮辱,也应该像个木雕似的乖乖忍受。"苦沙弥面对这样的现实束手无策,只有"上火"的份儿。这时有三位客人帮苦沙弥出谋划策,找出解除苦恼的办法。

第一,铃木的观点:要屈从于钱多、势众。他的理由"人一有棱角,在人世上周旋,又吃苦,又吃亏啊!圆滑的人滴溜滴溜转,转到哪里都顺利地吃得开;而有棱有角的,不仅干赚个挨累,而且每一次转动,棱角都要磨得很疼。"④

第二,甘木医生:要用催眠术镇静神经。

第三,八木独仙:以消极的修养求得心安。哲学家八木独仙劝告苦沙

① [日]夏目漱石:《哥儿·草枕》,陈德文译,海峡文艺出版社 1986 年版,第 220 页。
② 同上书,第 4 页。
③ 韦政通:《伦理思想的突破》,中国人民大学出版社 2005 年版,第 4 页。
④ [日]夏目漱石:《我是猫》,于雷译,译林出版社 1993 年版,第 244 页。

弥回避与金田之流的对立，安于现状。他认为"太不合身的西装，如果硬是穿上它，就会撑破。吵架啦、自杀啦、暴动啦"都是不合时宜的行为。他说：

　　西洋人最近十分流行这么一句话："积极"，但是，这有很大的缺点。首先，说什么"积极"，可那是没有边的事呀！任凭你积极地干得多久，也达不到如意之境或完美之时。对面有一棵扁柏树吧？它太妨碍视线，就砍掉它。可这一来，前边的旅店又碍腿了。将旅店也推倒，可是再前边的那户人家又碍眼。任你推倒多少，也是没有止境的呀！西洋人的干法，全是这一套。拿破仑也好，亚历山大也好，没有一个人胜了一次便心满意足。瞅着别人不顺眼。吵架；对方不沉默，到法院去告状。官司打赢了，若以为这下子他会满足，那就错了。任凭你至死苦苦追求"心满意足"，可曾如愿以偿吗？寡头政治不好，就改为代议制。代议制也不好，就想再换个什么制度。河水逞狂，就架起桥来；山峰挡路，就挖个涵洞；交通不便，就修起铁路。然而，人类是不可能就此永远满足的。话又说回来，人啊，究竟在多大程度上可以积极地使自己的主观意图变成现实呢？西方文明也许是积极的，进取的，但那毕竟是终生失意的人们所创造出来的文明。至于日本文明并不在于改变外界事物以求满足。日本和西方文明最大的不同点就在于：日本文明是在"不许根本改变周围环境"这一假设的前提下发展起来的。老子和子女处不来，却不能像西洋人那样改善关系，以求安康。亲子关系必须保持固有状态，不可改变；只能在维持这种关系的前提下谋求安神之策。夫妻君臣之间的关系，武士与商人之间的界限以及自然观，也莫不如此……假如有座高山挡路，去不成邻国，这时想到的，不是推倒这座大山，而是磨炼自己不去邻国也混下去的功夫，培养自己不跨过大山也于愿足矣的心境。所以呀，君不见佛家也好、儒家也好，都肯定抓住这个问题不放的。
　　……眼下不论你怎么积极进取，学生们还是要来捉弄你，岂不是徒唤奈何吗？假如你有权封闭那所学校，或是学生们干了值得向警察控诉的坏事，那自当别论。既然情况并非如此，你再怎么积极地跑出去，也不会获胜的。跑出去，就会碰上金钱问题，寡不敌众的问题，换句话说，你在财主面前，不得不低头；在恃众作恶的孩子们面前，

不得不求饶。像你这种穷汉子,而且还要单枪匹马地积极去斗架,这
正是你心中不平的祸根啊!①

　　简言之,八木独仙的观点就是逃避现实,是虚无思想的表现,出发点
就是:既然你不能改变这个世界,那就去适应这个世界。漱石在《草枕》
中提出追求"非人情"的文学观,所以往往被误认为他的思想倾向于八
木独仙的消极论,但从该作品终章的内容来看并非如此,用美学家迷亭的
话来说,大谈精神修养的八木独仙也不过是嘴上的把戏,到了关键时刻,
和你我一样。独仙的学说十多年来从未改变过,"嘴皮子上讲什么超越生
死,但似乎依然惜命"②,作者最后用猫语评价他说,"独仙好像已经得
道,但是两脚依然似乎没有离开大地"③。苦沙弥认为人一旦安于现状,
就会丧失积极的人生态度,陷入虚无。他与权贵们不合作,与金田和铃木
拜金主义者们不妥协,同时也感到无力与他们较量。他焦虑、不平、苦
闷,但又意识到对此束手无策。所以他感叹"神经衰弱的国民活着比死
更痛苦万分"④,这是漱石对于近代知识分子阶层的无力感的认识。他在
肯定知识分子具有独立于社会的优越性的同时,也暴露了知识分子的
弱点。

　　当然,漱石对于人活在世上的艰难深有体会。他在另一部提倡"非
人情"的小说《草枕》中也谈到,"创造人世的,既不是神,也不是鬼,
而是左邻右舍的芸芸众生。这些凡人创造的人世尚且难居,还有什么可以
搬迁的去处?要是有,只能是非人之国,而非人之国比起人世来恐怕更难
久居吧。"⑤

　　关于拘泥与解脱,漱石在后来的小说《秋风》中又做了进一步探讨。
该作品的主人公白井道也从一所中学辞职,做起了杂志记者和翻译,通过
著书和演说来宣传自己的思想,他围绕"解脱和拘泥"这个主题给一家
杂志写评论。白井道也认为拘泥于现实是痛苦的、不可避免的,人世间痛
苦本身难以避免,解决拘泥有两种方法:一种方法是别人无论如何拘泥,

---

①　[日]夏目漱石:《我是猫》,于雷译,译林出版社1993年版,第249页。
②　同上书,第270页。
③　同上书,第375页。
④　同上书,第359页。
⑤　[日]夏目漱石:《哥儿·草枕》,陈德文译,海峡文艺出版社1986年版,第105页。

自己不拘泥。无论别人怎么看待、怎么批评、怎么辱骂，你依然不拘泥，无所顾忌地走自己的路。就如耶稣、孔子和释迦牟尼等。还有一种解脱，就是常人的解脱，不是避免拘泥，而是把自己置身于不得不拘泥的痛苦地位，你要学会媚俗、趋炎附势，否则，你只能失败。艺伎、绅士和行家属于这一类。白井道也说，解脱不是最终的目的，只不过是寻求捷径，生存在这个势利的世道，当我们贯彻真、标榜善、提倡美的时候，才是避免受到卑鄙者伤害苦痛的捷径。从《秋风》中也可以看出，"解脱是最简便的生存方式"，"是免除了坚持勇猛精进的志向而遭迫害的苦痛"。漱石的"余裕"、"非人情"文艺观，以及作品描写的知识分子不拘泥于世俗，还有他的道德追求和哲学思索等等，都说明漱石作品的课题就是知识分子如何消除拘泥。漱石提出解脱的两条途径，实际上暗含着对没有自由和独立精神一味媚俗势利这类人的批判。

三 变革与启蒙

"拥有悠久传统的社会都有其凝固的信仰体系和难以改变的习惯，只接受被他们自己传统所定义的那种道德和精神，因此对新观念不但难以接受，还往往产生顽固抵制的现象，用威廉·布莱克（William Blake）的说法，这是一种'心所锤炼的桎梏'。这种桎梏使整个民族产生'心盲'——心陷牢狱而不自知，这是精神革命的最大障碍。"① 从八木独仙对苦沙弥大谈东西文明的不同和东洋式的逃避现实的理论来看，走出传统桎梏谈何容易。如何改变现状以及究竟选择哪种途径去改变，是漱石思考的问题。如《我是猫》中苦沙弥听了三位客人关于解脱的建议后，在家静坐养心和反思，这时候他收到了三封信，其中有一封署名"天道公平"的信，他反复阅读，并决定探究其义。

> 不把人看成人时，便无所畏惧。试问不把人看成人的人，却面对不把我看成我的社会而愤怒，那将如何？飞黄腾达之士，将不把人看成人视为至宝，只在别人眼里没有他时才勃然变色。管他色变不变，混账东西……
> 当我把人看成人，而当他人不把我看成我时，鸣不平者便爆发式

① 韦政通：《伦理思想的突破》，中国人民大学出版社2005年版，第127页。

地从天而降。此爆发式行动,名之曰革命。革命并非鸣不平者所为,实乃权贵荣达之士欣然造成者也。①

"天道公平"信中的内容就是反抗的革命之路,苦沙弥认为他是个"见识宽广的伟人"。随着《我是猫》内容的进展,作品由对唯利是图、损人利己的实业家的鞭挞和嘲笑逐渐过渡到对官僚政体的深入批判,如"官吏本是人民的公仆、代理人,为了办事方便,人民才给了他们一定的权力。但是,他们却摇身一变,认为那权力是自身固有而不容人民置喙。"② 这是漱石"站在近代民主立场上,对明治政府官僚政治实相的批评。"③

一向给苦沙弥灌输精神修养的八木独仙,后来在他身上也体现出了尊重自我、向往自由、反抗权威的近代精神,他说:

"今日世界,管他是多么非凡的殿下和将军,想超限度地凌辱人格是办不到的。说得严重些,如今,压迫者的权势越大,被压迫者就越感到烦恼,要进行反抗。因此今非昔比,竟然出现了这样的新气象:正因为是权势显赫的官府,才落得莫可奈何。如今,若依古人来看,几乎是不敢相信的事情竟然无可非议地通行。世态人情真是变幻莫测!迷亭君的《未来记》若说是笑谈,倒也算是笑谈;但是,假如说它有所启示,岂不确也是韵味隽永吗?"

迷亭说:"既然有了这么好的知音,我就非把《未来记》的续篇讲下去不可了。如同独仙所说,今日世界,如果还有人靠着官衔权势耀武扬威,仗着二三百条竹枪横行霸道,这犹如坐上轿子却急忙要和火车赛跑,是一些时代落伍者中的顽固家伙。不,是最大的糊涂虫!是放阎王债的长范先生!对这帮家伙,只要静观其变也就是了……"④

---

① [日]夏目漱石:《我是猫》,于雷译,译林出版社1993年版,第261页。
② 同上书,第280页。
③ [日]濑沼茂樹:『夏目漱石』,東京大学出版社1962年版,第99页。
④ [日]夏目漱石:《我是猫》,于雷译,译林出版社1993年版,第363—364页。

　　这里，"静观其变"的含义是落伍者有朝一日会受到应有的惩罚。在该作品中苦沙弥谈到尼采之所以抛出超人哲学，"就是因为这种紧迫感无处排遣，不得已才化身于哲学的"。他认为尼采呼唤"超人"，看似理想，实则不平，读尼采的《查拉图斯特拉如是说》，与其说痛快，不如说压抑，那不是奋勇前进的呼喊，总觉得是深恶痛绝的声音。因为到了尼采的时代，"没有一个英雄问世。即使有，也没有人推崇他是英雄。""从前只有一个孔子，因此孔子也很有权威；而今却有多少个孔子，说不定天下人都是孔子。因此，尽管你神气十足地说：'我是孔子！'但也威名难振。"①由此看来，漱石是最理解尼采的人，他对尼采的超人哲学的认同，是对自由精神与个性解放的肯定。尼采在《论道德的谱系》中呼吁新精神，期待未来人"在未来某个时候，在一个比我们这个腐朽的、自疑的现代更为强盛的时代，那个怀有伟大的爱和蔑视的人，那个拯救世界的人，那种创造精神，还是会来临的；他逼人的力量使他无处苟且歇息；他的孤独被人误解为逃避现实，而实际上是孤独，正因为他投身现实、埋头现实、思索现实……这个未来的人就这样把我们从迄今所有的理想中拯救出来了，就这样把我们从理想的衍生物中、从伟大的憎恶中、从虚无意志中、从虚无主义中拯救出来了。"②与尼采一样，漱石也渴望着在这个虚无的世界里寻找出积极的意义，在《我是猫》最后一章迷亭的《未来记》里，他也庄严地期待未来有哲学家出现——"那时，一位哲学家从天而降，宣传破天荒第一次发现的真理。其说曰：人是具有个性的动物。消灭个性，其结果便是消灭人类。为了实现人生的真正意义，必须不惜任何代价保持并发展自己的个性。"他还指出，在婚姻方面，"并非两厢情愿的婚姻，实在是违背自然法则的野蛮风习。姑且不谈个性不发达的蒙昧时期，即使在文明昌盛的今日，却依然沉沦于如此陋习，恬然不以为耻，这未免荒谬绝伦。"③这里所谈的婚姻弊端也暗含对日本官僚政治的批评。

　　关于日本社会的矛盾与缺陷以及改革的必要性，漱石有清醒的认识，即使想回避也是不可能的，解决的唯一办法就是接受矛盾，并设法改变

---

　　①　［日］夏目漱石：《我是猫》，于雷译，译林出版社 1993 年版，第 368 页。

　　②　［德］尼采：《论道德的谱系》，周红译，生活·读书·新知三联书店 1992 年版，第 74 页。

　　③　［日］夏目漱石：《我是猫》，于雷译，译林出版社 1993 年版，第 366 页。

它。漱石作为启蒙者期待知识分子的批判意识,能够改变现实,推动社会的发展。在《我是猫》、《草枕》之后的另外三部作品《二百十日》、《秋风》和《矿工》中,也体现出漱石改造不合理现实的意愿。如《二百十日》中,知识分子圭君和追随他的碌君冒着风雨攀登阿苏山顶时有这样一段对话:

> "那就是我追求的精神。"圭君说。
> "是革命吗?"
> "对,是文明革命。"
> "什么叫文明革命。"
> "就是不流血的革命。"
> "不使用刀,那使用什么?"
> 圭默默地用手敲两下自己的头。
> "是用头脑?"
> "是的,对方是用头脑打过来,我们也用头脑还击。"
> "对手是谁?"
> "用权力和金钱,压迫无依无靠的民众的家伙们。"
> "对。"
> "就是要对那些公然行使恶习的家伙进行革命。"①

　　圭君希望进行"文明革命",就是不流血的头脑革命。圭君主张"捕杀文明的怪兽,给没钱没势的平民几分安慰"。《秋风》中塑造了一位满怀热情致力于社会改革的仁人志士白井道也先生,他反对"华族"(贵族),痛骂财主,认为日本明治时代的"文明"是"不见血的地狱";他提倡尊重人格、尊重知识的社会理想,表现了作家漱石的良知和正义感。作品洋溢着漱石强烈的人道主义感情和炽热的改革社会的愿望以及大胆干预社会的勇敢精神。吕元明在《我是猫》序言里提到漱石留学英国时给岳父中根重一的信,谈到对日本社会问题的看法,日本人在为日英缔结同盟、日本跻身列强而欢呼时,漱石却以冷淡的面孔对待,他说:"今天欧洲文明失败的原因,就是极为悬殊的贫富差别。"这导致"革命的必然

---

① 　转引自李国栋:《夏目漱石文学主脉研究》,北京大学出版社1990年版,第79页。

性"，"卡尔·马克思的所论"是"理所当然的事"。① 这一思想在《我是猫》《哥儿》和《草枕》中都有表现，如《哥儿》中，英语教员哥儿和数学教员痛打了卑鄙龌龊的红衬衫和帮闲，并警告："你们两个奸贼，我们是替天行道。今后赶快痛改前非，不管你们如何花言巧语地诡辩，正义决不饶恕你们！"②《秋风》主人公白井道所追求的"道"，其中一个重要内容就是公正的人格。他认为，天下失去一个公正人格即失去一点光明，一个公正人格是一百个贵族、绅商和博士也难以补偿的瑰宝。他不为个人名利，一心为社会、为他人奋斗；为了道义，他不怕孤立。作者在其作品中的主人公身上寄托了改造人性、改造社会的理想。

　　从《虞美人草》起，漱石开始由对权贵的批判转向对普通民众的批判。这是漱石成为职业作家后的第一部小说，故事情节显得比较简单，漱石在作品中明确提出了"人生的第一要义是道义"，体现了作者的道德批判意识。森鸥外的小说《舞姬》中主人公为了仕途不顾道义和良心的谴责，抛弃了爱他的爱丽丝，是对知识分子和世俗小市民的肯定；而漱石将拜金的小市民藤尾与追求精神和道义的甲野放在对立地位，到最后让藤尾自杀，实际上是否定鄙俗的小市民。然而，不可否认的是，漱石的认识停留在观念上，缺乏牢固的生活基础。所以他不被当时的人理解，就连文坛上的同行也往往误解他。正宗白鸟对漱石早期的作品《秋风》和《虞美人草》的评价很低，认为漱石在学识方面虽然比泉镜花渊博，但对于人生有一种道学先生的姿态。唐木顺三将漱石追求的"道义"说成因袭的旧道德。他们评价《虞美人草》不过是"劝善惩恶"的小说。平冈敏夫在《〈虞美人草〉论》中旗帜鲜明地反对上述观点，平冈敏夫主要从漱石《文艺的哲学基础》中所主张的"应该解释如何生存，并教给平民生存的意义"的观点出发来看待漱石的作品。他指出善与恶、"自然"与"文明"的二元对立，显示出漱石的"道义"和激烈的文明批判。此外，针对《虞美人草》中的恋爱，通过藤尾、小夜子这两个女子和小野的关系，展示出背离"道义"的恋爱与合乎"道义"的恋爱。在此基础上，否定了小野和藤尾肤浅的"文明"恋爱。赤岭干雄更是直言不讳地批评正宗白鸟的偏见，"漱石学识渊博，但不浅薄，更不是道学家，认为学识渊博

---

① ［日］夏目漱石：《我是猫》，于雷译，译林出版社 1993 年版，第 4 页。

② ［日］夏目漱石：《哥儿·草枕》，陈德文译，海峡文艺出版社 1986 年版，第 102 页。

就是道学家的人才是浅薄的。白鸟既理解不了也想象不到漱石所揭示的道
义世界的高度境界。"① 赤岭干雄认为漱石批判不合理的现实、提倡"道
义"是为了改变世界,推动社会的发展,创造新精神。《虞美人草》蕴含
悲剧哲学,"作品展示了以藤尾和其母亲为代表的我执世界与甲野钦吾和
宗近兄妹为代表的道义世界之间的矛盾,最终道义战胜我执,主题就是惩
恶劝善。"② 而在赤岭干雄看来,《虞美人草》不是单纯的"劝善惩恶",
它是迄今漱石集成精神的中间阶段,是他其后创作及思想的萌芽,就是
说,漱石倡导的道义并非陈旧的道德说教。他主张把自己的人生、人格修
养、宽阔胸襟和生命追求都融进作品里,以拯救世道人心。

发表于 1908 年的《矿工》是漱石成为专业作家后的第二部作品,传
达出作者否定"权威人格",肯定"民主人格"的思想。《矿工》中的主
人公是富家弟子,闹出了恋爱风波又无法收场,于是万念俱灰,离家出
走。漫无目标之间,一个举止怪异的矿工问他当不当矿工,他糊里糊涂地
跟到了足尾铜矿做工,在矿井下体验难以想象的艰苦劳动。村上春树的小
说《海边卡夫卡》中,主人公少年卡夫卡在图书馆读了奥地利著名小说
家卡夫卡的《在流放地》之后,接着饶有兴趣地阅读漱石的小说《矿工》
和《虞美人草》,并和图书馆的大岛谈论起对作品的看法。少年卡夫
卡说:

> "那是生死攸关的体验。后来好歹离开,重新回到井外生活当
> 中。至于主人公从那场体验中得到了什么教训,生活态度是否因此改
> 变,对人生是否有了深入思考,以及是否对社会形态怀有疑问……凡
> 此种种作品都没有写,他作为一个人成长起来那种类似筋骨的东西也
> 几乎没有。读完后有一种莫名其妙的心情——这部小说到底想说什么
> 呢?不过怎么说呢,这'不知其说什么'的部分奇异地留在了心里。
> 倒是很难表达清楚。"
>
> ……
>
> "对于眼前出现的东西他只是看个没完没了,原封不动地接受而
> 已。一时的感想之类诚然有,却都不是特别认真的东西,或者不如说

---

① 转引自 http://ww2. odn. ne. jp/cat45780/gubijinsohihyo-senuma. html
② [日]濑沼茂树:『夏目漱石』,亰京大学出版会 1962 年版,第 126 页。

他总是在愁眉不展地回顾自己闹出的恋爱风波。至少表面上他下井时和出井后的状态没多大差别。也就是说，他几乎没有自己做出过判断或选择。怎么说呢，他活得十分被动。不过我是这样想的：人这东西实际上恐怕是很难以自己的力量加以选择的。

"那么说，你在某种程度上把自己重合到《矿工》主人公身上了？"我摇头："不是那个意思，想都没那么想过。"

"可是人这东西是要把自己附在什么上面才能生存的。"大岛说，"不能不那样。你也难免不知不觉地如法炮制。如歌德所说，世间万物无一不是隐喻。"①

少年卡夫卡先是说出不知道小说的作者到底要表达什么，然后强调矿工不做判断是无奈之举，这也可以看成是作家村上春树的观点。广受日本知识界关注的学者小森阳一提出与之相反的看法。小森阳一通过对《矿工》内容的分析，明确指出少年卡夫卡认为矿工采取"彻底的纵容与放置态度"是背离了作者漱石的本意。小森阳一认为经历过失败事件的矿工常常边追忆过去边进行自我批判，他引用了《矿工》中的一段文字加以说明：

　　顺从来顺从去的结果，便是即使找到了能住下的地方，也全然不起住下来的念头。如若这样，没有什么再比人更容易驾驭的了，拼命委屈自己也仍然唯唯诺诺地唯命是从，不仅不起任何的不平之心，反而暗自欣喜。每当想起当初的时候来，不禁生出自己简直是最驯良、最精勤的人的自信，甚至想到军人一定是非那样不可。……但从另一个方面来说，这种境界是令人性中的一部分产生麻痹后的结果，这时如果再乘着劲头从背后加力一推，人就变成傻瓜了，会愚蠢地认为，只要不去做小偷，将所有的精神器械相应调动起来才算是无上的公德。自己如果还是当初的样子，不假思索地活到现在，无论怎样驯良、精勤，也是个傻瓜而已。也许无论在谁看来，甚至比傻瓜还要痴呆。既然是人，尽可以时或愤怒、时或反抗。将自己本来具有的愤怒

---

① ［日］小森阳一：《村上春树论——精读海边卡夫卡》，秦刚译，新星出版社2007年版，第83—85页。

和反抗本能地拼命克制住，不去愤怒、不去反抗，那等于自己将自己训练成了一个傻瓜还在暗自高兴，首先是对自己身体的毒害。①

表达自己的"愤怒"和"反抗"，大声说"不"，是人的本真的体现，同时也是独立人格的证明。小森阳一称这就是与"权威人格"相对立的"民主人格"，他认为"民主人格具有自发性和个性，能够在某种安定的状态下连续地保持自我的统一性，并且能在自我独立的同时保持对他者的宽容，不囿于任何偏见，具有理想的思考能力。"②

漱石早期作品中对知识分子的艺术形象塑造，寄托了他自己不与现实妥协、力图改造社会的高尚理想。大凡伟大的作家，实际上都是怀有鲜明主张的，唯有如此，他们的创作实践才能在文学史上留下永不磨灭的足迹。"伟大的作品，深邃的感情，总是包含着比他们意识要说的多得多。在心灵中发生的不断运动及冲动也同样在行为与思维的习惯之中，并且在心灵本身并未察觉的诸种后果中继续进行着。"③ 漱石以独特而清晰的思想提出了一代人关心的问题。他观察社会人生的眼光是犀利、冷静和深邃的，意义深刻。

第二节　现实中的荒谬与反叛

1908 年，漱石创作了《梦十夜》。因内容离奇诡异、寓意深刻而备受青睐。至今一百年过去了，漱石的《梦十夜》到底要表达什么？现实的原因不能直接表达的是什么？这一切的确像雾里看花，难以切实把握其本来面目，所以《梦十夜》自问世以来就争议不断。有评论家将第一夜到第五夜梦的内容，分别看成是漱石通过基督教、禅宗、佛教、道教、神道来解释生存的意义，佐藤泰正将《永日小品》看成是《梦十夜》的延伸，它是漱石的白日梦，是《梦十夜》的注释④。《梦十夜》是漱石文学作品

① ［日］小森阳一：《村上春树论——精读海边卡夫卡》，秦刚译，新星出版社 2007 年版，第 114—115 页。

② 同上书，第 120 页。

③ ［日］加缪：《西西弗的神话——加缪的荒诞与反抗论集》，杜小真译，陕西师范大学出版社 2003 年版，第 10 页。

④ ［日］佐藤泰正、吉本隆明：『漱石の主題』，春秋社 1986 年版，第 136 頁。

的'精华'，是理解他另外文学作品的重要'入口'。众所周知，《梦十夜》的主题主要表达了人的存在之艰难的问题：如不安、焦虑、荒谬、挣扎等等。实际上是梦化了的现实，是苦闷的象征。日本文学史上，漱石是使用"梦"的艺术手法表达自己思想感情的第一人。鲁迅的《野草》就是受漱石《梦十夜》影响而创作的。从风格和立意上说，《野草》和《梦十夜》确实也有诸多相似之处。关于这一点，翻译《梦十夜》的李振声说，"首先是写作的心境十分接近，它们几乎都是两位文学大师披沥隐秘深藏的内心世界的作品，或者说，是心情异常孤独、阴郁和痛苦时的产物。"①

　　《梦十夜》中每个故事都写得很精彩，而且随处都是隐喻。例如《第二夜》，一个武士去参禅，和尚总是嘲笑他，"你是个武士。武士悟不了道，那就说不过去了！""既是如此的开不了悟。看来你并不是什么武士，不过是人间的渣滓！"被和尚嘲弄的武士想，开了悟，就取和尚的脑袋；开不了悟，就自杀。"武士一旦受辱，就没有脸面再苟活于世了。体面地死去吧！"② 这个梦的含义与漱石参禅体验有关，是对时代的省察。《第四夜》是个怪异的故事。一个忘记自己年龄，声称家住"肚脐里边"的老爷子，酒后来到柳树下，从腰间抽出一条浅黄色手巾，像捻纸绳似的把它捻得又细又长，对着那里的三四个小孩子说，能把手巾马上变成长蛇。然后老爷子把手巾扔到肩头悬着的匣子里，反复唱起来"马上就成！""变成蛇喽！"边唱边走到河里去，仍在唱"水深喽！天黑喽！"然后完全消失在水中。他和他的匣子消失在深水中这一隐喻，就反映出一个狡猾、邪恶、残暴、黑暗的世界，预示着不幸或惩罚的到来。《第六夜》是对现实概括性的批判。当"我"观看运庆（日本镰仓时代著名的佛像雕刻师）雕刻仁王（守护佛寺门口的力士），感觉他胸有成竹，得心应手。一位旁观的年轻人揭秘说，"这眉和鼻子才不是用凿刀雕出来的呢！那不过是把潜埋在木头里的跟这一模一样的眉毛和鼻子用凿子和锤子挖将出来罢了，就像把石头从泥土里挖出来一样"。"我"回到家找出凿刀和锤子，选了块最大的木料，兴致勃勃地开始动工，不幸的是，凿了半天仍不见仁王的轮廓浮现。第二块木头也凿不出仁王。第三块木头里也没有仁王。"我"将所有木头都试过一次，发现这些木头里都没有埋藏仁王。"我终于醒悟

---

① ［日］夏目漱石：《梦十夜》，李振声译，广西师范大学出版社 2003 年版，第 114 页。
② 同上书，第 98—99 页。

到、明治的木头里,是怎么也不可能潜藏着仁王的。于是,运庆何以要活到今天,这里边的道理,也便恍然有所领悟了"① 这个梦意味深长,表达了漱石对明治精神取向空洞化的失望之感。在这里,作者所谈的不仅仅是明治时代,而是整个近代的本质。漱石的理解是一种丧失感。

一 相互残杀的悲剧

1904 年 2 月 6 日至 1905 年 9 月 5 日,日本和沙皇俄国为侵占中国东北和朝鲜,进行了一场掠夺战争,结果以沙皇俄国的失败而告终。战争给中朝两国人民造成了极深重的灾难。日本国民自然也深受其害。与《梦十夜》同年发表的小说《三四郎》,开篇就反映出了日俄战争后的日本社会现状。小说开始的一幕,升入东京帝国大学的三四郎,乘上通往进京的列车。火车内一位老大爷和三四郎邻座的乡下女子攀谈起来。他们的话题围绕着日俄战争后的不景气。女子的丈夫在战争期间去了中国的旅顺,战后回家过一次,没多久为赚钱又去了大连,半年来杳无音信。老大爷的儿子客死战场,他愤懑不已,"不明白战争究竟是为了什么?要是战争能给人带来些什么好处倒也罢了。可是宝贝儿子被杀,物价直往上涨,还有比这更蠢的事吗!世道太平,何须离乡背井去赚钱?这都是战争造成的!"② 这是日俄战争后日本生活的写照,是淳朴的平民发出的抗议呼声。

在日俄战争期间的 1905 年 1 月 15 日,漱石曾在给野间真纲的手绘明信片中写道:"我做梦梦见,从前犯下的、后来已悉数遗忘了的罪恶,像张贴布告般地张贴在我枕边的墙上,我无言自辩,这罪恶多半是杀人的事。""这种莫名的、有关生存的'负罪感',同样也流贯在他的《梦十夜》中,并构成了它主要的情绪色调。③ 当然,这"罪恶感"主要是指人与人之间的残杀。如,《第三夜》梦:

> 我做了这样一个梦。
> 背上驮着个六岁的孩子。确确实实是我的儿子。好生奇怪的是,他的眼睛不知什么时候瞎了,推了个青光光的和尚头。我问他,眼睛

---

① [日]夏目漱石:《梦十夜》,李振声译,广西师范大学出版社 2003 年版,第 114 页。
② [日]夏目漱石:《三四郎》,吴树文译,上海文艺出版社 2010 年版,第 2—3 页。
③ [日]夏目漱石:《梦十夜》,李振声译,广西师范大学出版社 2003 年版,第 316 页。

什么时候弄坏的？他回答说，什么呀，早就瞎喽！说话声音虽说是个孩子，但措辞完全像个大人，而且是平起平坐的口气。

左右都是绿田。路很窄。鹭的影子时不时浮现在夜色中。

"这走的是去庄稼地里的路哩。"他在背上说。

"你怎么知道？"我转过脸去问道。

"你没听见鹭在叫？"孩子回答道。

于是，果然，鹭叫了两声。

虽说驮着的是自己的孩子，我还是感到有几分害怕。我闹不清背着这么个孩子走下去，会出现什么样的情况，得找个地方把他搁下才是。我朝前面寻索，夜色中发现了一片很大的丛林，那倒是个好去处。我刚这么一寻思，背上就发出了一声冷笑。

……

雨从前一晌就下起来了。路渐渐变得幽暗起来。像是在做梦。只是背上粘着个毛孩子，这孩子就像一面不会漏掉一星半点事实的镜子，熠熠闪烁，烛照和洞悉着我全部的过去、现在和未来。更何况这是我的儿子，而且是个瞎子。这真叫我受不了。

"到了，就在这里！正好是在那棵杉树底下！"

孩子的声音，在雨中听起来显得格外地清晰。我不由地停住脚步。不知不觉间已来到了丛林当中。相距一间屋子开外处的漆黑之物，却如孩子所言，是一棵杉树。

"爹，就在那杉树底下！"

"哦，是吧。"我不由自主地应了声。

"是文化五年辰年吧？"

没错，好像是文化五年辰年的事。

"你杀我，距今正好一百年！"

话音刚落，我脑子里立时醒悟到了这样一个场景：距今一百年前的这么个昏黑的夜晚，就在这棵杉树下，我杀了一个双目失明的人。我原来是个杀人犯！刚意识到这一点，背上的孩子便骤然间变得像石地藏菩萨一般地沉重起来。[1]

---

[1]　[日] 夏目漱石：《梦十夜》，李振声译，广西师范大学出版社 2003 年版，第 101—104 页。

　　这是一个令人恐怖的故事。文章中的"我"对这个盲儿子没有好感，只觉得是个沉重的负担，想快点甩掉这块沉重的包袱。不想，却发现这孩子本是"我"一百年前杀的那个人。这个故事，挖掘了人心最深层的恐惧。日本文艺评论家荒正人以精神分析的理论，把这个故事理解为"暗示'弑父'"，其根据是："根据精神分析学，眼睛失明被解释为去势。那么，失明的孩子指什么呢？实际上那不是孩子，而是年老的父亲。漱石出生时父亲54岁，在他的记忆里父亲已经是近60岁的老爷爷。梦中自责百年前杀死了这个父亲。孩子突然变重，意味着孩子是大人的假托。"① 欧洲历史上也经历过"文明"的病态，英国的"学术贵族"迪金森很清醒地看到了文明的弊端，对一味孜孜求利的现代人深恶痛绝，认为野蛮的、霸道的所谓文明人，是瞎子是聋子。漱石的感受与其有着惊人的相似之处。《第三夜》中6岁的盲孩子，并不意味着是大人的假托，或许就是暗喻指维新后的现实，杀死了老盲人，随后又产生出小盲人。留着和尚头而又失明的6岁孩子，这是多么令人可怜与绝望的畸形，它显示出漱石对日本前景的担忧。

　　漱石创作《梦十夜》的时间上推百年，正好是文化五年（1808），这一年日本发生了两件大事：一是"秩父骚动"，即日本江户时代的大名家因家督继承、争夺权力等而引起内部纷争。二是英国的"佛登"号军舰8月15日悬挂荷兰国旗进入长崎。长崎奉行松平康英引咎剖腹自杀，还有数名家老被责令剖腹。这事件使日本人走向寻求富国而与封建专制对抗的漫长道路。井上清在他所著的《日本现代史》一书中指出："我们近代和现代历史，也染上了不逊于世界任何国家的争取自由民主与和平的英勇殉道者的鲜血。……然而可耻的是我们没有扫除专制和野蛮。明治维新时代中所达成的国家统一，被天皇制的绝对主义统治者利用；在其专制和统治之下，使自由民主革命流产，以后从民主主义发展到社会主义的艰苦斗争，也终于被专制主义和帝国主义压倒。"② 漱石1916年10月4日创作了一首汉诗，前两句是"百年功过有吾知，百杀百愁亡了期"，就表明这

<hr />

① ［日］竹盛天行编：『夏目漱石必携Ⅱ』，学燈社1982年版，第135页。

② ［日］井上清：《日本现代史第一卷明治维新》，吕明译，生活·读书·新知三联书店1956年版，第3—4页。

一含义。明治维新后，经济逐渐崛起的日本，依据"优胜劣汰、适者生存"的进化论这一煞风景的逻辑使对外侵略合理化，专制政府多次发动侵略邻国的战争，截止到 1930 年，62 年间，在海外用兵达 10 次之多。漱石一生经历了 3 次大规模的战争，即中日甲午战争、日俄战争和第一次世界大战。战争是残酷的，受害的不仅仅是战场上流血的士兵，还有那些留守在家里的母亲和孩子。《第九夜》的故事"梦"象征了战争残杀给留守的妇女儿童带来的惨烈苦难，它是与《第三夜》相互联系的梦境。"三"的日语读音与"惨"谐音，"九"是"苦"的谐音，说明野蛮的战争给人类带来悲惨与苦难。

　　不知怎么的，世界变得嘈杂起来，看样子马上就要打起仗来。让人觉得就像是一匹因火灾而流离失所的裸马，没日没夜、暴躁不安地绕着宅地转圈，而步卒们正没日没夜、步履杂沓地追赶着它似的。因而射手的家显得寂静无声。

　　屋里，是三岁的孩子和母亲。父亲不知上哪儿去了。父亲是在没有月亮的夜晚去了哪儿的。他在榻榻米上套上草屐，戴了黑头巾，从厨房门出去的。走时，母亲手里的六角纸灯，照出了狭长的一片黑夜，照见了篱笆前的那棵老桧树。

　　父亲一直没有回来。母亲每天都要问三岁的孩子："爹呢？"孩子说什么也不吱声，闷上老半天，才像是回答说："那边。"即便是母亲再问孩子："什么时候回来？"孩子也仍会笑着回答道："那边。"这时，母亲也笑了起来。然后母亲反复地教孩子说："马上就回来！"可是孩子只记住了"马上"两个字。有时候问他："爹在哪儿？"他会回答说："马上。"

　　入夜后，四邻一片寂静，母亲重又系上腰带，将鲛皮鞘的短刀插在腰带里，用细长背带将孩子背在背上，悄无声息地出了小门。母亲总是穿着一双草屐。孩子常常是听着草屐声，在母亲背上睡着的。

　　……

　　打鸟居下走过时，总有林枭在杉树枝头叫着。然后是粗糙的草屐发出的吧唧吧唧声。在神社的拜殿前歇住脚，母亲先是敲了敲钟，接着马上蹲下身子，拍手合十。这时，林枭多半会突然变得缄默无声。然后，母亲便专心致志地祈求起丈夫的平安无事来。在母亲的心目中，自己的丈夫是个了不起的人，所以，向弓箭之神的八幡，许下一切理由和价值判断的最为恳切的心愿，想必是不会置之不理的。

有时，孩子被敲得很响的钟声吵醒，看到四周漆黑一团，便马上在背上惊哭起来。这时母亲一边口中喃喃祈祷着什么，一边摇晃着身子哄着背上的孩子，于是孩子往往会安静片刻，接着却又越哭越凶起来。但母亲横竖就是不起身。

替丈夫的命运祈求了一通之后，这才解开细细的背带，把背上的孩子转到前面，卸了下来，两手抱着，走上拜殿，脸颊紧贴在孩子的脸颊摩挲着说道："乖孩子，就等上一会儿。"说着抻长细细的背带，缚住孩子，把他拴在了拜殿的一端的栏杆上，然后，走下台阶，在二十开间左右的铺路石子上，来来回回，拜神祈愿一百回。

被绑在拜殿里的孩子，在黑暗中，就着细带子留下的那点余地，在宽廊里来回走动着。此时此刻，对母亲来说，便是极快乐的一个夜晚了。可是，让拴在那儿的孩子那么哇哇一哭，母亲便心烦意乱起来，拜殿祈愿的脚步也会随之变得急促，变得气喘欲绝，万般无奈之际，只得走向拜殿，百般哄着孩子，然后再重新做上一百次的拜庙许愿。

无数个夜晚，让母亲如此苦心焦虑、彻夜不眠担忧着的父亲，早在前些年，就让浪人给杀死了。

这段悲惨的故事，是在梦里，从母亲那里听来的。①

这是漱石深刻描写母亲和幼儿的亲情故事。文章用大部分篇幅写了"母亲"带着幼儿在神社祈祷的场景。作者多次运用"寂静"的词语来烘托"母亲"的寂寞。还用"黑夜"、"黑暗"、"黑头巾"这样的词语营造出一个阴森的环境，黑暗的森林、被森林包围的神社、猫头鹰啼叫的夜晚，象征了灾难和死亡。漱石用大幅笔墨来渲染阴森的环境和"母亲"的执着。无数个夜晚让母亲苦心焦虑、彻夜不眠担忧的父亲，早在几年前，就让浪人给杀了。他没有详细描写父亲为何被杀，而细致地描写了母亲带着执着的爱和永远的担忧等待迟迟未归的丈夫。"母亲"能够想到、

---

① ［日］夏目漱石:《梦十夜》，李振声译，广西师范大学出版社 2003 年版，第 120—124 页。

做到的只有宗教的祈祷，每次要做数百次虔诚的祈祷。尤其幼儿的哭声，让母亲悲恸欲绝。死亡、悲哀、哭声、眼泪，这凄惨的场景让读者为之潸然泪下。也许这个故事是漱石从母亲那里听来的，让人联想到他出生不久，在贫穷的养父母的旧家用具店里，他被放在一个箩筐里。他在作品中记录过这段经历，是一个和母亲分开、投在黑暗中的幼儿的恐惧，这里的哭声和他儿时的记忆相吻合。吉本隆明认为漱石是位意识很强的作家，同时又有根源性的无意识。漱石的"存在的不安感"① 的体验比一般人深刻得多，这和他的生活不无关系。但是漱石描写这个故事，不单是追忆自己的过去。它影射了日本军国主义发动的侵略战争，残害了多少无辜的平民百姓，他们的家人承受着永远的眼泪、悲哀。有多少失去丈夫的女子和失去父亲的幼子，也陷入了和《梦九夜》母子般的悲惨境遇。

二 牢狱与文明之船

《第五夜》描写一个被囚禁的士兵对于生与死的选择，因为天探女（又名天邪鬼，佛教中被二王、毘沙门天王踩在脚底下专门与人作对的小鬼）作祟，士兵失去了最后一次见恋人的机会，它象征了人们为追求自由所面临的遭遇恐惧和死亡的深渊，梦境大意如下：

很久以前，或许是两千多年前的神话时代，那时"我"是个士兵，不幸打了败仗，被当成俘虏强行拉到敌方大将面前。大将借着篝火凝视着我，问"我"是选择死还是生。若要说生，表示愿意投降；若要说死，则代表宁死不屈。"我"回答：选择死。但希望在临死之前能和恋人见一面。大将回答，可以等到翌日天亮鸡啼之时。若误了时辰，我就不能跟恋人见面而走向死亡之命运。大将又坐下来，眺望着篝火。火势又会啪啪旺盛起来。那声音，勇猛得似能弹开黑夜一般。此时，女人正牵着一匹被系在后院橡树的白马出来。她三度轻抚了马的鬃毛，再敏捷地跃上马背。女人用她那修长雪白的双脚，踢着马腹，马儿往前飞奔。女人的长发更在黑暗中飞扬。然而，女人与马，仍离目标有一段距离。突然，黑漆漆的路旁，响起一声鸡啼。女人往后收紧握在手中的缰绳。马儿的前蹄当啷一声刻印在坚硬的岩石上。女人耳边又传来一声鸡啼。女人叫了一声，将收紧的缰绳放松。马儿屈膝往前一冲，与马上的人儿一起冲向前方。前方岩石

①　［日］佐藤泰正、吉本隆明：『漱石の主題』，春秋社1986年版，第106頁。

下，是万丈深渊。马蹄痕迹现在仍清晰地刻印在岩石上。模仿鸡啼声的是天探女。"天探女就是我不共戴天的敌人"。①

这是一则过去与现在、梦境与现实神秘交错的故事。在这个梦中，马儿和马上的女人冲向了岩石下的万丈深渊，壮美的毁灭而引发的深重忧愁，达到了语绝而意不绝的效果。作品表达了美与自由被恶势力无情毁灭的主题。这是关于绝望的梦，被战败就是一种绝望，在生与死的选择面前，选择死还是绝望，如果说希望与恋人见上一面是绝望中的一点希望的话，而这点希望最后又破灭了，表达出漱石内心对现实世界充满了绝望感。

失去了东方原有的价值观依托，而又没有确立真正民主的日本，重新堕入了"野蛮"状态。明治政府向绝对权力迈进，民权运动遭到残酷的扼杀。思想家、评论家中江兆民是自由民权运动的代表人物，他在去世那年所写的《一年有半、续一年有半》中发出了如下感慨："刚作为一种理论（自由民权论）在民间萌发，但因为受到藩阀元老和利己的政治家所蹂躏，使它还处于理论形态萌动时就消亡了。"书中还分析了个中原因："因为不爱好思考，所以连世界上最明白的道理，也把它放过，从而不觉得奇怪。所以长期顺从封建制度，听任武士的霸道，哪怕遇到所谓格杀勿论的暴行，也从来不加以对抗和斗争。"② 费希特在他的《人的使命》中明确地指出，"必须承认的是，当正义的国家为唯一的国家时，一切世俗的恶行与诱惑，甚至出现一些高智商的恶行的可能性，都会被消失殆尽。因为清者自清，人们只要可能，都会自觉地将自己的意志指向善。没有人会天生就喜欢恶，是因为人人都知道恶不是好东西。即便有人愿意与恶为伍，那是因为他在恶中得到了好处或享受，现在我们人类社会的状况中，确实存在着给恶服务于极少数的某些人的现象，只要这种现象无法得到真正的杜绝，只要恶行让那些人有利可图，人类就没有往善的方向扭转的希望。"③

《第七夜》象征了固步自封的社会或者人的必然命运。"我"乘上一

---

① 〔日〕夏目漱石：《梦十夜》，李振声译，广西师范大学出版社 2003 年版，第 109 页。

② 〔日〕中江兆民：《一年有半、续一年有半》，吴藻溪译，商务印书馆 1979 年版，第 32 页。

③ 〔德〕费希特：《人的使命》，张珍麟译，光明日报出版社 2010 年版，第 126 页。

艘不知去向的大船，因为自己不知未来的方向而苦恼以致最后选择自杀，但随即追悔莫及。"船日夜兼程，吐着黑烟，劈浪前行，没个停歇的时候，发出惊人的轰鸣，但不知它要驶向何方。……一种虚妄之感猛地攫住了我。不知何时候才能登岸，也不知船在驶向何方。只有船吐黑烟，劈浪前行。"① 文中还写道："一天夜晚，有个外国人走近问我懂不懂天文学。那个外国人说星空与大海都是上帝的创作。最后问我信不信上帝。我只是沉默不语地望着星空。我只感到无聊得想自杀。因此某天夜晚，断然纵身跃入海里。然而当我双脚离开甲板，与船只脱离的那一刹那间，突然感到后悔起我做的行动。船只一如既往地吐着黑烟，从我身边驶了过去。我这才醒悟到，即使是一条不知驶向何方的船，那终究还是乘坐在上面好呵。但这样的醒悟为时已晚，我只得带着无限的懊悔和恐怖，朝漆黑的波涛静静坠去。"② 这个故事表达了人的生存不安与恐怖。

　　漱石所描写的西行的船，大海航行途中的景象也暗示了罪恶感。如，"船日夜兼程，吐着黑烟"。"烧火箸一般通红的太阳，从浪底深处钻出"，这象征着日本"开化"以后，变得像只恐怖怪物，寓意深刻。乘船是漱石留学途中的体验，1900 年 9 月 8 日，漱石从横滨出发乘船去英国留学，10 月 28 日抵达目的地伦敦。他的留学日记中记载了在船上的艰辛，有时热得心绪不佳，有时因海涛汹涌失魂落魄。然而，作品所表达的意义远远超过了漱石乘船的体验。这是漱石对于"我从哪里来，要到哪里去"的追问，透显出作者的生存危机与不安感，同时也表达了作者对文明开化不彻底的遗憾心理。

三　反抗"荒谬"

　　加缪的随笔《西西弗的神话》写了英雄西西弗，他藐视神明，仇恨死亡，遭到惩罚，从此开始了荒谬的人生。一个紧张的身体千百次地重复一个动作：搬动巨石，滚动它并把它推至山顶。加缪认为，西西弗用自由和激情来面对荒谬的、无意义的现实，他所做出的人生选择是正确的。人们应该像西西弗那样，用一种积极的、创造性的眼光和姿态面对非理性的世界。他说："创造是对人的至高无上的尊严最激动人心的证明：即不屈

---

① ［日］夏目漱石：《梦十夜》，李振声译，广西师范大学出版社 2003 年版，第 116 页。

② 同上书，第 116—117 页。

不挠地与环境条件做斗争，坚持不懈地努力奋斗，虽然这种努力被看作是无效的。""伟大的艺术作品的重要之处与其说寓于自身之中，不如说是表现于它所要求一个人所遭受的经历之中，表现于它所提供的克服他的幻想并且更加接近他赤裸裸的实在的机遇。"①

《第一夜》与《第十夜》传达出漱石与荒谬现实抗争的积极意义。"我抱着胳膊，坐在女人枕边，仰面躺着的女人温柔地说：我将要死了。女人的长发披散在枕上"。线条柔美而又白皙的瓜子脸泛出温热的血色。她继续对"我"说："用偌大的珍珠贝壳挖掘一个深坑，再用天河降落的星尘碎片作为墓碑。然后请你在墓旁守候，我会回来看你的。……一百年，请你一直坐在我的墓旁等我。我一定会回来看你。"② 他依约定在女人坟前，等候了无数的日升日落。百合花已经开放，他吻着雪白花瓣，当移开脸时，情不自禁仰头遥望了一下天边，远远瞥见天边孤单地闪烁着一颗拂晓之星，此刻，他意识到"原来百年已到了"。柄谷行人认为《第一夜》出现"请你守候一百年"中的"百年"是一个象征，即至死都要坚守自己的理想，同时也体现出作者意识到所追求理想之艰难。③ 在漱石1909 年发表的随笔集《永日小品》收录的《心》一文中也出现了"百年"一词。《心》描写了可爱的鸟儿及美丽的女子。"那鸟儿，就好像是要把它那柔软的翅翼、奢华的爪、打着涟漪的胸脯，所有这一切，连同它的命运，悉数托付给我似的，安然飞落在了我的手心里。……待朝那边望去，只见隔开五六间屋子前边有一条小道，道口正站着位女子……是百年前就已蹲在那儿，眉目、鼻子和嘴都在等待着我到来的一张脸。也是百年之后，就是天涯海角也能让我追随不舍的一张脸。一张默默地说着什么的脸。……我便跟随始终默然沉思的女子，在逼仄、幽暗，且又走不到尽头的巷子里一路走去，就跟那只鸟似的，她走到哪我便跟到哪。"④ 鸟儿轻盈地跳跃于枝头，翻飞于天空的身姿，往往给人带来自由、生机和美好的感觉。由鸟儿联系到女子，那是漱石心目中的自由女神，是爱和真善美的

① ［法］加缪：《西西弗的神话——加缪的荒诞与反抗论集》，杜小真译，陕西师范大学出版社 2003 年版，第 137 页。
② ［日］夏目漱石：《梦十夜》，李振声译，广西师范大学出版社 2003 年版，第 94—96 页。
③ ［日］柄谷行人：『内側から見た生——「夢十夜」論』，『夏目漱石全集別巻』，筑摩书房 1979 年版，第 133 页。
④ ［日］夏目漱石：《梦十夜》，李振声译，广西师范大学出版社 2003 年版，第 79—80 页。

化身，她象征了作者对自由的向往。

《第十夜》中出现的女子与《第一夜》中那个即将死去的女子首尾呼应，可以说她们的寓意相同。第十夜梦的中心人物是庄太郎，他相貌俊美、正直善良。只是有个癖好，黄昏时喜欢戴着巴拿马草帽坐在鲜果店前，眺望着路上的来往女子，然后频频赞叹那些女子。某天傍晚，被一衣着华丽的女子所吸引，跟随她来到"峭壁顶上"，女子要庄太郎从悬崖峭壁跳下去，否则"会被猪舔"。庄太郎最讨厌猪，但他珍爱生命，不想跳下山崖。此后接着出现了一头哼叫着的猪。庄太郎只好用手上那只槟榔树枝制成的细长拐杖，击打猪的鼻尖，猪坠下绝壁。又有数以万计的猪群排成一直线，以立在悬崖上的庄太郎为目标蜂拥而上。庄太郎惊慌不已，只好用拐杖一一驱打挨近来的猪群，可是猪群仍不断袭来，像是一大片乌云长了脚。"庄太郎抖擞起殊死的勇气，挥杖击打了七天六夜的猪鼻尖。但精疲力竭，手变得柔软无力，最终倒在了断崖绝壁上，只得听任猪的啃舔。"① 庄太郎与猪搏斗的场面充满勇气和斗志，令人感动。

庄太郎在《第八夜》中出现过。坐在镜子前理发的"我"，从镜中能观望窗外的各色行人。庄太郎携着女人从门前经过。他头上戴着"巴拿马草帽"，女人也梳妆打扮了一番，两人一副春风得意的模样。其他人都显得毫无生气，如吹喇叭的豆腐小贩，一脸迷迷瞪瞪的艺妓，卖金鱼的，账场点钱的肥胖女子。《第十夜》中庄太郎喜欢追求女人，与猪搏斗正体现出他的积极人生态度，"人极为善良正直"的庄太郎代表了善美，"猪如文字所示，世间的猪都是指俗物"代表了丑恶，他和猪的搏斗是善美与丑恶的对决，正如西西弗一样，用自由和激情来面对荒诞的现实。

濑沼茂树认为《梦十夜》表达了"被邪恶势力所戏弄的生的不安"，"是依靠环境的力和道义的力难以解决的生存的困境觉醒"②，这和江藤淳的"人的原罪性不安"有相同的看法。《梦十夜》的内容是现实生活的再现，是漱石的自画像，是他的人生观、理想追求的艺术化体现。正如柄谷行人所指出的："那是漱石对人的生存条件的本质洞察，'从内面看生存'

---

① ［日］夏目漱石：《梦十夜》，李振声译，广西师范大学出版社2003年版，第124—127页。

② ［日］濑沼茂树：『夏目漱石』，東京大学出版会1962年版，第143页。

的普遍的形象化表现"①。《梦十夜》说明日本存在的社会问题是"宗教和科学不能解决的问题"②。

1906 年 10 月 23 日，漱石给友人狩野亨吉的信中谈道："我深切体验到世界就是一个大战场。想看到在对决中，自己是壮烈牺牲还是降伏敌人，敌人就是从我的主义、主张和趣味来看那些不为社会着想只图私利的人。我以一己之力与之搏斗，必然无能为力，由此我已经做好了必死的心理准备。即使自己被置于死地，也要尽自己的天分，有死的慰藉也就满足了"。③ 通过信中的内容，我们看到漱石直面现实的觉悟，这是作家主动担当使命的一面，看到了作者无所畏惧的勇猛精神。尽管充满了艰难困苦，充满了危险，但唯一的出路就是敢于面对。

漱石被日本人视为"国民作家"，但佐藤泰正认为漱石应该被称为"人类作家"，人们评价漱石是"国民作家"是对他的误读。误读的原因很多，最主要的是漱石作为报刊专栏作家，他在创作过程中，心底总会有顾虑，为守住底线，他尽量回避直白表达，而是用隐喻、比喻和寓言手法，这就使他的作品扑朔迷离。"漱石是一位探求终极问题，怀揣着炸弹式的作家。"④ 刘振瀛指出漱石喜欢使用虚构和象征手法，是因为他要表现那些反映到眼里来的真实形象，而存在于他内心的善和美的感受性又不能苟同，于是产生了特有的写作手法，借虚构和象征来披露内在的想法。他还指出自《梦十夜》开始，漱石从内在的意识着手，进行"分解性的""象征性的"描写，漱石的"低回趣味"也由以"美"为中心，向"人们意识为实像"为中心过渡，也就是从单纯的道义和美，转向关心人的现实存在。⑤

---

① ［日］柄谷行人：『内側から見た生——「夢十夜」論』，『夏目漱石全集別巻』，筑摩書房 1979 年版，第 135 頁。

② 同上书，第 145 頁。

③ ［日］转引自駒尺喜美：『漱石——その自己本位と連帯』，八木書店 1970 年版，第 53 頁。

④ ［日］佐藤泰正、吉本隆明：『漱石の主題』，春秋社 1986 年版，第 8 頁。

⑤ ［日］夏目漱石：《夏目漱石小说选》上册，张正立、赵德远译，湖南人民出版社 1984 年版，第 6 页。

第三节　超越生存虚无

明治维新走过 15 年后，尤其到了明治 40 年前后，历史的车轮似乎倒转，天皇制的绝对统治者，封闭了明治维新精神的继续发展。随着日本资本主义的发展，物欲膨胀，加之政治上的专断和高压，启蒙主义者面临着新的危机，他们恐惧不安，精神失落，内心有着难以名状的失败感。他们眼中看到的是 "黑暗与虚无"，并为之烦恼忧虑。漱石就是一位洞察到日本黑暗和虚无，但未放弃与之对抗的文化伟人。漱石的《三四郎》、《从此以后》就是表现黑暗与虚无，并寻求超越虚无的途径。他在艺术表现手法上趋向用隐喻，作品也更富有艺术价值。

一　三四郎的精神创伤

长篇小说《三四郎》是漱石继《秋风》和《虞美人草》之后，描写了游离于现实生活的知识分子形象，体现了漱石的新文学方向。日俄战争后初到东京上大学的 "乡下" 青年三四郎，接触了东京知识界、艺术界，特别是接触了 "新女性" 美祢子，有茅塞顿开和自我发现之感。许多人认为这是一部以三四郎和美祢子为主线的爱情小说。实际上，三四郎和美祢子不即不离的爱，只是扩展三四郎视野的一个侧面而已。作品主要描写了他与野野宫、与次郎，尤其是广田先生的交往，展露广田先生的人生观、艺术观。从《三四郎》起，作品中的人物与以前作品完全不同，漱石从描写爱打抱不平的哥儿式的人物转向陷入虚无的普通青年形象，如三四郎是对社会没有任何影响力的青年。在这之前作品表现的多是数年前发生在漱石周围的旧事，而《三四郎》取材于他身边刚刚发生的人和事。如弟子寺田寅彦讲过的光线压力试验装置，成为野野宫的试验工作；小宫丰隆从故乡寄给漱石的信，在小说里成为三四郎母亲的来信内容等等。不仅如此，小说里广田先生和周围几个青年的关系，很容易使人联想到漱石和他弟子的关系，所以作品给读者留下了深刻印象。福原麟太郎在《漱石》一书中说《三四郎》给人的感觉如读英国文人的随笔，"怀抱朦胧美好的期望，以余裕心态度着时光，而且通篇笼罩着哀愁感，就像读优秀的随笔。若不是从事英国文学的人，是很难写出这种情调的作品。"①

　　在《三四郎》中描写的进京的火车上，与三四郎斜对而坐的中年男子关于日俄战争发表的议论，令人振聋发聩。日俄战争，日方的胜利使日本得意忘形，膨胀欲望激增，而对于战后日本社会，漱石多是怀疑与否定。如男子对三四郎说："即使日俄战争打赢了而上升为一流国家，也是无济于事"，日本值得自豪的唯有富士山，不过"这富士山乃是自然形成的"，"不是我们造出来的"。三四郎第一次碰到这种类型的人，实在意外，最让三四郎吃惊的是，这位男子还说日本"将会亡国"，感觉对方"不像是一个日本人"。当时社会上不少人正为日本在日俄战争中的胜利所陶醉，而这位男子持有不同的看法。不过对于乡村青年三四郎来说，这样的认识还是很陌生，他想，如果在熊本说出这样的话，将被视作"卖国贼"。他是在"头脑中不能容纳这种思想"的气氛中长大的，怕被对方愚弄，不想再谈什么，一声不吭。这个爱吃水蜜桃、自称是子规的好友的男子又不慌不忙地继续说，东京比熊本大，日本比东京大，"比起日本来，是脑袋大得多吧"，"一成不变是作茧自缚。一心替日本着想，只会导致事与愿违的结果"②。听到这番话，三四郎领悟到自己是一个"非常怯弱的人"。三四郎仔细打量这位别具一格的中年男子：他留着浓须，一张清瘦的长脸，有点像庙里的神官，鼻梁笔挺，仿佛是西洋人。依三四郎断定，这是个清贫的"没有发展前途"的人。三四郎上了大学后才知道在火车上遇到的男子就是广田先生，他是一位高级中学的英语教师。广田先生的个性不同于普通人，"那从容不迫的源泉也许就潜伏在这不图功名的思想境界里"，三四郎每每到先生面前"厌烦的心情顿时会泰然起来"，"人世间的竞争也不大以为苦了"。广田先生是《我是猫》中苦沙弥、《秋分》中白井道、《虞美人草》中甲野的后身，是漱石思想的体现者，以前的作品借浅显易懂的伦理性观念，批评现代文明。但《三四郎》并没有仅仅满足于前者的"人格"和"道义"论层面，而是更加深入地对文明和社会进行批评。广田先生是给予三四郎的人生起指导作用的人物。漱石的弟子森田草平认为："只有读者和作者一起，将主人公三四郎看成傻瓜才能品出小说的意味。"他还指出，"若是读者和三四郎一样认为广田先

① ［日］竹盛天行编：『夏目漱石必携Ⅱ』，学燈社1982年版，第176頁。
② ［日］夏目漱石：《三四郎》，吴树文译，上海文艺出版社2010年版，第16页。

生是个'无聊的人'或是'不像个日本人'，那么就很难理解《三四郎》的真正意义。"① 引用在车上相遇的女子嘲笑的话来说，三四郎"是一个很没有胆量的人"。对女子这样的评价，三四郎本人感到羞愧难当，他的弱点暴露无遗。

三四郎到东京帝国大学后，第一个会见的是母亲通过熟人介绍的一位老乡，即大学毕业后留在东京帝国大学工作的野野宫宗八。他是一位"测试光线压力"的学者，整日蜗居在阴冷黑暗的地窟里度日。他宽额大眼，像是佛教徒。在三四郎看来，野野宫的神情跟长着洋人鼻子、酷似神官的广田先生很相像，此处暗示了他们都是脱离现实世界的知识分子。广田是野野宫的老师，又是三四郎的大学同学佐佐木与次郎的老师，并且佐佐木就寄住在广田先生家里。佐佐木告诉三四郎广田先生是位理论家。他聪明过人，通古博今，天生一副哲学家的头脑，虽写论文但毫无反响，嘴上爱说"危险危险"，实际上却异常平静，这种人被称为批评家，"三四郎甚至想到自己今后是否也去当个批评家"②。当三四郎在野野宫家看到他家中的书籍，尤其是书箱中排列整齐的外国洋书，他就觉得书房的主人与那些批评家一样，是平安而幸福的。

三四郎的梦想与追求仅仅是去东京读大学、接触名流学者、与品学兼优的学生来往、在图书馆钻研学问、著书立说、名扬四海、母亲笑逐颜开。具体地说，三四郎的梦想中有三个世界：第一个是过去的世界，这个世界就像与次郎所说的具有明治十五年以前的风气，"一切都平平稳稳，然而一切也都朦朦胧胧"，想回去就能立即回去，当然回到那里是毫不费力的。然而，不到万不得已，三四郎是不愿回去的。那地方是他后退的落脚点。对三四郎来说，与第一世界相对的是第三世界，这个世界"宛如灿烂的春天在荡漾。有电灯，有银匙，有欢声，有笑语，有发泡的香槟酒，有堪称万物之冠的美丽女性。"第二个世界里，是学问的世界。那里有着遍生青苔的砖瓦建筑，有宽敞的阅览室，从这头向那头望去，看不清人的脸孔。书籍摆放得很高，只有用梯子才能够到，有的被磨损，有的沾着手垢，黑乎乎的，烫金的文字闪闪发光。羊皮、牛皮封面，以及二百年前的纸张，所有的书籍上都积满了灰尘。他们虽然身处电车的包围圈里，

① ［日］森田草平：『三四郎』，『夏目漱石全集别卷』，筑摩書房1979年版，第74—75页。
② ［日］夏目漱石：《三四郎》，吴树文译，上海文艺出版社2010年版，第47页。

但毫无顾忌地呼吸着太平的空气。进入这个世界的人，因不了解时势而感到不幸，又因逃离尘嚣的烦恼而有幸。广田先生和野野宫君就住在这个世界里。三四郎眼下也稍稍领略了这里的空气。三四郎到底想进入哪个世界呢？好像他自己都不能确定。三四郎把这三个世界放在一块儿加以比较，然后又把三者搅混在一起，从中得出一个目标，即"把母亲从乡下接来；娶一位美貌的妻子；然后投身到学问中去。"①即便如此，三四郎还是觉得不满足，因为他认为要使自己的个性完备起来，就必须尽可能多地接触美貌女子。不然，那自己就是一个不能全面发展的人了。

对三四郎来说，他所向往并希望进入的世界离他很遥远。指出这点的是与次郎，他动辄爱说三四郎是"乡下人"，"你是刚从九州的乡村出来的，所以头脑大概与明治元年的不相上下"。三四郎身上偶然表现出犹如进入第二世界的神态时，就会被与次郎嘲弄一番，使他对大学和学问所抱有的认真幻想崩溃。还有一个场面是三四郎和广田先生、野野宫、美祢子和良子一起赏菊，路上他在晴空下望着这群人影，感到自己现在的生活比在熊本有意义得多，这情景仿佛是进入了令他向往的第二和第三世界，不知不觉间自己被织入其中。野野宫和美祢子关于"高飞与落地"的谈话，野野宫的观点是"要想高飞，必须在获得尽可能高飞的装置方面动脑筋。而头脑势必成了最要紧的先决条件"。美祢子说，"平平安安地站在地面上是最理想不过的啦。好像太没有出息了吧。"野野宫听到此话转向广田先生笑着说"女子当中多诗人"，广田先生的回答是"男子的缺点，反而就在于成不了诗人"。当时三四郎不知他们在谈论什么问题，当他听说他们是在谈论天空中的飞机时，才如释重负，"三四郎觉得像是听到了说滑稽故事的艺人道出了最后一句关子而顿时冰释。"②在这里隐含着作者对三四郎这类平庸鄙陋之人的嘲讽。

与次郎和三四郎生活环境不同，他是在东京大都市成长起来的轻薄才子，讨厌旧有的传统观念，一味追求时髦新奇，用广田先生的话说："与次郎不会太太平平的，他会心血来潮——把他比喻成流经田地中的小河真的再恰当不过了，又浅又窄，只有那河水无时不在变动着。"③他还评价

---

① ［日］夏目漱石:《三四郎》，吴树文译，上海文艺出版社 2010 年版，第 72 页。
② 同上书，第 101 页。
③ 同上书，第 143 页。

与次郎等年轻人是"真恶人",与次郎是典型代表。与次郎还是个好事者,为了自己敬慕的广田先生能得到大学教席而奔走忙碌。他在《文艺时评》刊登了论文《伟大的黑暗》,并组织学生聚会。他攻击当今的文学者和谩骂大学文科系的洋教授,提出必须引进能够满足新时代青年要求的本国教授。与次郎认为广田先生能对学界带来新气韵,能与日本现实相联系。与次郎口才出色,但流于圆滑,失之庄重,让三四郎感到这种做法近于"搞计谋",结果给广田先生带来负面影响。

　　漱石在《三四郎》中,表现出对三四郎等年轻人没有远大理想抱负、一味追名逐利的不满,但他的态度是温和的,不乏关爱之情,如对三四郎的另一面,即他身上与生俱来的纯朴和对现实的不安感的描写,包含淡淡的哀伤。森田草平在评价《三四郎》时指出,该作品"融入了强烈的情感要素,甚至可以说进入情绪小说的领域。"[①] 他认为由此开始,漱石的小说从幽默逐渐向悲剧过渡。

　　初次站在东京中心的三四郎,看到疾速奔驰的电车、火车和穿着白衣和黑衣的来往行人,不禁想到自己像个局外人,"世界如此动荡,自己观看着这一动荡,却不能参与。自己的世界与现实世界并列在同一平面上,但绝不相触。现实世界就是这样动荡着抛下自己而走了。实在没法安心。"[②] 在小说的第三章,作者描写了一个年轻女子意外死亡,也暗示出三四郎的不安。惨剧发生在三四郎拜访车站附近的野野宫,并留宿他家的那个晚上,一个凄凉初秋的傍晚,"那是一种被一切所抛弃,并不期望任何回答的人的声音",接着火车鸣笛而过,三四郎先前听到的哀叹声与刚才的火车轰鸣声仿佛是一种互为因果的关系。三四郎走出来,追随着他人的灯影走去,亲眼目睹姑娘卧轨自杀的尸体,心跳得厉害,这悲惨的命运让他感到:"人生这一貌似强壮的生命之本,也许会在尚未觉察时就垮掉而一下子向黑暗世界漂去。"[③] 他心灰意冷、惶恐不安,并且对于野野宫听说火车压死人表现出的若无其事感到意外和吃惊,"根本没有想到测试光线压力的人的习性,哪怕遇到这种情况也不改常态的。这大概是因为年

---

① ［日］森田草平:『三四郎』,『夏目漱石全集別卷』,筑摩書房 1979 年版,第 74 頁。
② ［日］夏目漱石:《三四郎》,吴树文译,上海文艺出版社 2010 年版,第 18 页。
③ 同上书,第 47 页。

纪尚轻的原因吧。"① 他难以接受这种冷漠。

还有一个例子,三四郎和广田先生等人去游园会时,他们行走到游人杂沓的地方遇到了一个乞丐,那乞丐"以额触地,不停地大着嗓子穷叹苦经",没有人朝乞丐望一眼,他们五个人也都若无其事地走过。广田认为之所以没有人给乞丐施舍,就是因为"地点选得不好",选在人多热闹的地方反引不起人们的注意,若是在山上清静的地方会更容易达到目的。在广田的眼里,这是责任转移的问题。关于途中遇到一个7岁左右的小女孩迷路的事,又将话题进一步延伸。小女孩哭着找她奶奶。"孩子一面招引所有行人的注意和同情,一面不断地哭喊着寻找奶奶。真是奇妙的现象。"② 迷路的小女孩引起了路人的同情,但是谁也没有具体行动。野野宫引用广田的话"这也是因为地点不好吗?"广田先生解释说:"警察肯定要来过问了,所以大家都想逃避责任啊。"正因为人们多以这种观点去对待问题,所以很容易推卸责任。如果对待社会问题也都以这种态度的话,那是很可怕的。在城市,随着资本主义的发展,人与人之间的关系逐渐淡薄。三四郎听了其余几个人的议论感到"迄今为止养成的道义观念受到了几分创伤",他认为,"他们都是能在个人表里一致的广阔天地间驰骋的大都市里的人物。"就是说"大都市里的人物"具有了近代人的资格。三四郎意识到,世界在高速运转,而自己却被抛弃了。在东京这个喧闹嘈杂的大都市,三四郎身边虽然有几个朋友,但他依然是孤独的,他难以融进东京。城市人与次郎在东京终究可以优游其间如鱼得水,他自然可以常常嘲笑三四郎乡下人的身份,任意支使他。三四郎不明就里地被八面玲珑的与次郎操纵着,而且"今后的命运也将被可爱的恶作剧者所左右"③。每当风起的日子,听到风声,三四郎就会想起"命运"二字。这呼啸的风声猛烈地吹来,使他浑身颤抖,他意识到自己不是个坚强的男子。三四郎头脑里的"命运"二字也被照得红通通的。这里暗示三四郎陷入了被动虚无境地而不能自拔。

二 黑暗与虚无

漱石的《从此以后》是一部体现时代特征的代表性作品,是对日本

① [日]夏目漱石:《三四郎》,吴树文译,上海文艺出版社2010年版,第49页。
② 同上书,第102页。
③ 同上书,第199页。

社会黑暗与虚无的深刻洞察。在该作品中，漱石对社会腐败和人性堕落的揭示与批判，首先是从代助父亲开始的。代助父亲的形象正是作者所描写日本特殊经济现象中暴发户的典型代表，他受儒家思想熏陶，还受过明治维新之前武士固有的道义至上主义的教育，被习惯势力束缚，至今仍然迷恋这种教育。他认为凭着给儿子生命这一事实，哪怕碰到任何不快和苦痛，也能保持恩爱不渝，并且抱着这样的信念一意孤行。父亲是上过战场的人，总是把胆量当作一个人的最高能力，动辄谈论自己维新时的勇武，嘲笑代助的胆小，以至于让代助觉得父亲"不是一个感觉尚未健全的野人，就是一个自欺欺人的愚者。"① 代助更难忍的是父亲爱拿"为社会为国家为他人"做点事儿的那套说教。代助认为"父亲的想法乃是一些毫无根本意义可言的东西，不论碰到什么事，总是在半当中就擅自做出臆断，然后加以引申；不仅如此，父亲还会出尔反尔，刚说这是从大公无私出发的，不知怎么就变为是从自私自利出发的了；讲起话来振振有词、其舌如簧，却都是些不着边际的空泛之论；若要摧毁父亲的这一点，又是谈何容易的事"。② 在代助眼里，父亲所信奉的"诚者天之道也"不过是拾《论语》或王阳明之牙慧，他简直想在这个词的后面加上"非人之道也"③。父亲作为明治维新后兴起的资本家，一方面进行为国家为社会的道德说教，一方面又不择手段地敛财。他从事着实业，被强烈的生活欲望所腐蚀，不过，他公然表示，自己依往昔之身和先前经验成就了目前事业。

但是代助认为：如果不是限制和缩小了只有在封建时代可通用的教育范围，绝不可能随时随刻使现代的生活欲得到满足。若要使二者都不受影响地存在下去，那么，这位敢作敢为的人肯定要为矛盾而承受巨大的苦痛。如果内心里承受着这种苦痛，只觉得苦痛是的确存在着，却不明白苦痛为什么会产生的，那么，这种人乃是头脑迟钝的愚人。代助每次面对父亲，总觉得父亲是一个隐藏本人真面目的伪君

---

① ［日］夏目漱石：《夏目漱石小说选》上册，张正立、赵德远译，湖南人民出版社 1984 年版，第 277 页。

② 同上书，第 278 页。

③ 同上书，第 280 页。

子，要不就是一个没有什么辨别能力的笨人，反正二者必具其一。于是，这种感觉使得代助非常讨厌父亲。……一切道德的起点都不会游离在社会现实之外，代助相信，那种把僵硬的道德观念安置在头脑里，然后反过来想由这种道德观念来促进社会现实的向前发展，不啻是极端荒谬的本末倒置。"①

代助父亲口头上动辄为国家为社会，实际上是不择手段地追逐功利的伪善者。在明治人当中，这类人主要是指进入政界或实业界的人，"他们是在滥用'胆量'和'诚实'的同时，贪婪地敛财的武士和资本家的混血儿，是日本独有的一类人"②。漱石最厌恶的也是这类人。在他看来，日本学校教育也存在着类似的矛盾，即"学校里进行伦理教育是没有意义的事，教师们在学校讲授旧道德，或者把一般适应于欧洲人的道德灌输给学生。而在那些受到强烈的生活欲冲击的不幸国民看来，这些说教不过是迂腐的空谈。受到这种迂腐说教的人，他日与现实社会接触后，想起这些说教，会觉得好笑或者感到自己被愚弄了。至于代助呢，他不仅受到学校的说教，现在还得受到来自父亲的极其严格、极其不适用的道德方面的教育。因此代助的头脑里有时就产生出异常矛盾的苦痛，他为此懊丧不已"③

作品第六章描写了东京的贫困境况。十几年来物价飞涨，中等人家的生活渐渐步入困境，居住着粗劣简陋的房子。一些稍稍富裕起来的小资本家，为了让可怜的资金赚取点高利，建造低劣的房子出租。"简陋的房屋也成了生存竞争的纪念物。"代助把这种现象称之为"朝着沦亡发展"。"大凡头脑里关注着血本、每月想从其中获取点利钱而生活的人，都是租了这种房子而困居其中。平冈就是这些人中的一个。"④ 平冈毕业后走向社会的三年里，为了面包辛苦劳作，结果变成了满腹牢骚、失去生活热情的人，精神状态已然崩溃。平冈工作的不如意正体现着现实生活对青春的

---

① ［日］夏目漱石：《夏目漱石小说选》上册，张正立、赵德远译，湖南人民出版社1984年版，第355页。

② ［日］太田登等：『それから——漱石作品論集成第六卷』，桜楓社1991年版，第10页。

③ ［日］夏目漱石：《夏目漱石小说选》上册，张正立、赵德远译，湖南人民出版社1984年版，第356页。

④ 同上书，第318页。

虐杀。他们对事业上的不安，表面看来与代助不同，但根本上是相同的，都是对物质基础的不安。

现代社会无非是一个个孤立的个体的集合体，"所谓文明，无非是使人们各自孤立起来的东西。"代助原来是个非常有同情心的人，爱为他人洒同情之泪，后来渐渐无泪可流了，他也未遇到在承受西方文明的重压下，呻吟着站在剧烈的生存竞争圈子里，去真心诚意地为了别人流眼泪的人。他和好友平冈的关系也是一天天疏远，已经到了厌恶的程度，以至于觉得同人交谈就像"同人皮在攀谈似的"，他一想到说不定自己也是叫对方不耐烦的人，就会不禁悲伤又孤独。这种境遇是现代人不可避免的命运。人与人之间失去了爱，他把这"人们不在心里互相攻击就不可能互相接触的现代社会"，看作是长年生存竞争造成的恶果，是 20 世纪的堕落。在谈到现代性的症结时，漱石的立场是很明确的，他指出，原因在于急骤膨胀起来的生活欲的高压促使了道义欲的崩溃。

作品还描写了令人触目惊心的现实事件，如在第十三章提到幸德秋水被警视厅严密监视，其中有这样一段文字："平冈接着又谈到了政府把社会主义者幸德秋水视如洪水猛兽的情况。说在幸德秋水的家门前后，有两三个警察不分昼夜地值班监视。有一段时间还支起帐篷，在里面暗加监视。秋水一旦外出，警察便跟踪不放。万一失去了他这个目标，……整个东京会闹得不亦乐乎。新宿警察署每月要为秋水这个人花掉数百元钱的经费。"[1] 代助对这等政治事件只觉得是"典型的时代滑稽剧"，但是他对此根本不感兴趣。

此外，报纸上还披露了"日糖事件"——制糖公司要人用公司的钱收买多名议院议员；刑警勾结小偷的消息，如果深入调查，东京会陷入没有一个警察是干净的局面。这些都是随着资本主义的发展，在繁荣的表象下，社会矛盾激化而产生的社会问题。在这滑稽的背后，代助已经预感到了不安与恐惧。暗示了社会政治背后的状态。如作品中，代助和他的书童门野谈及当时报纸上连载的小说《煤烟》后，想到了不安的问题，他认为"俄国文学中出现的不安气氛，是天时和政治压迫的结果"。如安德烈夫的创作，"安德烈夫是 1900 年登上俄国文坛，以第一次革命（1905 年）

① ［日］夏目漱石：《夏目漱石小说选》上册，张正立、赵德远译，湖南人民出版社 1984年版，第 425 页。

前后至十月革命（1917 年）之间动乱时期的俄国为背景，运用现实主义和象征主义的手法对知识分子不安、恐惧的心理进行了生动描绘。《七个被绞死的人》在欧美亦引起巨大反响，1906 年之后在日本也被广泛介绍，给漱石的《从此以后》以深刻影响。其影响力一直波及到其描写心理迷茫状态的芥川龙之介、志贺直哉、佐藤春夫等大正文坛作家。"① 漱石在《从此以后》中引用了安德烈夫《七个被绞死的人》中的一个残酷片段：

> 远处矗立着的树，显得寒气逼人。树后有两盏小的方形玻璃提灯在无声地摇曳。绞架就安在那儿。受刑的人站在暗处。传来一个人的说话声："掉了一只鞋，冷哪。"不知是谁询问道："M 君在哪儿？"有人答道："在这儿。"泛着白色的平面在树木间显露出来，从那儿刮过来潮呼呼的风。"那是海。"G 说。过了一会儿提灯的光亮照在宣判书上和拿宣判书的白皙的手上——手上没戴手套。"那就宣读一下吧。"有人这么说。这声音是颤抖的。不一会儿，提灯熄灭了……"只剩下一个人了。"K 说着，叹了一口气。S 死了，W 死了，M 也死了。只剩下一个人了……
>
> 旭日从海上升起来。尸体被堆到一辆车子上，运走了。拉长了的头颈，突出来的眼珠，嘴唇上的血泡像绽开着的可怕的花朵，染湿了舌头——车子装着他们，由原路回去了……

之后，漱石继续描写代助想起这一恐怖场面的心理活动：

> 代助脑海里不断重现安德烈夫的《七个被绞死的人》的最后场面，感到不寒而栗。当他觉得最令人不安的问题就是万一这种事临到自己头上，该怎么办呢？再三思之，无论如何不要死，因为被逼着去死，这是极为残酷的事！代助想象着处在生的欲望和死的压迫之间的情景，他心里描绘着在其间流连忘返的苦闷，坐着一动不动。旋即就觉着整个背脊的皮肤——包括汗毛孔在内——异常的刺痒，几乎无法

---

① ［日］井藤省三：《鲁迅故乡阅读史——近代中国的文学空间》，董炳月译，北京大学出版社 2001 年版，第 54 页。

忍受了。①

　　"代助认为俄国文学出现的不安气氛，是天时和政治压迫的结果。"漱石描写代助的不安和俄国文学出现的不安没有什么差别，这说明在漱石看来，当时的日本如俄国一样也正经受着政治上的残酷压迫，有着对独裁暴力的恐惧感。"代助受到现代日本向他袭来的一种特有的不安。这种不安是一种源于人和人之间的互不信任的野蛮现象。这种心理现象，使他感到极大的震撼。他这个人不爱把信仰寄托于神。作为一个有思想的人，他也不能把信仰寄托于神。……代助发现，今天的日本普遍地既不信神也不信人，而他把这一现象的产生归于日本的经济状况。"②

　　代助除了对暴力的恐惧之外，还担忧将来的生存问题，倘若一旦失去父亲物质上的支持，自己又无法依靠写稿为生的话，当然非饿死不可。因为在代助看来，"人间社会不啻是一种被五颜六色分割的画面"，"只有他自己是不带任何颜色的"。把所有的职业浏览了一遍之后，目光在流浪者这一角色上停了下来。"他在一群既像狗又像人的乞丐中间，分明看到了自己的身影。"他深刻地认识到，生活的堕落将扼杀精神的自由这一点是最令他痛苦的，他"脑海里盘旋着不安的旋风"，仿佛身在风雨飘摇的船中，所以他常常顾影自怜。代助认为工作只有超然于生活的目的，才算是光荣。"一切神圣的劳动，都不是为了面包"③。代助的职业观与冯肯"自由精神生活"非常相似。在《浮想录》中，关于自由精神生活，漱石用自己简约的话作过如下解释："我们为日常衣食而忙碌着，旨在谋取衣食的劳作是一种消极的劳作，换言之，它包含着一种强制性的痛苦，即不允许我们依据自己的好恶而自行作出选择。像这样一种外来强加的劳作是不配称作精神生活的。倘若拥有精神生活，那就得无所顾忌，自己积极进取，就得无所羁縻，凭一己的意志行事，自由自在地生活。"④ 漱石对此谈到了自己的见解："普通人便不得不听命于天意，依照既便利于自己、又适合于世界的方式（即忠实于职业的方式）而生活着。这是常态。并

---

　　① ［日］夏目漱石：《夏目漱石小说选》上册，张正立、赵德远译，湖南人民出版社 1984年版，第 289—290 页。

　　② 同上书，第 364 页。

　　③ 同上书，第 327 页。

　　④ ［日］夏目漱石：《梦十夜》，李振声译，广西师范大学出版社 2003 年版，第 213 页。

且，就连一个钟爱艺术的人，当他将自己所倾注的艺术当作一份职业时，也将面临这样一个无可回避的事实，那就是，在其艺术被职业化的那一瞬间，本真意义上的精神生活便已经受到了污损。因为作为艺术家，他是自然浑成、兴味盎然地有待自己钟情的作品完成，与之相反，作为职业家，他不得不以博取他人的称赞和卖出好价钱作为公开的追求。"① 所以漱石的结论是所谓"自由精神生活"，从现今社会组织角度看，适用的范围很小，若是放在四海而皆准之言论来谈论的话，是以偏概全，患了学者的通病。理论上是如此，在情感上，漱石还是倾向于冯肯的观点，所以他又接着说："对于因嗜好文学艺术而择其业，同时却又厌恶职业化的文学艺术如我辈者说来，有时候，这种自由的精神生活会唤起我们的注意力，并对我们的批评心构成有力刺激。"② 由此来看，漱石内心"为了面包的经验"的感受性跃然纸上。代助失去物质基础而产生的不安也许就是漱石对生活不安的象征。

在《从此以后》中，代助的文明批评是尖锐的，但他的态度却是无为的、被动的。这一切都是漱石对日本社会现实境况的深刻省察。代助对金钱和权力支配下的世俗世界充满的厌恶，采取无为的不合作态度，实际上就是一种虚无主义者的姿态。在作者看来这是一种倦怠的病态，人一旦产生倦怠，就要发生逻辑上的混乱。如在小说第一章就写到代助对门野声称自己"已经得病了。"倦怠的结果就造成了代助对世界的"nil admira-ri"（拉丁语：无动于衷）。他不会像乡下人那样见到阴暗面就大吃一惊。"代助已经相当进化了——全面观察一下这种进化，无疑是一种退化，这是古往今来的可悲现象。"③ 代助的情绪基本是忧郁、不安、神经质而又玩世不恭。冷眼看世界，对一切都漠不关心，以高等游民自居。这种心态就是明治时期知识分子的世纪末性质的虚无主义。他们对当前的经济问题、眼下的生活、生活带来的痛苦、不满以及心底里的不安，好像全都麻痹了，精神上颓废，思想消极。代助具有特别细致的思索能力和敏锐的反应能力，加之高尚的教育而来的相辅相成的苦痛，用代助自己的话说，

---

① ［日］夏目漱石：《梦十夜》，李振声译，广西师范大学出版社 2003 年版，第 234—235 页。

② 同上书，第 215 页。

③ ［日］夏目漱石：《夏目漱石小说选》上册，张正立、赵德远译，湖南人民出版社 1984 年版，第 271 页。

"是天生的贵族要受到的一种不成文法的处罚"。在近代化进程中，"膨胀的生活欲"进一步激化生存竞争。代助整日被紧张感包围着，不得轻松，因此精神痛苦，他的大脑同他身体一样健康，却始终处于逻辑思维中不能自拔，如他经常沉思"自己为何投胎人世"① 这一重大问题。有时是出于单纯的哲学上的好奇心理；有时是因为世上的现象过分眼花缭乱地反映到他头脑中来，使他焦躁不已；也有时是来自对生活的倦怠和无聊。代助认为，"人不是为某种目的而降临人世的"，"人是出生后才产生某种目的的。"所以，他的结论是"把自己的活动看作自己本来的目的"。但是代助又会在中途怀疑自己的行动，陷于"为什么要这么干"的疑问。代助强烈感到自己生活能力的不足，他意识到没有勇气，也没有兴趣使渴望的行动一气呵成。因此他没有什么兴趣要圆满地实现以行为本身为目的的主张，唯有失望地独自站在荒野之中出神。

漱石的弟子小宫丰隆回忆录《漱石先生与我》一文中有这样一段话，"我们这些对人生失去希望而堕落了的近代人，产生了冷眼看世界的麻木心态，不分善恶、对任何事情没有感动、没有赞赏，进入所谓无动于衷的思潮，一副世纪末的忧郁面孔，这是近代人的特征，而且最大的不幸是我们还以此为荣。"② 当时的年轻人还极力否定旧道德，甚至于不屑于谈论道德，陷入道德伦理虚无的世界里去。具有先见性的漱石描写的代助就是当时年轻人中的形象化体现。《从此以后》表现了近代人的命运，如"代助这个人渴望高尚的生活欲得到满足，又希望某种意义上的道德欲的满足。他预感到这二者会在某一点上发生互不相容的交锋，一片刀光剑影。于是，他把生活欲放到低下的标准，忍耐着过日子。"③ 他的朋友平冈批评代助说："对世上的事，一切照单全收。换句话说，是个不会使自己的意志有所舒展的人。"然后他说自己："我呢，我要用我的意志来影响现实社会的发展，我一定要在这个现实社会中找到确凿是为我的意志所左右的产物——哪怕一丁点儿——否则我就无法活下去。我认为这就是我这个人存在的价值。你呢，只知道思索。正因为光思索，所以头脑里的世界同

---

① 〔日〕夏目漱石：《夏目漱石小说选》上册，张正立、赵德远译，湖南人民出版社 1984 年版，第 378 页。

② 转引自驹尺喜美：『漱石——その自己本位と連帯』，八木書店 1970 年版，第 86 页。

③ 〔日〕夏目漱石：《夏目漱石小说选》上册，张正立、赵德远译，湖南人民出版社 1984 年版，第 380 页。

现实中的世界各自存在着。你忍受着这种极不调和的现象。无形中是你的一大失败了。"① 也许就是代助父亲所批评的诚实和热情不足,但代助认为自己并不缺少诚实和热情,只是无法应用到人事关系上,他的观点是:"诚实和热情都不是身上现带着的东西,它们就如同石块和铁块相击会爆发出火花,在相互情投意合的两个当事者之间产生的也应该是这种现象。与其说这是自己本来就存在的品性,还不如说是精神上的交流作用。所以对方不善的话,就不会产生爆发出火花的现象。"②

代助以"高等游民"自居,他将自己不愿工作的原因归咎于社会的黑暗。"日本同西方国家的关系太令人失望","日本这个不向西方国家借钱就无法自立的国家,竟然要以一等大国自居,硬是要挤进一等大国中去""不啻是青蛙同牛逞强。"在作品中,作者还借主人公代助之口痛心地指出,"日本教育上的愚民方针,导致了整体性的精神疲惫、神经衰弱,人变得不愿意思考,短视、功利,而且道德败坏,骋目整个日本,能找到一寸见方的土地是沐浴在光明中的吗? 真可谓暗无天日哪。"③ 也正因为上述原因,他抱着听天由命、照单全收的态度,代助有时冷静地剖析自己,觉得他平时的动机和行为,内中含有狡狯和玩世不恭,大多是一些虚无的东西,所以就不会有兴趣以热诚的气势身体力行了。

尼采曾经对"虚无主义"作过如下定义:"虚无主义意味着什么? ——最高价值自行贬黜。没有目标;没有对'为何之故'的回答"。虚无主义是一个过程,是最高价值贬黜、丧失价值的过程。"④ 尼采认为悲观主义的极端形式,即本质的虚无主义。最高价值被贬黜,形成了这样一种经验,即:世界决不与我们在理想中对它的看法相符合;一切都完全败坏了,一切归于空无,这个世界是所有世界中最糟糕的。随即也就出现了"悲观主义"的态度。尼采明确地称"悲观主义"为"虚无主义"的预备形式,作为心理状态的虚无主义必将登场。人们面对现实中的黑暗以及暴政的恐惧与不安产生厌世,从而失去了应有的生机和行动的潜能,这就是漱石表现的虚无。正视时代和自己身上的"虚无主义",把时代批判

---

① [日]夏目漱石:《夏目漱石小说选》上册,张正立、赵德远译,湖南人民出版社 1984 年版,第 322 页。

② 同上书,第 281 页。

③ 同上书,第 325 页。

④ [德]海德格尔:《尼采》,孙周兴译,商务印书馆 2002 年版,第 683 页。

和自我批判结合起来，是漱石的真诚。漱石以他特有的敏感觉察到这种病患，并加以诊断和治疗。

三　从虚无到价值重建

《从此以后》的结局表现了代助的近代意识的觉醒，他的最终抉择蕴含着作者深邃的思想，也寄托着他的价值追求。代助最初停留在"思索者"的层面，通过故事情节的发展，走出虚无，终于转变为不惜与礼教为敌的"行动者"。他决定与因循守旧的社会道德开战。代助自大学时代就是一个追求兴趣之人，对美的感受性极强。对社会、职业、婚姻都有独特见解，是超越了时代的新型人物。代助生性不会专注于某一事物上，他头脑敏锐，"迄今为止一直把这种敏感集中在为改革日本社会现状而力图砸碎幻想这一方面。"① 代助将三千代看成拯救自己走出倦怠不可或缺的人物，他决定追求真正的爱，遵从自己的自然，从朋友平冈那里夺回了本该属于自己的爱。代助对三千代爱的自觉行动，换言之，即是一个虚无主义者，向生命意志转化的过程。小宫丰隆指出漱石要表达的心声与三千代所辩护的意思基本相同。当代助向三千代谈到因为自觉将来可能失去经济保障而不安时，她表示已经做好了心理准备。三千代在爱情方面，对于代助的担忧她显得义无反顾，并表示今后不管有什么不测命运，哪怕是流浪、献出生命都无所畏惧。代助与三千代的最后抉择实际上是对明治社会的挑战。

女性的地位和作用是时代精神的体现。日本明治二十九年制定的民法中认可家族法和继承法，以及男子的权威，尤其父亲的优越地位。明治四十年制定的刑法中，设定了私通罪，男女关系由国家权力来制裁。《从此以后》创作于明治四十二年，是刑法制定后的第二年，"漱石有意识地塑造了一个与不合理的法律相冲突的主人公，来展示现代精神。"② 关于这一点，可以从作品中得到印证：代助觉得，是自己将三千代置于这种背叛丈夫平冈的罪人地位的。不过，代助还不至于深感到自己的良心要受到什么谴责，因为平冈并不爱怜妻子三千代，没有承担起作为丈夫应有的责

---

① ［日］夏目漱石：《夏目漱石小说选》上册，张正立、赵德远译，湖南人民出版社 1984 年版，第 340 页。

② ［日］太田登等：『それから——漱石作品論集成第六卷』，樱枫社 1991 年版，第 58 頁。

任。此外，代助认为，自从三千代回东京后，他越来越意识到她对自己存在的重要，即便违背世俗，也希望平冈允许他对三千代尽义务。平冈最先想到的是代助破坏了他的名誉，他对代助说："对我来说，法律或社会的制裁之类，是一文不值的。"代助认为"依习俗结成的夫妇关系同按自然的事实结成的夫妇关系是不一致的，这是一种无可奈何的矛盾。按习俗，向你这位三千代的丈夫致歉，但是我认为我的行为本身不存在什么矛盾，也没有冒犯什么。"① 平冈也承认"依法结成夫妇关系是结而不和的"。代助之所以做出这样的选择，在于他爱着三千代，而作为丈夫的平冈并不爱她，这是事情的根本。

> 代助的头上顶着这由自己开拓出来的命运的断片，准备同父亲作一场不可避免的决战。对付了父亲之后，还得对付哥哥和嫂子。同他们较量之后，还得对付平冈。通过了这几关之后，还得去对付庞大的社会，这个社会犹如一部大机器，它丝毫不顾及个人的自由和个人的实情。如今在代助的眼中，这社会仍是暗无天日的。代助做好了同这一切决战的思想准备。
>
> 代助为自己的勇气和胆略感到震惊。他一直认为自己是一个不爱凑热闹、远离是非之地、与世无争、谨小慎微以求平安无事的绅士型人物。举凡在重大道义问题上，虽然从未有过卑怯的行为，但在心底里老是无法摆脱畏葸的心理。②

三千代接受了代助爱的誓言，决心与代助共同迎接命运的挑战。"社会虽然在事实上是具有制裁权的，但是代助相信，一切动机和行为的权利完全是从自己的天性中涌现出来的，不可能有别的来路。代助认为，从这一点上来说，社会同自己仍是平行无涉的关系相处的。"③ 正如加缪所言"人就是他自己的目的。而且是他自己唯一的目的。如果他要成为某种东西，那就是在他现在的生活中成为某种东西。我现在对此深信不疑。那些

---

① ［日］夏目漱石：《夏目漱石小说选》上册，张正立、赵德远译，湖南人民出版社 1984 年版，第 488 页。

② 同上书，第 459 页。

③ 同上书，第 462 页。

征服者有时谈到战胜与超越。但他们所期待的永远是'自我超越'"。① 代助的自由选择就是与社会为敌，但是，在当时社会因袭礼法是不能相容的，如代助所说"我等于犯下了带有社会性质的罪"。"两个理应会遭到社会谴责的灵魂，只是相对而坐，互相注视着对方。""逆流而行的力量，又使他们感到战栗"②，他俩切切实实尝到了爱的惩罚和爱的赏赐。

　　代助清楚在现今的道义领域里，自己不啻处在登山者的地位。尤其他和父亲的最后一次会面，拒绝了父亲"有企图的联姻"后，他不得不做好被断绝自己的物质供给的心理准备。"自己一面在促使自己顺从自然的因果前进，一面却身负着这因果的重压，被推至下临深渊的悬崖边缘了"③。当代助戴着伪善的面具时，避开了生存的不安；但当他拨开伪善的面具后，随之而来的是生存的不安。不过在代助看来，他和三千代的爱是出自"天意"，他意识到合乎天意却违背人意的恋情会使人在社会上身败名裂。作品在最后部分，描写代助的哥哥作为父亲的使者来找代助，问他平冈写给父亲关于代助要和三千代结婚的信是否属实，当代助承认这是事实后，哥哥宣布家人要和代助断绝关系，至此他失去了父亲和哥哥的经济支持，对此他不想辩解，也不想博得同情。为了生存，代助不得不冒着酷暑到外面找工作。在酷暑中，他头顶着烈日，迈着急促的步子走着。"载着小邮包的红色车子同电车擦肩而过时，又映进了代助的脑海里。香烟店的布帘是红色的，揭示商品'大减价'的旗子是红色的，电线杆子是红色的，涂着红色招牌一块连着一块……最后，人世间变成一片大红的火海，火舌围绕着代助的脑袋不停地喷吐。"④ 他顶着压力做出了自己的选择，他相信自己所走的路是正当的，尽管不被社会或者他人理解，但他为此感到满足。他认为唯有三千代能够理解自己，此外"什么父亲啦、哥哥啦、社会啦、世人啦，全是敌人。这些人们想让他和她在熊熊的烈火

① ［德］加缪：《西西弗的神话——加缪的荒诞与反抗论集》，杜小真译，陕西师范大学出版社 2003 年版，第 105 页。

② ［日］夏目漱石：《夏目漱石小说选》上册，张正立、赵德远译，湖南人民出版社 1984 年版，第 457 页。

③ 同上书，第 470 页。

④ 同上书，第 500 页。

包围中烧死。"①

《从此以后》表面看来是一个爱情故事，实质上表现的是寻求生存意义和重建价值的这一重大课题。漱石描写了明治末年具有高度教养和丰富生活的知识阶层的青年形象，从一个侧面反映了他的伦理思想，这种情况在当时的文坛前所未有，他所倡导的价值观在当时年轻人中得到强烈反响，因此获得年轻人的高度评价。芥川龙之介曾撰文说很多和他年龄相仿的年轻人都受代助影响，尤其羡慕代助的个性。当时流行的自然主义文学中的人物在社会上倒是随处可见，而代助式的人物在社会上是罕见的。白桦派的武者小路实笃在"白桦"创刊号卷首发表了"关于《从此以后》"的文章，他认为，是自然的力量和社会的力量在代助身上的反映。芥川龙之介和白桦派等年轻一代，觉得在代助身上看到了自己的影子，并声称他们本身很想做代助那样的人。在《被背叛的遗嘱》中有一章节为"道路在雾中"，米兰·昆德拉说道："我们不可能比卡夫卡在他的《审判》中走得更远；他创造了极为无诗意世界的极为诗意的形象。所谓'极为无诗意的世界'，我是指对于个人的自由、个人的特性毫无位置的世界，人在其中只是官僚主义、技术、历史的一个工具。所谓'极为诗意的形象'，我是指：卡夫卡并没有改变这个世界的本质和它的非诗意特点，但却以他的巨大的诗人的奇想，改造和重新塑造了这个世界。"② 同样可以说，《从此以后》的代助形象是漱石创作的"极为无诗意世界的极为诗意的形象"。重松泰雄认为，漱石虽然描写的是明治时代的社会和人，实际已经超出了时代，同样适用于大正、昭和。《从此以后》体现了伦理思想的重大突破，即代助放弃了他律的道德，开始追求自律的"个人主义"新道德。

刘立善考察漱石文学生涯时指出，"他一直在同世俗激烈对抗，恶战苦斗，自我与社会一直处于不调和的状态。在这持久不妥协的对抗中，漱石使用的唯一思想武器，便是易卜生式的个人主义。"③ 漱石在 1914 年《我的个人主义》的演讲中表明他是个人主义者。他在英国留学期间，广

---

① ［日］夏目漱石：《夏目漱石小说选》上册，张正立、赵德远译，湖南人民出版社 1984 年版，第 498—499 页。

② ［捷克］米兰·昆德拉：《米兰·昆德拉全集》，作家出版社 2006 年版，第 69 页。

③ 刘立善：《论森鸥外的长篇小说〈青年〉》，《日本研究》1997 年第 2 期，第 65 页。

泛阅读古今英国文学作品，还涉猎了西方哲学、心理学和社会学等名著，培养了他自信和独立思考的能力，开始辩证地看待西方文明。也就是在那时他开始醒悟，在该演讲中他还提到，"文学究竟是什么，除了靠自己的力量创作出它的概念之外，别无他途。"他意识到自己以前的生活，"完全是他人本位，像无根的浮萍一样，飘摇不定，终究不行。"① 漱石所说的"他人本位"意思是指，缺乏独立思考，只是人云亦云模仿他人。"毕竟是借别人的衣服把自己打扮起来的，虽然神气，却难免内心不安。因为毫不费力拔下孔雀羽毛插在自己的身上只是虚假的美丽，因此若是不去掉浮华力求真挚，就无法安心。"② 有了这样清醒的认识后，才获得了"自我本位"这四个字，由此获得了力量，有了生活的勇气，消除了多年的苦恼和不安，致力于著书立说成就一番大事业。漱石还将正义、义务、责任引入"个人主义"中，概括为三点："第一，如果想达到发展自己个性的目的，那就必须同时尊重他人的个性；第二，要想使用属于自己的权利，那就必须记住相伴而来的义务；第三，要想显示自己的财力，就必须重视相伴而来的责任。"③ 漱石针对个人主义膨胀的社会现实指出，离开了伦理以及一定的人格修养，单独追求个性，使用权利和显示财力，都毫无价值。要想三者自由发挥，必须在高尚的人格支配下进行，才是善的，否则将导向利己主义，最终结局将是人的不安与孤独。漱石的"个人主义"与"利己主义"根本不同，唯我独尊、自我中心的自由，"在社会上绝不能生存下去。"漱石的"自我本位"是既尊重自己又尊重他人。按照漱石的解释，他的个人主义是一种道义上的个人主义，它"关系到个人幸福，对个性发展极为重要"，"个人主义"也是关于如何捍卫个人的自由与权利的主义，这说明漱石真正领悟到了西方文化的精髓。

历史事实表明，日本近代化始于西洋近代化的冲击，它与内发的西洋近代化具有显著不同，存在着重重困难。中国饱受西洋侵略，为了避免重蹈覆辙，日本背负起模仿的宿命。为维护国家独立，匆忙抛弃过去，热衷学习西洋。在漱石看来，模仿是必要的，但最重要的是探索出一条适合本

---

① ［日］夏目漱石：《十夜之梦·夏目漱石随笔集》，李正伦译，华东师范大学出版社 2008 年版，第 121 页。

② 同上书，第 122 页。

③ 同上书，第 131 页。

国文明开化之路,不可回避的难题就是如何对待西洋的近代化。在谈及
"自我本位"时,他提到作为东洋人,不是单纯地回归东洋,而是以东洋
人的立场重新审视西洋,比较东西方之优劣,从而进行取舍,创造出东洋
的近代化,才是追求的真谛所在。柄谷行人在《日本现代文学的起源》
一书中,对漱石做过这样的概括:"在他的现代小说的批判中完全没有那
种对江户文学或前现代的乡愁,他是彻底的现代人。而日本的现代主义则
总是以回避'斗争'的形式出现,今天的现代主义也是如此。在这个意
义上,漱石在日本乃是少有的现代主义者,因此也是抵抗现代主义形式
的。对他来说,类型的恢复不会是美学上的问题,也不会是被现代所压抑
掉的东西之恢复。"①

　　漱石尊重个性、肯定自我,脱离固有的思维方式,在尊重自我自由的
同时,尊重他者的自由和个性。他不惜以生命为代价去挑战权威,抵抗权
威,对抗世俗。漱石是一位走出传统束缚,具有开放精神的人,他希望社
会不断革新,改变不合理的现实,提倡建立个性发展、人人平等、自由民
主和社会公平等代表人类文明进步的价值观。

---

　　① 〔日〕柄谷行人:《日本现代文学的起源》,赵京华译,生活·读书·新知三联书店2003
年版,第190页。

第 三 章

多维视野中的夏目漱石女性观

漱石文学创作中，"女性"的描写占相当比重，构成其文学思想的重要元素。他所描写的女性，呈现出传统观念与现代观念相交织的复杂局面。在思考恋爱、婚姻问题时，漱石在情感层面上，往往以男性为中心的观念出发，认可温柔、善良和优雅的淑女，他从男性自我防御的立场出发，对轻浮、虚荣、狡诈的女性心存恐惧与厌恶，他还站在人人平等的立场上，批判奴役女性的封建婚姻陋习，认为女性有权利去追求幸福爱情和自由婚姻。基于这种复杂心理，漱石塑造了一系列个性鲜明的女性形象，她们或温柔、或克制、或强悍，在绚烂多彩的女性光环下，既捆绑着男权观念的精神枷锁，又体现了可贵的平等意识。

第一节　认同返璞归真的女性

东方传统的理想女性以温柔、恬静、优雅、妩媚、贞洁为基本特征，尤其是在仪态、谈吐和行为习惯上具有女性魅力的淑女，更是男性追求的目标。"窈窕淑女，君子好逑"。漱石也有着淑女理想，他在英国留学的第二年五月收到了妻子和长女笔子的照片，马上兴高采烈地给妻子回信，提到要把女儿培养成淑女。他说："培养善良的淑女是作为一个母亲的责任，所以你自身也要以淑女为理想，要多读书，常自我反省，跟高尚的人接触。"① 从漱石的文学作品中，能看出真正打动作者情怀的女性，往往是一些心地善良、气质优雅、娴静纯情的返璞归真的女性，体现了真、善、美，即女性内在美和外在美的统一。他的淑女理想还包含了精神特征，她们有着追求自我价值、追求美满婚姻的心灵需求。小说《从此以

---

① ［日］出久根達郎：『漱石先生の手紙』，日本放送出版協会 2001 年版，第 76 頁。

后》中的三千代、《门》中的阿米是这类女性人物的典型代表。

　　《从此以后》中的三千代"是位安详、娴雅、睿慧的美丽女子"①，她皮肤白皙，眉目清秀，"长得像画在旧书里的'浮世绘'，一见之下，会觉得她是不胜寂寞的"。② 三千代出生于乡下，在东京读大学的哥哥为了妹妹的前程，带她到东京接受教育。她的哥哥是个心胸豁达、对朋友肝胆相照的人。哥哥的豁达潜移默化地影响着妹妹。代助和三千代的哥哥是好友，他和三千代交往从她刚来东京时就开始了。代助是"趣味的人"的化身，被三千代的哥哥称为"arbiter elegantiarum"（趣味的裁判者），哥哥当时直言"不能领会"代助的趣味，但他乐于让妹妹接受代助的熏陶。小说这样写道："对于妹妹在趣味问题上的教育，哥哥仿佛是全托代助承担了。他竭力安排尽可能多的机会，使代助去接触三千代那只能有待于代助去启迪的脑袋瓜。代助也不推诿。……三千代其时当然是很乐意接受启迪的。"③

　　代助的"趣味"到底是什么，作者并没有具体说明。不过，从代助倾向的色彩方面有所体现。代助喜欢绿色、蓝色和白色。代助喜欢在"翠绿的世界里漂游和无忧无虑地安睡"，当他在某个画展上看到一幅"身材修长的女子站在海底"的画作时，"十分神往这种安静肃穆的情调"，认为唯有这幅画令他感到舒畅。他认为"看到蓝色会有一种超然于人世的情调"④。该作品中出现过三种花卉：君子兰、君影草、百合花。三千代回到东京后，第二次去拜访代助时，手中提着三支硕大的白色百合花。百合花在漱石的《梦十夜》和《行人》中都出现过，漱石的随笔《浮想录》里写自己因病去修善寺静养，正是百合盛开的季节，原想第二天去看满山百合，结果当天病情加重。后来病情日渐好转，护士去山上采摘野花，以安慰躺在病榻上的他，百合却已零落成泥，只采来几株色彩单调的秋草。于是，他只好想像"洁白的百合花漫无边际地绽放，掩映在绿丛深处，郁积起浓浓的花香"的宏大场景。在日本传统文化中，白色象征清明，代表和平、高尚与神圣，还代表真诚、纯洁、美丽，与黑色象

---

　　① ［日］夏目漱石：《夏目漱石小说选》上册，张正立、赵德远译，湖南人民出版社 1984 年版，第 477 页。

　　② 同上书，第 296 页。

　　③ 同上书，第 452 页。

　　④ 同上书，第 350 页。

征邪恶形成强烈对比。在长于以色彩和自然物比拟人格性情的日本文化传统中，特别容易让人联想到白色，如百合花，它除了代表纯洁外，还代表了庄严、心心相印，是纯洁爱情的象征。实际上，漱石在作品《从此以后》中把"百合花"和三千代联系起来写就隐含着这一寓意。代助向三千代表白爱时，特意买来了百合花，小说中这样写道：

> 代助注视着百合花，使自己的全身都沉浸在充溢着整个房间的芳香中。……过了一会儿，代助心里喊道："我今天才算是回到'自然'的过去了。"今天能说出这话，代助觉得全身都沉浸在多年不曾有过的慰藉中了。代助又想：自己为什么不能早点儿回到这"自然"中去呢？为什么一开始就同这"自然"对抗呢？代助在雨水中、在百合花香中、在重现的昔日情景中，找到了纯真无邪的和平的生命。这生命的里里外外不存在欲念、不存在得失、不存在压抑自身道德成见，这生命像行云流水那样自由自在。一切都是幸福的，所以一切都是美好的。[①]

漱石崇尚白色，还带有一定的伦理道德的含意，他借白色来表达美的理想，亦即肯定人的本真状态的"自然"的观念。"自然"是漱石思想中的关键词之一，使用的频度很高，在《路边草》和《明与暗》中都多次出现，尤其以《从此以后》为最，它是东方文化传统自然观的发展。"自然"是中国古典人文主义思想的一个代名词。老庄哲学主张人自身应当像自然万物一样自主自化，不要做作，否则就是"人为"，便是"伪"，就失去了人的"真"。因此人的精神状态要像草木山石那样淳朴自然。老子主张"返璞归真"，强调人类应保持淳朴自然的本性，去掉人为与天合一，也是漱石所追求的最高理想。《从此以后》中的"自然"，是他晚年"则天去私"理念的初现。"自然"一词无论在东方还是西方，基本意思都是天生的样子，是真实的或完整的本性，与神性相一致。"对伟大的思想家们来说，鉴于宇宙万物既是自然的又是神圣的，这一点也适应于人

---

① ［日］夏目漱石：《夏目漱石小说选》上册，张正立、赵德远译，湖南人民出版社 1984 年版，第 448 页。

类。"① 东西方文化中对待自然的看法本质上是一致的。

代助把"自然"与"天意"看成一体的认识，这恰好代表了漱石本人的观点："自然"与"天"的合一，也即合乎道义，是真善美的体现。虽然漱石的后期思想发生了变化，但关于"自然"的观念基本相同。"自然"与"天"有时指同一个意思。漱石生平极为厌恶虚伪造作，憎恨拨弄智巧，扭曲天性。"自然"就是求真尚朴、因性而行。"人回到纯粹的生命才能获得自由和幸福。"自然并非"本能"而是"灵魂"②，放弃意志，遵从"内在生命的要求"，就是代助意识中的自然。濑沼茂树对漱石的"自然"归纳出了三点：第一，非人工人为的规范，而是遵从自然的纯洁无瑕的人际关系；第二，一种超越了个人的理想状态；第三，人的自然，不但意味着人的本能，在更深层的意义上可以理解为人的"真实"③。

回归自然的代助回首往事，后悔莫及。当初太轻视"自然的力量"，过分看重所谓的"侠义行为"，他曾压抑了内在的"自然"，将女友三千代让给了朋友平冈，但三年后，思想发生了很大变化，自然意识苏醒，他感到埋藏在内心深处的爱的火种并未熄灭。而生活贫困的平冈变得放荡不羁，对病弱的三千代漠不关心。三千代婚后，孩子的死亡、自身的疾病、经济上的拮据，加之她还要忍受丈夫的冷漠，精神上变得寂寞与苦闷，这唤起了代助对她的同情与怜悯，让代助感到平冈娶了不该娶的人，三千代嫁了不该嫁的人。当他在抉择是顺从"自然"还是"意志"时，代助认为，"最后的决定权在于自己"。小说的最后，代助终于冲破外在的道德规范对自我本性自然的束缚，在是做"自然之子"还是做"意志之人"的选择中，顺从了自己的真实情感，坚决站到了自然这一边。小说里提到的"自然"是人的自然，没有封建道德规范与羁绊，是真实的人性。"自然之子"则应服从天赋予人的一切天然本性，与此相对的"意志之人"是指理智地意识到封建道德的严酷性和可怕性的人，代助终于决定顺从自然，向三千代表白自己的爱情。"我的存在需要你，非常需要你。"④ 代助

---

① ［英］鲍桑葵：《关于国家的哲学》，汪淑均译，商务印书馆1995年版，第148页。

② ［日］太田登等：『それから——漱石作品論集成第六卷』，桜楓社1991年版，第166頁。

③ ［日］瀬沼茂樹：『夏目漱石』，東京大学出版会1962年版，第171頁。

④ ［日］夏目漱石：《夏目漱石小说选》上册，张正立、赵德远译，湖南人民出版社1984年版，第454页。

爱的表白没有一般人的甜言蜜语，像一首天真的儿诗。三千代本来就是一个对大众小说中描绘的青春时期的辞藻没有多大兴趣的人。她是治愈代助心病的"自然"的象征，就是说，对于自己诀别虚伪回归诚实的代助来说，三千代的意义相当于"自然"，她是拯救自己走出空白的不可或缺的人物。代助自闭、虚无、厌倦一切，三千代的爱使他走出迷路，"踏上积极的生活道路"。近代自我觉醒，不仅仅是漱石所说的"诚实的爱"，它还包含了对明治时期封建伦理道德和不合理的法律制度的排斥，这一点在表现手法上并没有直白表达。漱石的"自然"是伦理的、超越性的，不带任何功利色彩，是人的"最高价值"的复归。

小说《门》中的阿米是和三千代一样娴静的女子。她安详沉静，宗助初次认识阿米的时候，阿米无声无息，"像影子一样闪了一下的文静女子"。阿米在宗助心里留下这样的印象：即使处在音色缭乱的状况下，阿米也是极其安详自若的女子。她的安详自若，主要表现在她那凝重安稳的眼神。阿米是能与宗助心灵产生共鸣的精神女性，是作者所欣赏的理想女性。

在这类女性身上我们能看到作者母亲的影子。他在晚年的回忆录《在玻璃窗户的里面》中，回忆自己小时候，也许是长久远离双亲的缘故，个性倔强，所以不像其他家庭中的末子那样得到父母的溺爱。父亲的态度简直可以说是苛刻的。全家还是数母亲最疼爱他，在他的心灵深处刻下强烈的温情感。漱石印象中母亲是位典雅而又亲切热情的女性。她勤劳、典雅、善良，对自己影响很大。遗憾的是在漱石 14 岁那年，母亲过早离世，给他幼小的心灵留下永远的伤痛。漱石在前期的作品《哥儿》中描写女佣阿清给予哥儿无微不至的关怀与庇护。在母爱匮乏、兄弟情谊困乏的生活中，阿清填补着他母爱的空缺。这种故乡母亲的感觉在《三四郎》中的良子身上也能看到。作者突出描写了良子的温柔和善良，如"她的声调里有一种安详的音质"，除了天真无邪的孩子和完全同所有男孩子打成一片的女人，不可能有此音调。"三四郎对良子用的多是赞美之词，如"纯洁的少女"、"天真烂漫的女王"、"良子的脸是女性中最富有女性特点的"。三四郎感到跟良子在一起是愉快的。"她浅浅的一笑"，"脸色中有着和蔼的温柔"，平添了一份美丽女人的含蓄和娴雅，仿佛是灿烂的夕阳渐渐消隐后，大地归于宁静、温暖而又让人心生幻想，"当时，这青年人的脑海里闪现出远在故乡的母亲的影子。"①

对于女性的评判,漱石不是以身份为尺度,而是看重美德。在《过了春分之后》中,刻画了从旅游地镰仓返回家中的须永,看到家中的佣人阿作那恭恭敬敬、彬彬有礼、规规矩矩的姿态,他很喜欢她那种稳重、安静、大方、温顺的个性,引起他的敬佩之心。漱石作品中展示的圣洁女性,与上流社会中的虚假伪善的贵妇人形象形成了鲜明的对照。这里是作者对人们惯有的女性偏见提出了质疑,并且表现出相当深度的人性关注。

第二节　对恶女的鞭策性描绘

日本明治维新之后,价值观的变化、爱情的选择也随之变化。在《我是猫》中,拜金主义者金田的夫人为女儿择婿的标准,就反映出人的地位与金钱的魔力。暴发户金田为了巩固自己的社会地位,根本不顾男女双方是否爱慕,苦心策划女儿与在读博士寒月结合,遭到了苦沙弥等人的嘲弄。《哥儿》中玛多娜也是受世俗风气驱使的女子,他抛弃了君子式的英语教员古贺君嫁给狡猾的教务主任红衬衫。作者借哥儿之口批评玛多娜:"舍弃善良的君子而去嫁给一个狡猾的小人,玛多娜是个不懂事的疯丫头。"红衬衫心术不正,常把假的说成真的,为了达到自己将玛多娜搞到手的卑鄙目的,把古贺君调到一个穷乡僻壤延冈。在古贺君离任的欢送会上,数学教师的一番话安慰了即将转任的同事,他说延冈是个偏僻的地区,与本地相比可能有物质上的不便,但是,那是个风俗淳朴的地方,职员学生都继承了古代的质朴遗风,相信那里不会有说些言不由衷的奉承话,用笑脸来暗害君子的时髦蛋,所以像古贺君那样温良笃厚之士到那里,一定会受到那个地方的普遍欢迎。在当地挑选一位淑女,用事实来羞辱那个无节操的轻浮女子。② 这道出了漱石对丧失良知和正义之人的强烈厌恶。

漱石在文人画式小说《草枕》中所描写的娜美是令人恐怖的新潮女性。画工在山间老婆婆的茶馆喝茶的时候,老婆婆主动谈到村中从前一个名叫长良姑娘的死。她是个有钱人家的漂亮姑娘,被两个男人纠缠,她不

---

① ［日］夏目漱石:《三四郎》,吴树文译,上海文艺出版社 2010 年版,第 52 页。
② ［日］夏目漱石:《哥儿·草枕》,陈德文译,海峡文艺出版社 1986 年版,第 77 页。

知该嫁给哪一个好，实际上，最后她哪个也没有看上，跳河自尽。作为一名脆弱的女性，被笼罩在男权制的迷雾下，唯一获得权利与自由的方式就是丢弃自己的生命。老婆婆将话题转到现实，谈起古井家的姑娘娜美，说她也是有两个男人缠着，一个是在京都上学结识的，一个是城里财主家的儿子。她心仪的是京都的公子，但父母却逼着她嫁给财主的儿子。自从日俄战争爆发后，她丈夫供职的银行倒闭，娜美回到了娘家。外人议论纷纷，说"小姐心狠了，太薄情了"。"心地和善的姑娘，最近也变得暴躁多啦。"① 画工听到娜美的故事后，顿感"大煞风景"，"忽而坠身于俗界，失去了当时飘然出世的目的。一旦沉于这样的世俗故事而不能自拔，尘世的污浊就会渗入毛孔，致使身子变得污秽而又沉重。"当画工初次见到娜美后，谈到投河的长良姑娘，娜美认为，投河自尽太没有出息，要是她遇到两个喜欢她的人，会将他们同时纳作男妾。画工内心已经怀疑眼前娜美由于一系列的变故而失去了清纯之心。他认为长良姑娘式的纯洁人物在当下早已不复存在，爱变成了背叛和诡计。画工的感觉在理发师的口中得到了证实，理发师的话概而言之：娜美是离婚的人，丈夫供职的银行倒闭，因为"自己没法享福"，就回到了娘家。她还跟观海寺的和尚有暧昧关系。村子里的人称她为疯子，是个可怕的人，跟这样的人接触，要是招惹是非会"倒霉"，会很"危险"②。当画工再次见到娜美，她对他谈起温泉的镜池，并严肃地说自己最近要投水自尽。"请你把我投水时漂在水面上的情景——不是那种痛苦的样子，而是那种漂在水面从容快活步入泉水下的情景——画成美丽的图画吧！"画工在镜池看到茶花落到水面上，想起以"娜美姑娘的脸庞为依据画一美女浮在茶花荡漾的水面上，她身上再画几朵飘落的茶花。""表达一种茶花永世不尽，那女子永浮不沉的意境。"③ 这一场景是作者漱石受英国著名画家约翰·艾佛雷特·米莱的一幅关于奥菲莉亚画的影响而设计，这幅画描绘莎士比亚戏剧《哈姆雷特》里奥菲莉亚溺水而死的悲剧，她以永恒的死亡停驻在人间。"奥菲莉亚合掌在水上漂流的姿态却像轻烟一般朦胧地留在心底"，"我平素认为

---

① ［日］夏目漱石：《哥儿·草枕》，陈德文译，海峡文艺出版社 1986 年版，第 122 页。
② 同上书，第 147—149 页。
③ 同上书，第 189 页。

米勒的奥菲莉亚最为痛苦,现在看来,她是多么美丽。"① 而在画工的想象中,娜美虽然脸庞美丽,但总有不足之感,那就是缺少"哀怜"的表情,"哀怜是神所不知而又最接近神的人之常情。""平素那女子的脸上只是充满着愚弄别人的微笑和那紧蹙柳眉、激进好胜的表情"。《草枕》中关于茶花的描写是影射娜美的个性。如画工来到镜池边,对岸幽暗的地方,一株茶花正开放着,叶子深绿,即使大白天在太阳底下看,也没有轻快之感。鲜艳的花朵,像燃烧的火。

> 再没有比这更迷惑人的花了。我每逢看见生长在深山里的茶花,就联想起妖女的形象来。她用乌亮的眼睛勾引你,不知不觉将嫣然的毒素喷入你的血管,等你发现受骗时已经迟了。茶花夺目的艳丽深处隐含着无法形容的阴郁色调,它没有雨中悄然零落的杏花使人产生的哀怨之感,也没有冷艳的月色下海棠给人的怜爱之意。茶花带有歹毒和恐怖的气氛。那颜色不是普通的红色,是异样的红色,那红色是遭受屠戮的囚人的血兀自招惹人眼,兀自在人心中制造不快。②

娜美的性格可以说似艳丽而迷惑人的茶花一样,令人恐惧。

《虞美人草》中的藤尾也是娜美式的人物。她才貌双全,在东京求学期间,结识了要当文学博士的小野。小野幼时成为孤儿,由孤堂先生收养,之后资助他去东京大学读书。但在认识藤尾之前,他已经和养父家的女儿小夜子订婚。当他被藤尾吸引后,打算取消与小夜子的婚约。小野的朋友宗近得知小野的决定后,要求他悔改,希望要以真诚心对待小夜子,否则就是"没有灵魂,与用土捏成的玩偶没有什么区别"的不义之人。小野听从了宗近的劝说,离开了藤尾,决定与小夜子结婚。当宗近告知藤尾小野将要和小夜子结婚的消息后,她虚荣心受到伤害。为了挽回面子,藤尾又向宗近送金表,而被他摔在暖炉的大理石上,她气极昏厥死亡。在漱石看来,"色相界"的藤尾是"讨厌的女人"、"该杀的女人"。他通过对藤尾自杀的描写,深刻批判了她的利己主义和虚荣心。漱石对藤尾的批判是彻底而毫无妥协的。他将作品中外表美丽、但虚荣、傲慢且践踏人性

---

① [日]夏目漱石:《哥儿·草枕》,陈德文译,海峡文艺出版社1986年版,第164页。
② 同上书,第188页。

的文学女青年藤尾痛击得体无完肤。"漱石极为痛恨女性虚荣，不让她们得逞，甚至置于死地。关于《虞美人草》中的藤尾的结局，漱石给他的弟子小宫丰隆的信中这样写道："藤尾这样的女人是不应该同情的。有诗情但不诚实。是个缺乏道义心，令人厌恶的女子。她的结局归于一死是这部小说的主旨。"① 这是漱石对恶女的严厉惩罚。

藤尾的人物形象让人联想到日本文坛的一位与漱石最有缘的女作家大塚楠绪子。楠绪子是东京女子师范附属女校的首届毕业生，她的丈夫大塚保治博士是东京帝国大学的教授、美学家，是漱石的同窗好友，学生时代他俩曾经共租同住过一个房东家。研究者考察出漱石曾经和楠绪子有过恋爱关系，楠绪子情感上喜欢漱石，但理性上倾向大塚保治，周旋于两者之间，但是楠绪子最后选择了大塚保治博士，导致漱石饱尝失恋之苦。漱石的小说《虞美人草》与一年前楠绪子发表的小说名字完全相同。漱石借此开导女弟子楠绪子，尖锐批评她的利己主义和女王式的强烈虚荣心。尽管如此，漱石非常关照楠绪子，她的小说多是依赖漱石介绍在《朝日新闻》上发表的。楠绪子 36 岁病逝时，漱石因胃病住院（修善寺大病），他在医院里写了悼亡楠绪子的俳句："投菊入棺中，愿君享永生。"② 此诗往往成为学者们推定漱石与楠绪子之间恋爱的见证。

小说《三四郎》中的美祢子也是漱石反感的人物，但与《虞美人草》的不同之处是淡化了对女性的直白批判，采取象征的艺术手法。三四郎与美祢子相遇是他刚到东京不久。当时，她伫立在东京帝国大学内的水池边，面向夕阳，用团扇遮挡着前额，衣服和腰带的颜色却十分耀眼。她的女同伴一身洁白，面朝对岸一棵古树的深处凝望。当她俩经过三四郎身边时，美祢子回头瞥了一眼——三四郎确实意识到那女子乌黑的眼珠倏忽一闪。此时，关于色彩的感觉全然消失了，他心中顿时升起一种不可言状的情绪。③ 他感到惶惑不安，因为他一下子想起火车上相遇的女子，那个曾经说他没有胆量的人，此时的心境同当时完全相同。

---

① 转引自［日］出久根达郎：『漱石先生の手紙』，日本放送出版協会 2001 年版，第 137 頁。

② ［日］夏目漱石：《梦十夜》，李振声译，广西师范大学出版社 2003 年版，第 157 页。

③ ［日］夏目漱石：《三四部》，吴树文译，上海文艺出版社 2010 年版，第 24 页。

三四郎口中低声说出了"矛盾",至于为何矛盾连他本人也说不清楚。"是大学的空气与这女子有矛盾吗?还是那种色彩与这眼神有矛盾吗?是看见了这女子而联想起火车上的女子有了矛盾?要不就是自己对待未来的方针自相矛盾?或者是面对乐极的事情而抱有恐惧心情在矛盾?——这个农村青年一点也弄不清楚,但他总觉得有矛盾存在。①

当三四郎在医院再次遇到美祢子时,感到她的身影"宛如一幅以透明的空气为画布的黑影画",象征了邪恶。三四郎帮广田先生搬家时,他正式和美祢子相识。女子从腰带间取出一张名片递给三四郎,名片上写着"里见美祢子"。他们一起帮广田先生打扫房间。不一会儿,美祢子立在窗前看天空中的白云。此时,白云正打高空中飘过。天空无限湛明,一朵朵宛如棉絮般的白云不断地从一碧如洗的天际飘过。风很猛烈,云脚被吹散开来,薄薄的一层可以窥见碧蓝的底子。此处暗示着美祢子像云似雾飘浮不定,象征着她轻浮的个性,令三四郎时而钦佩时而恐惧。美祢子曾写明信片相约三四郎和广田先生等人一起去观赏菊偶。观赏菊偶的过程她表现得似乎是"心灵的疲倦",引起三四郎的关注,她带三四郎远远走在广田先生和野野宫兄妹的前面,寻找清静的地方,故意让别人找不到,对三四郎抱怨野野宫是"躲避责任的人",她还把自己和三四郎说成是"迷路的大孩子"。美祢子还用英语说了一遍"Stray sheep"(迷途的羊)②,三四郎对"迷途的羊"一词"似懂非懂,所谓不懂,与其说是指这个词的意义而言,不如说是指她使用这个词汇的用意而言"。所以三四郎不做任何回答。三四郎爱慕美祢子自由和勇敢的个性,神往她迷人的眼神和洁白的牙齿,又恐惧她的伪善和魅惑,总是担心她"故意愚弄自己",自己也搞不清这究竟是什么名堂的爱,"是恋爱?是受作弄?是可怕还是可悲?是中断还是继续下去?完全莫名其妙"③。

在观看运动会的场景中,美祢子对三四郎谈起野野宫:"像宗八君那样的人,不是我们这种思想能够理解得了的。因为他高瞻远瞩,想的是大

① [日]夏目漱石:《三四郎》,吴树文译,上海文艺出版社2010年版,第24页。
② 《圣经·马太福音》,汉语圣经协会有限公司2000年版,第34页。
③ [日]夏目漱石:《三四郎》,吴树文译,上海文艺出版社2010年版,第145页。

事情。"她还说："搞学问的人躲避开琐碎的俗事，竭力忍受着那种单调的生活内容，这都是为了搞好研究而不得不如此，所以毫无办法。像野野宫这种从事为外国人所注目的研究工作的人，竟然过着一般学生所过的那种寄食生活，这毕竟是野野宫的伟大使之然。"① 这番表面上赞扬野野宫的话其实含有嘲讽的意味，同时也可以看成意在贬低三四郎。

美祢子和三四郎参观"丹青会"的画展时，正好遇到了野野宫和画家原口，她一看到野野宫，就后退了两三步，回到三四郎身旁，故意将嘴巴凑到三四郎的耳畔，轻声嘀咕了几句。三四郎也没听见她究竟说了些什么，正想追问时，美祢子又向那两个人走去，开始行礼致意了，并问野野宫她和三四郎"很相配是不是?"野野宫也爱美祢子，她这样做是故意让野野宫吃醋。这里作者把一个有心机、好做巧的女子刻画得惟妙惟肖、栩栩如生。她言行举止令人难以捉摸是造成三四郎恐惧的原因。三四郎感觉美祢子的"用意如巨浪"，三四郎内心清楚美祢子"本来就是一个喜欢作弄人的女子"。当问她"是不是在愚弄野野宫"时，她在极力为自己辩解说并非故意为之。她的巧言令色，都是无意识的，没有任何善恶之类的道德观，所以漱石在作品中称她为"露恶家"以及"无意识的伪善家"。

> "女人是很可怕的哪。"与次郎说道。
> "我也知道那是很可怕的。"三四郎附和道。
> 与次郎放声大笑起来。在静静的夜晚，这笑声显得特别响。
> "你是根本不知道怎么回事，根本不知道!"
> 三四郎感到怃然。②

日本女作家宫本百合子认为漱石由于当时的社会和个人的环境使然，他笔下的女性体现男性所具有的特质、形态之间呈现分裂，让人感到是分离、冲突……漱石写的女性让人感到恐怖，女性至少在精神上对男性有杀伤力。③ 就是说，漱石在《三四郎》中关于"女人是很可怕的"的观点，

---

① ［日］夏目漱石：《三四郎》，吴树文译，上海文艺出版社 2010 年版，第 140 页。
② 同上书，第 125 页。
③ 转引自孟庆枢：《小森阳一对夏目漱石的再阐释——以夏目漱石作品中女性形象研究为中心》，《长江学术》2009 年第 4 期，第 17 页。

是指日本近代女性的价值观的转变。她们已经失去日本传统女性的温柔、忍耐、克制以及牺牲精神,变得轻浮、虚荣、任性,具有强烈的自我中心意识,甚至放荡、寻求感官刺激,伤害他人的同时也伤害自己,是世纪末的"宿命女",是迷途的羊,美祢子给三四郎的明信片中画的"迷途的羊和魔鬼"就是这一隐喻。在第一部成名作《我是猫》中就已经体现出漱石对女性的评判,作者还引用了古代哲学家关于女性观的言论:

> 毕达哥拉斯说:"天下可畏者三,曰火,曰水,曰女人。"
> 苏格拉底说:"驾驭女人,人间最大之难事也。"德莫斯塞尼斯说:"欲困其敌,其上策莫过于赠之以女,可使其日以继夜,疲于家庭纠纷,一蹶不振。"寒涅卡将妇女与无知看成全世界的两大灾难;马卡斯·奥莱里阿斯说:"女子之难以驾驭处,恰似船舶。"贝罗塔说:"女人爱穿绫罗绸缎,以饰其天赋之丑,实为下策。"巴莱拉斯曾赠书于某友,嘱咐说:"天下一切事,无不偷偷地干得出。但愿皇天垂怜,勿使君堕入女人圈套。"又说:"女子者何也?岂非友爱之敌乎?无计避免之苦痛乎?必然之灾害乎?自然之诱惑乎?似蜜实毒乎?假如摈弃女人为非德,则不能不说不摒弃女人尤为可谴。"①

在《三四郎》中,与三四郎交往的男性人物都是未婚者。除和他同龄的与次郎外,野野宫和原口30岁左右,广田先生40岁。原口的一段话也许就是漱石关于女性解放的看法:"所以结婚需要三思而行哪,离合聚散,全没有自由。请看看广田先生,请看野野宫君,再请看里见恭助君,也可看看我——都没有结婚。女子变得独立之后,这样的独身者也越来越多了。所以社会的原则是:一定要在不出现独身者的限度内,使女子变成独立的人。"② 与次郎在向三四郎解释广田先生为何不结婚的理由时说道:"他(先生)不想娶妻子以来,便已经从理论上断定妻子是娶不得的,所以始终陷在矛盾中。"③

《三四郎》的结局是美祢子嫁给了一个"戴金边眼镜"的年轻绅士,

---

① [日]夏目漱石:《我是猫》,于雷译,译林出版社1993年版,第370页。
② [日]夏目漱石:《三四郎》,吴树文译,上海文艺出版社2010年版,第212页。
③ 同上书,第68页。

至此三四郎才开始意识到美祢子不过是拜金女子。最后两章出现的三个场面是作品主题的深化，指出了美祢子世界的空虚，是对她委婉的批判，其方法隐喻、抽象，令读者印象深刻。

其一，广田先生告诉青年三四郎自己做的一个梦，那是自己内心隐藏了 20 年的秘密。

> 当时我似乎在考虑一个难题。宇宙的一切规律都是不变的，而受这种规律支配的宇宙的万物都必然发生着变化。因此，这种规律肯定是存在于物外的。——醒来一想，觉得这个问题十分无聊，因为是在梦中，所以考虑得很认真。当我走过一片树林时，突然遇见那个女子。她没有走动，而是伫立在对面，一看，仍然是长着往昔那副面孔，穿着往昔那身衣裳，头发也是过去的发型，黑痣当然也是有的。总之，完全是我二十年前看到的那个十二三岁的女子。我对这女子说："你一点也没有变。"于是她对我说："你倒老多啦。"接着我又问她："你怎么会一点没有变呢？"她说："我最喜欢长着这副面容的那一年，穿着这身衣裳的那一月，梳着这种发型的那一天。所以就成了这个样子了。"我问："那是什么时候？"她说："二十年前和你初会的时候。"我说："我为啥竟这样老？连自己都觉得奇怪哩。"女子解释说："因为你总想比那个时候越来越美。"这时我对她说："你是画。"她对我说："你是诗。"①

女孩走进广田的梦，梦中的女孩没有变，成为凝成静止的画面。时间停留在明治二十二年——正式颁布宪法的文部大臣森有礼刺死的那年。这个虚幻的梦境透视出作者对当下善美与人性美缺失的失望之感。

其二，观看《哈姆雷特》戏剧及关于哈姆雷特婚姻的话题。"哈姆雷特是不想结婚的。哈姆雷特虽然只有一个，和他同类的人或许很多"。哈姆雷特本来是充满美好理想的人文主义者，当他听说父王暴死，母亲改嫁继位的叔父，其中暗藏着一系列阴谋和丑恶，击碎了他的迷梦。他悲愤交加，痛恨这个"颠倒混乱的时代"。《哈姆雷特》包含了莎士比亚对奥菲莉亚的软弱表现出某种否定，如她缺乏主见而对父兄言听计从，最终沦为

---

① ［日］夏目漱石：《三四郎》，吴树文译，上海文艺出版社 2010 年版，第 236—237 页。

克劳狄斯对付哈姆雷特的工具，她对哈姆雷特退信、拒见，甚至无意中充当了诱饵，亲手葬送了自己的爱情。王子的爱变成了对背叛的愤怒和对诡计的轻蔑。以致使哈姆雷特对她失望，甚至认为奥菲莉亚是和母亲一样的人，"美丽可以使贞洁变得淫荡"，所以他发出了讽刺的怒吼："到修道院去，到修道院去！"当三四郎在剧场听到这句台词后，不由得想起了广田先生，因为广田先生说过："像哈姆雷特那样的人，怎么能结婚呢？"① 可以说，三四郎对美祢子的感受也正如哈姆雷特对奥菲莉亚的感受。

其三，在小说结尾广田等人看画展的场面。广田和野野宫并不关心画中的美祢子本人，而只是谈论绘画技巧，广田先生评论道："纤巧得好像有些过分。难怪他（画家原口）自叹画不出鼓声咚咚似的画哪。"广田向野野宫解释说："就是笨拙如鼓声似的那种趣味盎然的画"，与次郎接着表示："要画里见小姐嘛，不论是谁来画，也画不出笨拙的味儿来！"野野宫和广田谈起其他画来。当与次郎走到三四郎的身边问他，美祢子为原型的画以《森林之女》命名有如何看法时，三四郎回答："《森林之女》这题名不好。"当与次郎问"题做什么好呢？"三四郎不想做任何回答"只是嘴里反复说着：迷途的羊，迷途的羊……"②。

美祢子和广田、野野宫、三四郎根本就不属于同一个世界的人，三四郎追求她是无意义的。作品体现了漱石的女性观、爱情观。恋爱应该以信赖和真诚为基础。如果说《虞美人草》是作者漱石意在教化他的女弟子楠绪子，那么作为"教养小说"的《三四郎》则是有意教化森田草平等男弟子。

第三节　女性意识的觉醒

封建婚姻伦理内容庞杂，糟粕与精华并存，基础是维护男性特权，束缚女性人身自由。从漱石的作品中，我们看到他是一个站在平等立场上尊重女性的作家。他激烈批判男尊女卑的陋习，否定不合理、不平等的婚姻制度，同情受旧式婚姻制度之害的女性，悲悯女性的精神痛苦，体现出对女性生存境遇的深切关怀。

---

① ［日］夏目漱石:《三四郎》，吴树文译，上海文艺出版社 2010 年版，第 247 页。
② 同上书，第 215 页。

一　对女性主体性丧失的同情

漱石批评新女性的虚伪与险恶，但他并没有从男性立场上简单地回归于对传统女性的绝对肯定上，而是对违背自愿的不幸婚姻持批判态度。如在《使者》中作者描述了五组婚姻：（1）阿兼和冈田；（2）疯女的婚姻；（3）阿贞和佐野；（4）盲女的婚姻；（5）一郎和阿直。前四组婚姻很相似，都是"偶合婚姻"，女性都是男性的依附物，她们处于被动失语状态，体现出女性社会地位的缺失。作者在此抱着同情和悲悯的态度去描写她们。

阿兼是一郎父亲供职机关的某个下级官吏的女儿，她身份卑微但性格明快而稳重。冈田是一郎的远房亲戚，高中毕业前寄食在他家，冈田高中毕业后去了大阪一家保险公司，不久一郎父母出面撮合了他和阿兼的婚姻。他们表面上婚姻和谐，但结婚后五六年没有生孩子，冈田认为"做妻子若是不生孩子，就根本没有做人的资格"①，因此，阿兼内心的苦恼可想而知。一郎家的佣人阿贞由冈田介绍给了他的朋友佐野。他们的婚姻被二郎认为是极端不负责任，随意的结合，以至于他恐惧"我结婚时事情会不会如此简单呢"。阿贞结婚前夕，一郎对阿贞说出自己对婚姻的看法："结婚后一个人变成两个人，往往使人的品格比单身的时候容易堕落下去，甚至会倒大霉"，②阿贞结婚的那天，他担忧不幸的命运或许会加到这对年轻男女的头上。他"感到了媒人让新郎新娘握手时的喜剧和悲剧"。由此看来，对于婚姻问题，作者是抱着认真态度，以心灵共鸣为尺度的爱情意识，反对包办婚姻，体现了现代性的文化向度。如在《明与暗》中，当津田的姊子说："只有这桩事奇怪。根本不认识的人，到了一起，也未必一定感情不融洽；坚信非此人不成夫妻的一对，也未必能白头到老。"但津田觉得，这种观点是"最不全面、最不安全的。他认为用那种怀疑自己在婚姻问题有诚意的口吻说话的姊子，才在这一点上缺乏根本的认真态度。"他反驳姊子"把婚姻想象得那么容易好吗？我总觉得不能

---

① ［日］夏目漱石：《夏目漱石小说选》下册，张正立、赵德远译，湖南人民出版社1984年版，第282页。

② 同上书，第426页。

那么草率行事。"①

《使者》中，还穿插了盲女和疯女的婚姻悲剧。据一郎父亲的讲述，25 年前，在盲女 20 岁的时候与她所服侍的主人家的同龄少爷相爱，虽然订婚时男方信誓旦旦要把她作为未来的妻子，但一方是前途远大的学生，一方是受雇于人谋生的贫穷佣人，他们的爱情如夏夜的梦一样短暂，女方终归还是被抛弃。此后，她跟他人结婚生子，丈夫去世后，她双目失明。20 多年来她心中一直想知道被抛弃的原因，"不能确切了解曾经海誓山盟的人的心，远比失去天下人都有的两只眼睛而被几乎视为残废更为痛苦"。这故事在一郎看来是个严肃的人生问题，他理解女盲人 20 多年的烦闷，同情盲女不幸的命运，为她暗自流泪，也更为把这个故事当笑话讲的轻薄的父亲而流泪。疯女的不幸婚姻是二郎去大阪医院探视生胃病的朋友三泽时了解到的。疯女是三泽父亲朋友的女儿，由三泽的父亲将她嫁给另一朋友的儿子。因为姑娘的丈夫是个放浪形骸的交际家，结婚不久就经常彻夜不归，伤透了姑娘的心，结婚不到一年她离家出走，在那种情况下，可怜的弱女子有家不能回，三泽的父亲暂时把她接回到自己家里。三泽每次外出，这姑娘都会送到门口并对他说"快点回来啊！"她的水灵灵的眼睛里"流露出一种无依无靠的哀伤"，她整日沉默寡言，郁郁不乐，精神崩溃，最后死在精神病院。关于疯女的悲剧，漱石的用意是，女子出走，虽然说明她在挣脱家庭牢笼、争取自由上取得了胜利，但在社会还没有完全消除封建婚姻观念，以及女子没有经济地位的情况下，她依然无路可走，只能是死路一条。易卜生的名剧《玩偶之家》描写了一个觉醒了的、追求独立人格的女性娜拉。易卜生在剧作中批评社会的固化，挑战一切约定俗成的规定和权威，挑战大多数人的道德，他质疑基督教，打破父亲的权威，他让妇女离家出走，社会影响深刻，很多人将之视为妇女解放运动的先声。但按照易卜生自己的解释：《玩偶之家》不是为任何人、任何组织说话，毫无有意识搞宣传的想法，而是在追求"人的自由"。他最关心的事就是为自由而奋斗。因为他清醒地认识到，只有妇女同样自由了，男人才能成为自由的人。娜拉出走后她的命运如何？易卜生并没有说明。鲁迅曾在北平女子师范大学做过《娜拉出走怎样》的著名演讲，鲁迅的回答大意是：娜拉既然已经醒了，不容易再回到梦境，因此只得走；

① ［日］夏目漱石：《明与暗》，林怀秋、刘介人译，海峡文艺出版社 1985 年版，第 28 页。

可是走了以后，除非她有经济保障，否则难免堕落或回来。鲁迅和漱石的
观点类似，也是源于东方类似的社会背景。漱石在这里表达了在男权占主
导地位的时代，真正的男女平等、真正的爱、积极的爱依然难以成立。他
描写的这几组"偶合家庭"中女性们的不幸命运，展示了女性在男权社
会中，经济无保障、教育受局限等现状，并同情和哀怜她们的不幸命运。

　　《路边草》中，建三姐姐受压抑的婚姻境况体现出日本女性地位的缺
失。姐夫比田在一个公司里工作，收入不多却还喜欢交际应酬，用姐姐的
话来概括，"比田是个特意为享福才生到这个世界上来的"，"只要有钱，
一年到头到处闲逛"。比田住在公司里的日子比在家里还要多。据说，比
田与一个奇怪的女子有来往，他把那女人安置在离自己工作单位很近的地
方，这就是经常值夜班不回家的原因。比田性子暴躁对妻子动辄拳打脚
踢。他只顾自己过得好，妻子过得怎样根本不闻不问，在建三的眼里受着
家庭暴力并被忽视的姐姐"多可怜啊！她受了丈夫的骗，居然深信丈夫
既然没有回家，就准是在公司里过夜。"① 令建三不解的是，可怜的姐姐
对不负责任的丈夫的无端信任。纯朴善良的姐姐无条件地顺从自己的丈
夫，以至于让建三感叹，"她关心丈夫的劲头，确实达到了令人怜悯的程
度"。可是，比田对妻子的苦心全不在意，他以自我为中心，不通情理。
一天，建三应姐夫比田的邀请去姐姐家，碰巧遇到姐姐的气喘病发作。面
容憔悴的姐姐咳嗽得上气不接下气，建三看到姐姐痛苦的样子感到难受。
唯独比田满不在乎，丝毫没有同情。建三心里愤愤不平，非常痛恨比田只
顾考虑自己的得失，50 岁的姐姐，生活不宽裕，建三每月给她一些零花
钱，就这些零花钱也常常被比田拿走。比田在金钱上一直对姐姐保密，又
经常买一些令姐姐意想不到的贵重用品和衣服，使姐姐无意中吃惊，在建
三看来，这些事是不可理喻的。"近来，他手里好歹有两三张债券。"② 姐
姐在谈到丈夫比田经济情况的话中，简直如猜邻居的财产，离他的实际情
况相差甚远。比田将姐姐摆在这种地位上，她依然毫不在意，而且姐姐对
这种勉强的夫妻关系居然能忍受得了，同样令建三感到无法理解，所以他
质疑这样的婚姻，"要钱用的时候找别人，生病的时候也找别人。这样，

---

　　① ［日］夏目漱石：《心·路边草》，周大勇、柯毅文译，上海译文出版社 1988 年版，第
226 页。

　　② 同上书，第 253 页。

所谓的夫妻，只不过是住在一起罢了。"① 在这里，漱石深刻地揭示出，传统女性在夫权家庭中只有角色义务而没有主体价值的境遇。他是站在人人平等的立场上体谅女性的不幸。值得注意的是，漱石批判男性丧失作为丈夫的责任，悲悯传统女性生存境遇时，也把对女性自身弱点的批判结合起来。

二 走出男权传统的樊篱

日本近代文学史上，有一个非常引人注目的文学现象，就是《文学界》和《明星》两个文学杂志及其同人的异军突起，出现了敢于向社会公开挑战的女作家，最典型的是与谢野晶子，她于 1901 年发表了诗歌《乱发》，以自由奔放的热情，唱出了个人的生命之歌——"你不接触柔嫩的肌肤，也不接触炽热的血液，只顾讲道，岂不寂寞!"② 她还鼓励她的女弟子在作品中塑造敢想敢爱反抗型的女性形象，促进了女性生命意识的觉醒。其次还有通口一叶等作家，在她们的作品中，揭示妇女受歧视、无地位这一社会现状，并探索女性解放的途径，争取男女平等的社会权利，反对封建传统的婚姻制度，提倡恋爱自由。此后，还出现了维护妇女权利的女权主义者。尤其是随着资本主义社会的发展，妇女们受教育的机会增加，接受教育的女性丰富了智慧和思想，逐渐有了改变自己命运和地位的需求。如日本女性解放的先驱者平冢雷鸟。她父亲是留学回国的高级官员，她本人受过日本女子大学的教育，还进过津田英学私塾，接触西洋哲学、基督教，深受欧洲近代思想的影响，成为积极行动的觉醒女性，她极端厌恶贤妻良母的传统教育。平冢雷鸟 1911 年 9 月创刊《青踏》杂志，揭开了女性解放运动的序幕。她们倡导女性不是月亮，不要成为依赖他人生存的月亮，女性要成为太阳。主张女性的自由解放，强调要克服女性自身的弱点。她们被攻击为损害了贤妻良母传统道德的恶女。在她创办《踏青》杂志前，就是一位生活上追求自由、蔑视封建伦理道德的女性。她曾加入漱石弟子森田草平主持的文学研究会，相识后坠入情网，1908年 3 月她与森田草平私奔，并做出了情死的决定。森田草平是已有妻儿的

① [日]夏目漱石:《心·路边草》，周大勇、柯毅文译，上海译文出版社 1988 年版，第354 页。

② 叶渭渠、唐月梅:《20 世纪日本文学史》，青岛出版社 2004 年版，第 43 页。

作家，他们意识到今生难以结为夫妻，但殉情未遂，引起社会轰动，此类女子被称为世纪末的"宿命女"。情死事件之后，漱石建议森田草平将其写成小说，这就是 1909 年在《朝日新闻》上连载的《煤烟》。漱石的小说《从此以后》中对该作品有过简短的评价，代助的书童门野认为，小说"毕竟写出了那种现代的不安"，代助问他是否"感到其中散发着肉感"，说明漱石对女性问题和婚恋问题表现出极大关注。漱石在《三四郎》中刻画的美祢子，也有平冢雷鸟的影子。

　　谷崎润一郎曾经指出，若是拿尾崎红叶的作品和漱石的作品作比较，便可以看出两者对女性的看法截然不同。漱石虽然是屈指可数的英国文学专家，但他绝不是西洋化的作家，而是东洋文士式的作家。在他的名著《三四郎》和《虞美人草》里出现的女性，还有他对这些女性的描写，都是在尾崎红叶的作品里难以看到的。两个人的差别并非个人性格的差别，而是所处时势的不同。他说："文学是时势的反映，同时它也会走在时代的前面，给时代指出意志和方向。《三四郎》和《虞美人草》的女主人公已经不是以温柔体贴、高尚典雅为理想的昔日日本女性的后代，而是像西洋小说中的人物。虽然当时这样的女性实际上并不多，但在当时的社会确实希望而且梦想早晚会出现这种所谓'觉醒的女性'。当时和我出生在同一时代，并且和我同样有志于文学的青年，多多少少都抱有这样的梦想。"①

　　漱石在早期的作品中，对超越常规、缺乏道德行为规范的女性视为可怕女人而加以否定。这是他的审美情趣所决定的，并不代表他是传统的、保守的人。《过了春分之后》体现了作者自我否定精神和对觉醒女性的理解，是漱石作品的又一次飞跃。主人公须永市藏内心并不爱表妹千代子，当他们一起去镰仓旅游时，看到千代子与青年高木之间的交流感到嫉妒。千代子对此很不理解，指责须永行为"卑鄙"，并开始轻视须永。须永厌恶"卑鄙"，也厌恶"虚张声势"。他了解自己性格懦弱、优柔寡断，他认为卑鄙是关涉道义的问题，所以他对千代子的指责不以为然，"至少在有关你千代的事情上，我不记得有过违反道义的卑鄙举动。本来可以说白痴或优柔寡断，而你却使用了卑鄙这个词，这样的话，听起来总觉得是在

① ［日］谷崎润一郎：《阴翳礼赞——日本和西洋文化随笔》，丘仕俊译，生活·读书·新知三联书店 1992 年版，第 70 页。

说我缺乏道义的勇气,不,是在说我是不懂道德的、下流无耻的人,因此我心里十分难受,希望你更正你的说法。"① 须永希望千代子说出她所说的"卑鄙"的含义,并感到说出此话的千代子好胜心强,俗气十足。从中看出须永不认可千代子对自己的指责,并认为她世俗。这和漱石初期作品中对女性的评价一样,正如千代子指出的:"你认为我是一个很浑的轻浮女人,总嘲笑我。"她清楚须永并不爱自己,也没有和她结婚的打算,但他嫉妒她和高木交往,所以她说:

> "你是卑鄙的,是道义上的卑鄙。你甚至怀疑我邀请姨妈和你去镰仓的意图。这已经是够卑鄙的了。不过,这还不算什么。你接受了我的邀请,然而又为什么不能像平时那样轻松愉快?这如同是因为我邀请你丢了脸一样。你侮辱了我家的客人,结果也就是侮辱了我。"
>
> "我不觉得给了你什么侮辱。"
>
> "给了。言语和行动,怎么样都没有关系,你的态度侮辱了人。即使你的态度没有侮辱人,你的心也是想侮辱人的。"
>
> "我没有义务接受这种无端的指责。"
>
> "男人是卑劣的,因而才能做出这种无聊的表白。高木是位绅士,能容你的雅量要多大有多大。可是你就绝不能容下高木,因为你是卑劣的。"②

在这里可以看作是作者对以往作品中有关女性态度的反思,比如对于玛多娜、娜美、藤尾和美祢子等人都是抱有批评态度。站在女性的角度来指责男性,这是漱石换位思考的起点,让人对千代子有了同情感,此后的作品对于女性人物塑造有了明显的改变,如《使者》中的阿直、《路边草》中的阿住和《明与暗》中的阿延。

《使者》主要描写的是一郎和阿直的婚姻,通过他们的感情纠葛来反映自我意识强的近代人沟通之艰难,爱之不能。同时从夫妻对立这一侧面,也看出女性对旧式婚姻的不满与反抗。在夫妻关系上,一郎是不以女

---

① [日]夏目漱石:《夏目漱石小说选》下册,张立正、赵德远译,湖南人民出版社 1984 年版,第 245 页。

② 同上书,第 246 页。

人的肉体和容貌为满足的人，他希望把握女人的灵魂。然而，他恰恰没有把握住妻子的灵魂。一郎的苦闷来自"同一个既没有抓住灵魂也没有抓住所谓精神的女人结了婚"。一郎是东京帝国大学的教师，是位善于思考的学者，有着很高的知性和诗人气质。用二郎的话说"哥哥人品高尚，十分清白、正直，是个可爱的人。"他和妻子阿直，缺乏心心相印，难以沟通理解，所以互相嫉妒，整日生活在苦恼中。他总是不信任阿直，甚至认为她喜欢弟弟二郎。他让弟弟和阿直去和歌山旅游，以试验她对自己的忠心。而妻子阿直把夫妻矛盾的责任推给丈夫，他们之间的关系也愈加紧张，双方互相厌恶，不想做任何交流。

作品中漱石通过二郎的评价来概括阿直的个性。"嫂子在我眼中绝不是一个热情的女人。可你若对她亲热，她也给你温暖。她没有天生的妩媚，却可以看你手段如何而赢得她的好感。她嫁给哥哥后，我经常发现她的冷淡令人气愤。""不幸，嫂子的这种气质在哥哥身上更多。""她又是把一切都深藏心中，不轻易表露自己的所谓坚强的人。从这个意义上看，她远远超出了坚强人的范围。她的稳重，她的品格，她的寡欲，不论谁的评论，肯定认为她是一个坚强的人。同时，又令人吃惊的厚颜无耻。"① 阿直是受西方文明影响的"现代女性"，自我意识很强，缺乏热情和真诚的爱心，她希望得到对方的爱，而自己又不去积极地爱他人。阿直曾对二郎抱怨说："女人正如父母亲手栽的盆花一样，一旦栽上就完事大吉了，既然没有人来挪动一下就再也动弹不了啦，而且只能一动不动，直到枯死。此外，别无他法。"② 让二郎强烈感到"她这番可怜的倾诉背后有着女性难以估量的倔强"。濑沼茂树指出："一郎夫妇间的不合，并非是性格不同产生的悲剧，而是强烈的自我意识角逐的结果。"③ 这类互不相容的夫妻关系在漱石后两部小说《路边草》和《明与暗》中都有体现。

漱石主张个性发展、人人平等，但有时却会不自觉地站在以男性为中心的立场，对于女性追求自主权利，表现出相互矛盾的认识。如同样在《路边草》中，建三和妻子阿住的关系就是如此。建三被亲友当作怪人，

---

① ［日］夏目漱石：《夏目漱石小说选》下册，张正立、赵德远译，湖南人民出版社 1984 年版，第 497—498 页。

② 同上书，第 495 页。

③ 同上书，第 233 页。

这并未让他感到痛苦，因为他认为这是教育的不同造成的。但他无法摆脱妻子的批评，她总认为建三是在"自我欣赏"。每逢妻子这么批评的时候，他就显得很不高兴，内心埋怨妻子不理解自己，有时会骂上几句，有时还会强顶硬撞，跟虚张声势的人说话一样，把火发在妻子的身上。到头来，妻子又把"自我欣赏"四个字改成了"大吹大擂"四个字。妻子整天沉浸在郁闷的思绪中。在他们的对话中，妻子往往说得过于简单，使他感到寂寞。"他俩不是那种一见面就想说点什么的随和夫妻"。建三把精力大部分用在了自己的事业上，很多时间在书斋里度过，妻子以冷漠面对这一切，内心的责备加在丈夫身上，她光和孩子们在一起，孩子们也很少到书斋里去，跟妻子一样孩子们也疏远父亲。在建三眼里，他妻子是个缺乏同情心、不明事理、光讲形式的女人，令他感到厌恶。他有时对妻子态度冷漠，难过得几乎要大发脾气。两人都感到话不投机，所以也都认为没有必要改变各自的态度。阿住认为自己的丈夫是一个与世事不调和的怪癖学者，对这个好像与家庭脱离了关系的孤独人，妻子并不关心。她认为丈夫既然自愿禁闭在书斋，那么就根本没有必要去理他。建三看到妻子以这样的态度面对自己时，会感到难以容忍。

"哪怕不会写字、不会缝衣服，我也喜欢像姐姐那样对丈夫温顺的女人。"

"如今哪里还有那样的女人啊！"妻子话里深藏着极大的反感，认为再没有比男人更自私的了。

……

"光是因为名义是丈夫，就得强迫人家去尊敬，我可做不到。如果想要受到尊重，最好在我面前能表现出受人尊重的品格来，丈夫之类的头衔，即使没有也不要紧。"

说来奇怪，做学问的建三，在这一点上，思想反而显得陈腐。他很想实现为了自己而必须推行的主张，从开始起，就毫不顾忌地把妻子摆在为丈夫而存在的位子上，认为："从哪个意义上讲，妻子都应该从属于丈夫。"

两个人冲突的最大根源就在这里。

妻子主张与丈夫分开，独立存在。建三见她那样就感到不快，真想说："一个女人家，太不自量力啦！再激烈一点，还想立刻改口说："别那么神气！"妻子心里经常想要"女人又怎么着"的话来回敬他。

"再怎么说，女人也不是任人践踏的啊！"①

在作者看来，阿住的"新"、建三的"旧"是夫妻冲突的原因，说明漱石克服了旧式男尊女卑的思想观念。这里的表现可以说是受西方人人平等思想的影响，否定知识分子建三的优越感。结婚前，阿住接触过的男性不多，只有自己的父亲、弟弟和两三个出入官邸的男人。这些人的生活兴趣与建三全然不同。她把曾经做贵族议员的父亲看作正确的男性代表，她想得很简单，确信自己的丈夫经过社会教育，一定会逐步变成自己父亲那种类型的人。"然而，与想象相反，建三十分顽固。妻子也认死理，两个人互相看不起。妻子干什么都以自己的父亲为标准，动不动就对丈夫有反感。丈夫也因妻子不赏识自己而怀恨在心。顽固不化的建三竟毫不顾忌地把自己看不起妻子的态度公开显露出来。妻子认为谁也不会盲目听从。丈夫也暗中认为妻子终归是不堪诱导的。"②

建三站在客观的立场上，看待妻子对自己的态度产生的原因。例如：建三说，妻子没有明达事理的头脑，但异常开明。她是在不受旧式伦理观念束缚的家庭里成长起来的；她父亲虽然有过从政经历，但对家庭教育并不死板；母亲的性格也不像一般妇女，对子女的管教不是那么严格；她在家里呼吸着较为自由的空气；她不善于思考，但对考虑过的事却能得出粗浅的体会。这体现了作者漱石超越男性视阈局限、理解异性生命生存权利的精神宽度。

建三夫妇碰上不愉快的事情，总有一种自然的力量作为仲裁者出现在两人之间，然后两人又会像一般夫妇那样，不知不觉地说起话来。自然力量主要是指阿住癔病发作。那时候妻子的病一发作，建三就会带着怜悯、痛苦和悲戚，精心地呵护妻子，就像在神前忏悔似的，以虔诚的态度跪倒在妻子的膝下。他确信这是丈夫最亲切、最高尚的举动。其次"睡眠是治妻子的良药。建三经常长时间守候在她的身边，担心地盯着她的脸。他

---

①　[日]夏目漱石：《心·路边草》，周大勇、柯毅文译，上海译文出版社 1988 年版，第 354—355 页。

②　同上书，第 382 页。

每次看到比什么都难得的睡眠静静地降临在她的眼里时，就感到眼前宛如甘露自天而降一般。"① 有时他故意把睡得不省人事的妻子摇醒，来判断她是否活着，否则他就会担心。由此可见，姐夫比田对妻子的态度与他根本不同。

《路边草》着墨最多的是建三留学回国后的生活，他为养父母和亲戚的经济负担与妻子的对立情绪而苦恼。他描写家庭中的夫妻矛盾，处处透着理性的智趣。妻子对建三的批评，并非真正是妻子心中的不满，它是建三对自己心理的把握，阿住的言行，并不等于漱石妻子镜子的言行，而是被塑造出来表达建三心理活动的人物，他们共同完成建三自我反省的意图，通过夫妻间的对话来表达作者的思想，并对不合理的观念进行批判。作者站在平等、公正的立场上，把握自己的过去，反省自己的缺点。《路边草》所描写的夫妻间的矛盾，和这一题材的自然主义小说相比，没有那么暗淡。从作品构成来看，妻子对建三的"强烈憎恶"只是在第一、第二章出现，之后，又恢复到平稳的日常生活。并且每当夫妻间的矛盾激化，总有一种"自然的力量"作为仲裁者出现在两人之间，使他们又像一般的夫妇那样和好如初。

漱石去世 12 年后，其夫人夏目镜子发表《漱石的回忆》，记录了许多有关漱石不为人知的一面，毫无隐讳地描述了家庭中漱石特别武断、蛮横，简直似狂人，令许多漱石的弟子们不能接受。1964 年，漱石的次男伸六的著作《父亲漱石》问世。父亲离世时伸六只有 9 岁，关于父亲的回忆，主要是恐怖，只要父亲在家，孩子们永远不能放松，即使跟伙伴一起摔跤玩时，总是提防着父亲，因为不知什么时候他会突然爆发。漱石生前埋怨镜子：爱睡懒觉，时常叫按摩师到家来，而且非常迷信，尤其对算命先生比对丈夫还信赖，生活铺张浪费，经常到三越百货公司专门选购自己的衣服。在日本，镜子被外人看成不能理解丈夫的恶妻，但子女们对镜子的评价跟世人完全不同。伸六说，母亲虽然不是典型的贤妻良母，但是性格爽快，从来不发牢骚，很有"男子汉"的气节。也许是受镜子和次男伸六回忆录的影响，在很多人的眼中，漱石是一个疯子似的暴躁人物。漱石虽有严厉的一面，但也不乏温和的一面。漱石夫妇的关系不像世人评

---

① ［日］夏目漱石：《心·路边草》，周大勇、柯毅文译，上海译文出版社 1988 年版，第315 页。

判的那样恶劣，他们属于多子家庭，加上夭折的女儿共生育七个子女。漱
石对于孩子的教育和成长非常关心，曾经聘家庭教师教长女学钢琴，很重
视孩子们外语学习，还时常带孩子们外出旅游，足以证明家庭的和睦。镜
子晚年曾这样赞美漱石，她一生见过很多男人，还是丈夫最好。

三　张扬女性自我个性

漱石小说《明与暗》显示出他女性观念的变化。作品里描写的女性
人物也比以往多，例如，除女性人物阿延外，还有阿秀、吉川夫人、清
子。"至此漱石作为男性作家由单一的男性视角评判女性，转向了女性的
心理描写或是以女性来评判女性的手法"[1]。

首先来看女主人公阿延，她漱石其他作品中的女性迥然不同，她与丈
夫津田平等对话。在选择爱情方面她大胆表述自己的观点，如："女子非
得一眼就能看穿男人不可。"[2] 当她遇到这样的机会后，就不想错过。"一
看见津田，她立即就爱上他了。爱上之后，就向保护人坦白说出她希望立
刻就嫁给他。从头至尾她都是自己做主，不去依赖他人的想法。"[3] 但结
婚后阿延发现一切并不像她想象的那么美好，因为她看到对方自傲、利
己，胜过她自己的固执。

> 那个自私自利的男人津田，意外地又涌上阿延的心、自己竭尽全
> 力朝夕那么体贴他，难道丈夫所要求的牺牲却是无限的吗？平常积累
> 起来的这些怀疑，像被渲染了似的，一下子浮现在她的脑子里……所
> 谓丈夫，难道只不过是光为吸收妻子的爱情而生存的海绵吗？[4]

每当阿延回想未婚时的年华，觉得那时所有的甜蜜幻想如今都化为泡
影，更是惆怅不已。她希望姑姑能给她释疑，帮她解除苦恼。但虚荣心又
不允许她这样做。她认为，从某种意义上说，颇似每天在摔跤场上面对面

---

① ［日］唐木顺三：「「明暗」論」，『夏目漱石全集别卷』，筑摩书房 1979 年版，第 222—
251 页。

② ［日］夏目漱石：《明与暗》，林怀秋，刘介人译，海峡文艺出版社 1985 年版，第 136
页。

③ 同上书，第 134 页。

④ 同上书，第 94 页。

的较力似的夫妻关系，如果在家中，妻子总是丈夫的对手，偶尔也是丈夫的敌人。但她觉得一旦面向社会，其结果就是必须在任何情况下都得维护丈夫，否则，就会把郑重地结为夫妻的两个人的弱点公开暴露出来。这将是丢面子的事。阿延内心里越是想这些问题，越感到自己的心远离丈夫，结婚半年来感到疲惫不堪。但又不能跟他人说出真相，还装着自己是幸福的，尤其在她的表妹继子面前，谈起婚姻问题时，标榜自己由于有先见之明，而能够享受天赐之福的少数女性之一。

阿延对表妹继子所表述的恋爱观，以及她和阿秀关于婚姻的看法，实际上是漱石已认识到女性的生存境遇，并探求怎样才是合理化婚姻，这一点往往被读者所忽视。

阿延对表妹那种孩子似的腼腆和天生的稚气，投以嫉妒的目光。为自己不再拥有这样的年华而感到失落与哀愁。她在心中对继子说："你比我纯洁，纯洁得使我羡慕。可是你的纯洁，对你那未来的丈夫，不过是一件不起任何作用的武器。像我这样没有一点过失地对待丈夫，对方绝不会照自己想的那样来感谢。你如今为了维系丈夫的爱，必须失掉这宝贵纯洁的素质。就连为丈夫付出那么大的牺牲，丈夫有时候说不定仍然给你吃苦头。我在羡慕你的同时，也可怜你。"① "我之所以说幸福，别无什么意义。只在于做到了用自己的眼睛选择自己的丈夫。不是以旁观者去嫁人。"阿延对待爱的态度很坚定："不管是谁，只要爱自己认定的人，而且一定让他爱自己。"② 她认为，只有相互的爱才能获得幸福。

漱石还描写了阿延、阿秀在爱情婚姻追求上的不同。作者主要以对照的方法来写阿延和阿秀两个人物。阿延在姑父母家长大，姑父是有天赋的诙谐趣味之人，很有谈话技巧，影响了阿延。她还养成了爱慕虚荣、任性的个性，人极为聪明，用吉川夫人的话说，"像那么聪明的人真是罕见。你要珍视她呀"。吉川夫人的"珍视"的话，被阿延的丈夫津田转换成"要多加小心"。阿秀是津田的妹妹，已经是两个孩子的母亲，在家务中度了过四五个春秋，与阿延有着不同的体会，年龄相仿，但看上去比阿延老成，尤其是在心理方面。阿秀是位漂亮的女子，她的丈夫堀是个酒色之

---

① ［日］夏目漱石：《明与暗》，林怀秋、刘介人译，海峡文艺出版社1985年版，第104页。

② 同上书，第150页。

徒。他对任何人不热心，慢吞吞地、懒散地、淡漠地活在世上。对于这样放荡不羁的丈夫，阿秀由不理解到渐渐地默认承受，"随之也失去了做妻子的兴趣，不得不开始把母性的光辉注视到新生下来的孩子身上。"阿秀经常挂在嘴边的爱"只不过是渺茫的飞舞在太空中的爱"。在津田的妻子阿延看来，那是不切实际的，她想努力把阿秀拉回现实。与阿延相比，"阿秀是一个爱讲道理的女人"，比阿延更有知识，读书是她性格形成的一切。在与书籍缘分极大的叔父教育下，阿秀身上产生的微妙结果，可以从善恶两种意义去理解。她把书籍看得重于自己，时时陷入一些不合时宜的议论之中。然而她没有意识到自己为议论而议论是无聊的。从她自觉的能力来看，意识到这一点还有很大的距离。

　　阿秀姿色俊俏，娶她的人正是慕色而来。"她没有激烈的爱的经验，也没有过纯真的被爱的体验，因而她仍然是一个不知道她究竟有多大能力极限的人。尽管如此，她却是一个对丈夫感到满足的妻子"①，作者认为，此时最能说明她的一句谚语：心不知为静。精明的阿延已经看透了阿秀对于爱的本质并没有真正了解。所以关于爱的问题，阿延对阿秀采取蔑视的态度。阿延认为阿秀只是讲空话，她说："不要讲那些空话，还是露出本相来吧，让我们用实力较量吧。"②而把自己一生交给丈夫的阿秀，总会用自己的夫妻关系去推断阿延与津田的关系，她认为一个女人想要什么东西丈夫能给买，想到哪里去丈夫能带领着去，就是幸福的。阿秀和阿延争论的焦点是女性能否获得真正的爱。

　　　"嫂子，你也太任性了。你似乎一定要得到全神贯注的爱情，否
　　则就不甘心。"
　　　"当然了，难道你不是这样吗？"
　　　"那你看看我丈夫吧。"
　　　阿秀断然地说。阿延却把话题绕开堀。
　　　"堀不是我们要谈的。他怎样都可以。让我们说说实话吧。就说
　　秀子你吧，你能喜欢那种不专一的男人吗？"

---

　　① ［日］夏目漱石：《明与暗》，林怀秋、刘介人译，海峡文艺出版社 1985 年版，第 271页。

　　② 同上书，第 270 页。

"可是，除了自己以外对于别的女人不放在眼里，世界上有这样老实的丈夫吗?"

这位由书籍和杂志供给知识的阿秀，此时突然以一位世俗家出现在阿延的面前。阿延甚至无暇注意到她的矛盾。

"有，有哇。没有怎么可以呢? 既然被称之为丈夫。"

"是吗? 可是哪里有这样的好人呢?"

阿秀冷笑地望着阿延。阿延毕竟没有勇气大声喊出津田的名字。只好口头应酬道:

"那是我的理想啊。不达到那种程度怎么能叫人受得了呢。"

正像阿秀变成了实际家，阿延不知道什么时候也变成了理论家。她俩迄今为止的地位竟至颠了个儿。并且她们二人都没有意识到这一点，而被自然的趋势所左右。就这样以后的话题忽而实际忽而理论，漫无秩序、互有胜负。阿秀说:

"无论你怎样说理想，那也是无济于事的。因为那种理想果真实现，那时除了妻子这种女人以外，其余的女人必将失掉女人的资格了。"

"可是，真正的爱只有到那种时候才可以体会到。如果达不到那种境界，那不是活了一辈子也不可能感受到真正的爱吗?"

"那究竟如何，我不大了解，可是不把你自己以外的女人看成女人，只把你自己看作在此世界上唯一的女人，这种想法难道不是不合理性的吗?"

阿秀终于明白指出了"你"字。然而阿延却没有当回事，说道:

"我不管什么理性，只要在感情上仅把我这一个当成女人就可以了。"

"你说只把自己当成女人，这一点我了解。可是如果不许考虑别的女人，那简直和自杀一样。如果一个丈夫不把别的女人当成女人，那么他也不会把你这个宝贝当成女人吧。这不和那种只把自己庭前开的花当花而把别处开的花视为枯草是一样的吗?"

"我看是枯草!"

"你是可以的。可是男人不把它当枯草，这有什么办法呢。倒不如在众多喜爱的女人中最喜爱你，我看这对嫂子不是更为满意吗? 这才是真正的爱的意思。"

"我可是想得到绝对的爱啊。因为我讨厌比较。"

　　阿秀脸上显示出蔑视的神情。那里明显地有一种鄙视阿延理解能
力低下的表情。①

　　从上面的争论看出，阿秀只是心甘情愿承受她非主体的地位，满足于
"母亲"的角色，她不审视、不自省，更不想反叛。阿延是新女性，她希
望获得唯一真正的爱，而不是男性的玩物，她认为阿秀还不理解"爱的
本质"，"只是讲空话"；而作为实际家，阿秀鄙视阿延的"理解能力低
下"。阿秀的话有反讽意味，正如漱石所提到的谚语"心不知为静"，说
明社会几千年来形成的对压抑女性的偏见不仅控制着男性的思维，而且也
禁锢了女性的大脑，使她们习惯于服从男性的束缚。西蒙娜·德·波伏娃
曾说："中产阶级的妇女们之所以依恋她们所受的束缚，是因为她在依恋
本阶级的特权，若是摆脱男人的束缚，她就必须为谋生而工作。"② 近代
西方文化思想，虽然唤醒了部分女性的意识觉醒，开始争取自己生存的权
利和真正的爱情，但由于历史的局限和女性自身力量的限制，她们还不能
得到真正的觉悟。阿秀就是这类女性的代表，她是传统家庭型的女性，虽
然有知识但缺少生命价值追寻，她不去追求婚姻中双方的精神共鸣，心甘
情愿居于从属地位。"谁不能主宰自己，谁永远是奴隶。"③ 鲁迅在谈到女
性解放时，也说过一句语重心长的话："我只以为应该不自苟安于目前暂
时的位置，而不断的为解放思想、经济等而战斗。"④ 我们从阿延和阿秀
的对话中很难看出作者的思想倾向，但细心体味两位女性的对话内容，也
能领会作者的观点。可以说，漱石既不认同秀子对男性的依附，也不赞成
阿延利己狭隘的爱，对于阿延爱的理想和追求，漱石一方面批评她的自私
任性，另一方面也表现了他对女性自我意识觉醒和反叛的认可。小森阳一
认为，《明与暗》的主要思路是对女性生存权利的探索，他评论说漱石是
女权主义的拥护者。从漱石塑造的女性人物来看，他未必是女权主义拥护
者，但他是人人平等社会准则的爱护者。

---

　　① ［日］夏目漱石：《明与暗》，林怀秋、刘介人译，海峡文艺出版社 1985 年版，第 278—
279 页。

　　② ［日］西蒙娜·德·波伏娃：《第二性》，陶铁柱译，中国书籍出版社 1998 年版，第 131
页。

　　③ ［德］歌德：《歌德箴言录》，武译编，学苑出版社 1993 年版，第 18 页。

　　④ 鲁迅：《鲁迅全集》第四卷，人民文学出版社 2005 年版，第 615 页。

第 四 章

疯狂与信仰

　　日本明治末期文明开化的虚妄、政治上的专制、人伦道德的沦丧、利己主义的盛行，割断了人与精神家园的统一，使人与人、人与家庭、社会与自然产生疏离，令觉醒的知识分子陷入生存绝望的境地。漱石关注宗教就是出于"生存困境"和道德上的探寻。宗教中宣扬真、善、美，道德、良知、宽容以及自由、平等、博爱精神，正契合了他的文学理想。漱石虽是无神论者，但最具有宗教性，认为宗教不仅仅是为了个人的安身立命，更是突破人的私我，达到自我与他者、自我与自然的和谐。在作品中他极力批判宗教形式和偶像崇拜，倡导宗教精神，其意义在于超越生存困境，塑造崇高人格，提升社会道德。

第一节　自白与忏悔

　　日本近代文学与基督教的关系极为密切，在当时的著名作家中，信仰基督教的占了大多数。例如，在明治二十年代，北村透谷、岛崎藤村、国木田独步和正宗白鸟等都是受过洗礼的基督徒。在论及明治、大正时期的日本作家时，有一个共识，那就是基督教的影响。佐藤泰正指出："基督教打开了日本近代文学的不毛之地"，"日本近代文学以来的百年轨迹若是抛开孕育了西欧文学与文化的基督教思想，就无法论及。"① 他认为，近代以来百年文学的收获是得益于近代基督教思想的吸收与本土化。在明治时代，日本文坛还存在一个现象，即许多作家受时代潮流的影响，在不了解基督教的情况下，就接受洗礼，但旋即叛教，完全脱离宗教走向了文学的道路。这似乎为日本所独有，体现了宗教性的欠缺。如近代日本著名

---

① ［日］日本基督教学会编：『日本基督教与文学、神学』，教文館 1983 年版，第 148 頁。

作家北川透谷和岛崎藤村都是中途放弃基督教，但他们的文学显示了基督教思想的移植。柄谷行人说："明治四十年代，当花袋和藤村开始自白之前，自白这一制度已经存在了，换言之，创作出'内面'的那种颠倒已经存在了。具体说，这就是基督教。他们在一个时期信奉过基督教这一事实是重要的，虽然对他们来说基督教仿佛是梯子一样的东西，而正是因为如此才是重要的。"① 漱石作品中展现出的伦理道德向度、理想人格、正义感、善恶观等均体现了基督教思想对他的影响。

一　相遇《圣经》

漱石接触基督教是去英国留学的途中开始的，他 1900 年 9 月 8 日从横滨乘船出发，10 月 28 日至伦敦。在船上相遇因中国的义和拳运动携妻儿回英国的传教士，在 50 天的漫长旅程中，传教士主动向漱石等灌输基督教。如漱石在 10 月 15 日的出国日记中写了"听《圣经》启示录"。漱石留学英国的日记中不少是涉及基督教方面的内容，摘录如下：

> 1901 年 2 月 16 日
> Mrs. Edghill 夫人送来茶会请帖。……晚，由田中氏诱至肯宁顿剧场（Kennington Theatre）。剧名 Christian（《基督徒》）。不胜感佩。
> 1901 年 4 月 4 日
> 房东夫妇复活节去故乡。留其妹一人在家。此人不喜欢娱乐，虽贫穷，却日日用功不辍。问她："如此度日愉快否？"她则答曰："非常幸福。"问何以如此，答曰信仰宗教之故也。令人肃然起敬。
> 4 月 17 日
> 又应 Mrs. Edghill 召请，午后 3 时至。聆听 Edghill 之耶稣说教。无奈之余诉说自己的想法。Mrs. Edghill 谓余："你对 pray（祈祷）不虔诚。"余辩曰："我尚未发现有 pray 之必要。"Mrs. E 泣道："不识 great comfort（大安慰）之为何物，诚可悲、遗憾之事。"Mrs. E. 谓："我为你 pray。"我以"请多照应"作答。Mrs. E. 要我答应一事，我谓，您如此深切替我着想，我自当答应，言罢，即让我读 Bible（《圣

---

① ［日］柄谷行人：《日本现代文学的起源》，赵京华译，生活·读书·新知三联书店，2003 年版，第 74 页。

经》）之《福音书》。虽觉遗憾，但还是答应去读。归时犹叮嘱我勿忘已承诺之事。我答应绝不会。自今日起，读《福音书》。①

在 4 月 13 日的日记中，漱石还记录了购买《〈圣经〉词典》和斯宾塞著作。从内容看，日记表现了他对信仰基督教而获得的积极人生的敬佩，对于英国基督徒友人劝他读《圣经》，他谦逊地接受，态度真诚。漱石英国留学时的笔记中记录着这样一句话："宗教的实质是信仰，路德和韦斯利说：'你会赢，只要你相信。'禅是如此，他力宗教也是如此，心灵疗法也是如此。"② 由此可见漱石对宗教颇有感触。回国后，关于基督教的思考、信仰和趣味问题，和他刚刚来英国时并没有多大改变，基督教文化增强了他积极入世的精神，并且为他提供了取之不尽的文学素材。

评论家高木文雄的《漱石的道路》一书中，对漱石与宗教做了划时代的研究。该书的开篇"漱石与圣书"，从漱石全集入手，对漱石怎样接触和阅读圣书进行了翔实的考证。"不管怎么说，漱石与圣书的关系，在此之前没有受到重视，现在看来异常重要，因此，可以肯定地说，在这方面很有必要进一步开拓研究。"③ 日本东北大学的漱石文库，收藏了漱石喜欢的《圣经》，据评论家介绍，漱石看过的圣书中，旧约的《约伯记》，新约的《马太福音》留有很多加注。《马太福音》第 27 章耶稣被钉十字架处漱石记了"圣贤去我远"的文字，说明漱石对殉道者耶稣怀有发自内心的敬佩心理。漱石"尽管对基督教接触时间较长，但作为学者的漱石对基督教只是抱着好奇心，对于他的生活方式没有引起根本的变化，可以说基督教对于漱石而言，只是作为学者的思考而已，没有带来决定性的影响"。④ 但是基督教宣扬真、善、美、公平正义及爱的伦理道德，以及"积极入世"，抛弃寂灭的思想，以"生命意识"为信念、对现实的炽热的"浓情"、对于不合理的现实的"痛切批判"及变革热情，直接影响着漱石的思想，使他摆脱了日本传统文化中浸染起来的无常感、逃避意识和犬儒主义等消极思想。

---

① ［日］夏目漱石：《梦十夜》，李振声译，广西师范大学出版社 2003 年版，第 271—289 页。
② ［日］水川隆夫：『夏目漱石と仏教——則天去私への道』，平凡社 2002 年版，第 38 页。
③ 转引自［日］佐古纯一郎：『夏目漱石論』，審美社 1978 年版，第 163 页。
④ ［日］滝沢克己：『漱石の「こころ」と福音書』，洋々社 1975 年版，第 13 页。

二 告别绝对

漱石文学从《猫》到《明与暗》，每一部作品都没有和基督教有明确的联系，没有塑造一个基督徒式的人物，但宗教精神已经隐含其中。他熟悉《圣经》，大多数作品或多或少涉及基督教，如耶稣、基督徒、《圣经》中的句子等，尽管有的场合含有揶揄和轻蔑的调子。如在漱石的处女作《我是猫》中，有一段嘲讽基督教上帝全能的文字：

古代之神，被奉为全智全能。尤其耶稣，直到二十世纪的今天，依然披着全智全能的面纱。然而，凡夫俗子心目中的全智全能，有时也可以解释为无智无能。这分明是个逆说。而开天辟地以来道破这一逆说者，恐怕独有咱家这只猫了！想到这里，咱家也有了虚荣心，自己也觉得咱家并不单纯是一只猫，必须就此阐明理由，将"猫也不可小瞧"这一观念，灌输到高傲人类的头脑中去！据说天地万物，无不上帝创造。可见，人也是上帝创造的喽！如今所谓《圣经》也是这么明文记载的。且说，关于人，连人类自身积数千年观察之经验，都感到玄妙和不可思议，同时，愈来愈倾向于承认上帝的全智全能，这是事实。说来无他，只因人海茫茫，而面孔相同者却举世无双。脸形自然有矩可循，尺寸也大体相仿。换句话说，人们都是用同样的材料制成的；尽管用的是同样材料，却无一人相貌雷同。真棒！只用那么简单的材料，竟然设计出那么千差万别的面孔来，这不能不佩服造物主的绝技。如不具有极为丰富和独特的想象力，就不可能创造得那么变化无穷。一代画家，耗尽毕生精力探求不同的面孔，也顶多画成十二三幅罢了。依此推论，上帝一手承包创造人类的重任，怎不令人叹服其技艺卓绝！这毕竟是尘寰中无缘目睹的绝技，因而称之为"全能"也无妨吧！在这一点，人类似乎对于上帝万分诚惶诚恐。的确，从人类的观察角度来说，对上帝诚惶诚恐，本也无可厚非。然而，站在猫的立场来看，同是这件事，却可以做出不同的解释：这恰恰证明了上帝的无能。我想，上帝即使并不那么完全无能，也总可以断定，他绝没有比人类更大的本事！……如果换个立场就会清楚，这么简单的事实，本是人类生活中日以继夜、层出不穷的；然而，当事者却头昏眼花，慑于神威，因而难得清醒。①

　　这是漱石对上帝崇拜的尖锐批判，巧用了隐喻的手法，暗含着对明治政府专制独裁的蔑视。冷嘲热讽是这部作品的基调，是对权力驱动下，失去自由与平等的社会的有力抨击。漱石前三部曲的首篇《三四郎》，广田先生批评与次郎草书的论文《伟大的黑暗》，进一步印证了漱石对宗教形式的调侃："那种愚蠢的文章，除了佐佐木以外，没有人会写的。我也读过了，既无实质性的内容，格调也不高，简直同救世军（基督教的一个派别）的鼓声差不多。"② 使人觉得写这样的文章只是为了唤起人们的反感。恩格斯曾经说："到教堂外面向上帝祈祷吧，因为他的大厦不是凡人的双手建造的，他的气息渗透了全世界，他要人民顶礼膜拜的是他的精神和真理。"③ 不妨再听听德国著名诗人海涅发出的激情洋溢的声音："人类是上帝的化身！""如果人类意识到自己的神性，那也就会鼓舞他们自己来表现神性，到了这时候，真正英雄主义的伟大事迹才能归荣耀于这个世界。"④ 漱石批评偶像崇拜，实际也是对宗教形式的否定。

　　在明治时代，信仰有着浪漫的气氛，表现信仰有时和恋爱联系在一起。教堂作为男女自由出入的场所，他们一起交流，一起伴着琴声唱赞美歌，迎合了当时年轻人追赶新潮的心理。北村透谷和岛崎藤村的作品中，基督教对于树立积极的人生观、促进个体的自觉、自由恋爱等方面都有所体现。漱石的小说《三四郎》中的女主人公美祢子就经常出入教堂，她喜欢用英语说 "stray sheep（迷途的羔羊）"，给三四郎留下了深刻的印象。该作品中有这样一段描写，三四郎拜访美祢子时，听到里院传来的小提琴声，他感到一种奇妙的西洋味儿。他联想起基督教来，三四郎自己也闹不明白为何想起了基督教。小说结尾，当三四郎听到美祢子要结婚的消息后，便去偿还曾经借过她的钱，听良子说美祢子去教堂了，三四郎到教堂外等她。他回忆起曾经同美祢子一起仰望秋空的情景，看到空中的浮云宛如羊的形状。从教堂走出来的美祢子，久久地注视着三四郎，然后微微

---

① ［日］夏目漱石：《我是猫》，于雷译，译林出版社 1993 年版，第 137～138 页。
② ［日］夏目漱石：《三四郎》，吴树文译，上海文艺出版社 2010 年版，第 235 页。
③ ［德］恩格斯：《马克思恩格斯全集》第 14 卷，人民出版社 1982 年版，第 140 页。
④ ［德］海涅：《论德国宗教和哲学的历史》，海安译，商务印书馆 1972 年版，第 73 页。

地叹息道："我知我罪,我罪常在我前。"① 漱石用旧约中这个句子,点明了整部作品的主题,小说中反复出现的具有象征意义的词"迷羊"也是来自圣经。在作者看来她是个恶露家、无意识的伪善者,她对于基督教的信仰仅仅是形式而已。

小说《从此以后》主人公代助,对踏入社会后生活苦闷的旧友平冈述说正东教复活节的情节,多少也体现了漱石对基督教的感受。"代助津津有味地谈起自己在两三天前的复活节去尼古拉大教堂(东京复活大圣堂)看到的情况:祭祀活动得在半夜零点,估计世界已进入沉睡状态的时候正式开始;当参谒者的行列由长廊上兜过来而回到大厅时,只见几千支蜡烛已经不知在何时点着了,'身着法衣的僧侣列队从对面走过,这时,黑乎乎的影子映在洁净的墙上,显得非常大。"② 此时的漱石未必意识到日本人需要靠宗教来解救。与其说他是认真考虑宗教的拯救,不如说那是生存困境的感伤和对信仰的怀疑。因为他认为人们往往流于宗教形式而不注重真正的信仰。

1910 年秋,漱石在修善寺遭遇大病经历了"三十分钟的死",生死体验给漱石以新的启示。身处善意枯竭的社会使他产生苦闷和孤独,而且面对存在的黑暗又使他产生恐惧与战栗。作者对存在困境的感慨也体现在了他的《浮想录》中:"当文明的肉体在社会的锐利鞭笞下日渐萎缩之时","我失去了我的个性,失去了我的意识,我所清楚的唯有这失去。我是如何成为幽灵的? 又是如何与比自己庞大得多的意识相冥合的呢? 懦怯而又沉于迷信的我,唯有指望别人来解开这一不可思议之谜了。"③ 漱石修善寺大病期间的随笔《浮想录》成为他后期文学的起点。

1912 年发表的《春分之后》,是漱石后三部曲的第一部。这部小说以田川敬太郎的见闻为主线展开,故事由《洗澡》之后、《电车站》、《报告》、《下雨天》、《须永的话》、《松本的话》这 6 个短篇而组成。《洗澡》至《报告》属于前半部分,倾向于反讽,这部分的寓意在于森本留下的"奇特的手杖";自《下雨天》以后属于后半部分,转向富于伦理化的求

---

① 《圣经》,汉语圣经协会有限公司 2002 年版,第 258 页。

② [日] 夏目漱石:《夏目漱石小说选》上册,张正立、赵德远译,湖南人民出版社 1984 年版,第 268 页。

③ [日] 夏目漱石:《梦十夜》,李振声译,广西师范大学出版社 2003 年版,第 186 页。

心志向,寓意体现在两个方面,即松本女儿突然"不可思议"的死亡;须永市藏的"自然"生命力的强调。须永是军人的儿子,具体说他是被军人家庭收养的私生子,但他特别讨厌军人,他学的是法律,但本身无意当官或是公司职员。须永是"一个极端的保守主义者",他"表面上像是老成持重,实际上只能理解为不过是个凡夫俗子而已"。① 一味畏首畏尾、窝窝囊囊地待在家里。"市藏性格怯弱,每每同社会接触的时候,总是畏缩不前。""一受到某种刺激","就会刺向他内心深处",单凭他自身的力量不能摆脱。"他心里升起一种不得不独自一人倒下去的恐怖感,于是像一个疯子那样疲惫不堪。"这是他"根上存在的一大不幸"。② 须永的舅舅松本,自认为他这个无能之辈给外甥带来不利的影响。松本是位高等游民,是个讨厌交际的怪人。松本的两个姐姐也把松本和市藏看成一个模子里刻出来的怪癖人。松本随波逐流,茶道、古董、古雅之情或是听书、看戏等都能占据他的心。所以"自然而然地就会陷入无我的空虚之感。因此,就无法过那种超然的生活,而是力图强行树立自我"。松本给敬太郎的感觉"简直就像一尊木头佛像"。关于这一点,作者并未完全归于个人,而是认为还有环境的因素。

> 我曾经听过一位学者的讲演。那位学者剖析了现代日本的开化情况,他说我们这些受到开化影响的人,如果头脑不灵活,肯定会陷于神经衰弱。他全无愧色地把这种论调暴露在了大庭广众之中。他说,在不知道事物真相之前,特别想知道它,而一旦知道了,反而又羡慕起以不知为荣的过去的那个时代,常常会痛悔现在的这个自己。他讲完,苦笑着走下了讲坛。那时,我想起了市藏,我们日本人不得不接受这种苦涩的真理,也实在够可怜的了。而像市藏那样,对于仅仅是属于个人的秘密,想探索又胆怯,胆怯又想探索的年轻人,我觉得会更可悲的。于是心里暗暗为他落下了同情的泪水。③

---

① [日]夏目漱石:《夏目漱石小说选》下册,张正立、赵德远译,湖南人民出版社1984年版,第35页。

② 同上书,第249页。

③ 同上书,第256页。

　　小说提到的学者演讲，与漱石 1911 年 8 月在和歌山所做的《现代日本的开化》演讲中的观点相同。在产业化和技术化不断提高的社会，人心也变成了机械。每个人似乎都面临着难以抗拒的命运，身处不知所措的世界，究竟以什么来安身立命？政治黑暗，经济衰退，生命的活力在消失。知识分子不得不向内面发展，一时宗教流行，想在宗教中找到安身立命的根本。如某位宗教家称自己："实在找不到人生的答案，所以才试着走上了这条路的。"他感到自己"无论置身于多么晴朗的碧空之下，总觉得自己的四周好像被封闭了似的，心情十分苦闷"。《春分之后》中的松本在生活中也是消极退让的人物，这种个性也影响了市藏。但是，作者在此并不希望年轻人走向消极的人生，他在小说中指出，弥补他的缺陷，改变他那不幸的生活途径，"只有不再郁郁闷闷地把事情潜藏在内心而随时对外做出反应，别无他策。"① 松本想将市藏塑造成适应新时代的人物。"市藏是为了教育改造原有的社会而生，而我则是个受通俗的社会教育过来的人。"松本的话也是漱石从自身生活感受中所得的心声。

　　漱石于 1913 年发表了后三部曲的第二部小说《使者》，这是他深入思考宗教的集大成之作。主人公一郎的自我意识极为强烈，他从不与家人交流，连妻子也不相信。他将自己孤立和封闭起来，深深体验到人与人之间难以沟通，更使他苦不堪言的是"把整个人类的不安都集中于我一个人的身上；而且，在一分一秒的短暂时间里，我都在不安和恐惧中煎熬"。② 一郎的面前只有三条路："是死、是疯，还是入教。"他不想轻易入教，也没有死的勇气，被逼到发狂的绝境。为了拯救一郎，家人决定让他和朋友 H 君外出旅游，以便放松心情。从后面 H 君写给一郎弟弟的长信内容来看，完全似一篇漱石关于"宗教的问答"，简而言之就是救赎问题。据说漱石在《朝日新闻》刊登《使者》时，中间因病休养近半年。有位牧师认为作品一郎的不安正是漱石本人的不安，建议他读《圣经》，信仰基督教，那样的话，不安就会消除，漱石在《使者》的最后一章表达了他对信仰的看法。

---

　　① ［日］夏目漱石：《夏目漱石小说选》下册，张正立、赵德远译，湖南人民出版社 1984 年版，第 250 页。

　　② 同上书，第 545 页。

他难道不是早晚进宗教的大门后才能成为一个沉着冷静的人吗?如果再用一句激烈的话重复同样的意思,那就是:您哥哥难道不正是为成为宗教家而在经受痛苦吗?!①

在审美、伦理、智力等方面敏感过人的一郎,陷入了仿佛为折磨自己而降临人间的境地。他"在危险的钢丝上迈着生活的步履"。因为他期待更完美社会的到来。"您哥哥那双由于天赋的能力及教养的功夫好不容易变得敏感的慧眼,只是为了达到沉着冷静的目的就再度变得黯然无光,这对人生究竟有何意义?""在您哥哥冥思苦想的头脑中,血和泪写成的'宗教'二字作为最后的一着在那里跳跃呼叫。"② 这是《使者》末章"烦恼"中 H 君写给一郎弟弟的长信中最引人注目的话。面对一郎异常烦恼又找不到出路的困境,H 君建议一郎"不要把自己当作生活的中心,彻底抛开就会更轻松些。"当一郎反问"以什么为中心而活着呢"时,H君说:"神嘛!"这里作者所谈到的"神"已经不是日本文化传统中的"神",而是西方基督教中的神。以下内容可以看成漱石关于宗教的认识。

H 君认为"神"与"天"或"命"的意思基本相同。他和一郎在多年之前就开始议论神的存在,经常使用一些'神'啊,支配宇宙的'第一要因'之类的名词术语。对于这些术语,现在已经看成陈腐的东西,完全忘掉了。在这次旅游中,他们站在夏天宽广的大海边,又再次谈起了神。一郎根本不相信神的存在。他把对完美的神顶礼膜拜的行为看成是无用之举,一郎认为:"比起死神,我更喜欢活着的人。""车夫也罢,临时工也罢,小偷也罢,我认为难得的刹那间的面孔就是神;山也好,河也好,海也好,我感到崇高的瞬息间的大自然也就是神。此外,还有什么神?"③

神也罢,佛也罢,不管什么,你哥哥除自己以外,讨厌树立权威的东西,他说"神就是自己","自己就是绝对"。
……

---

① [日]夏目漱石:《夏目漱石小说选》下册,张正立、赵德远译,湖南人民出版社 1984年版,第 547 页。

② 同上书,第 555 页。

③ 同上书,第 549 页。

真正能做到内心平静的人，即使不去追求，也应自然进入这个境界。一旦进入这个境界，天地万物，一切对象都没有了，只有自己存在。那时的自己，无论有无，都是不完善的，既伟大而又渺小，无法命名。这就是"绝对"。体验到这种绝对的人，如果突然听到了警钟的声音，这个声音就是他自己。换句话说，绝对即相对。因此，既没有了在自己身外置物设人、自寻痛苦的必要，也没有被人折磨的担心。①

"您哥哥说的'绝对'并不是从哲学家的头脑中挖掘出来的空洞的纸上文字，而是身临其境亲自体验出来的一目了然的心理上的东西。"

这里的"绝对之境"或是"泰然之境"，往往被认为等同于漱石提倡的"则天去私"。作者提到"如果突然听到了警钟的声音"，"绝对也就是相对"，就是说由绝对向相对转化。备受漱石推崇的实用主义哲学家、心理学家威廉·詹姆斯如是定义宗教："宗教意味着个人独自产生的某些感情、行为和经验，使他觉得自己与他所认为的神圣对象发生关系。""超越主义者的崇拜的对象，不是一个具体的神明，不是一个超人的位格，而是事物内含的神圣性质，是宇宙本质的精神结构。"漱石早年留学英国时，就读过詹姆斯的名著《宗教经验种种》。詹姆斯认为，宗教的作用不在于宗教本身，而在于它具有的巨大的现实意义，这一观念对个性细腻的漱石影响巨大。威廉·詹姆斯在《多元的宇宙》的结论中也指出："上帝不是绝对，而且如果这个体系用多元论来看待的话，上帝自己就是一部分，上帝的功能可以被认为是和所有的其他较小的部分的功能不是完全不相似的——因此和我们的诸多功能相似。"② 在该著作中，威廉·詹姆斯极力称赞费希纳和柏格森的厚实和清新，批评大多数的绝对主义哲学家的空洞理论，认为他们单薄、抽象、贫乏、陈旧。《使者》中的一郎称，"神就是自己"，"自己就是绝对"实际上是与绝对诀别，是通过否定绝对的、第一的、无条件的上帝，也即否定偶像崇拜，提倡自我反省。身处一元化的社会，漱石的作品可以说恰恰是在借着诗的多义性去反抗主流社会

---

① ［日］夏目漱石：《夏目漱石小说选》下册，张正立、赵德远译，湖南人民出版社 1984 年版，第 564—565 页。

② ［英］威廉·詹姆斯：《多元的宇宙》，吴棠译，商务印书馆 2005 年版，第 173 页。

秩序。

一郎将自己摆在神的位置,往往被认为是"我执"。有评论家认为坚信自己是绝对的存在时,在他人眼中他就是狂人,这就是发狂的命运。自我中心的生活方式,导致性格扭曲。这是不相信神,没有信仰的现代人的命运。尼采向世人道出了震撼人心的话"上帝死了",是告诫人们"把死人当活人一样相信着,其实你们根本没有信仰"。① 其深刻意义在于引导人们不要做宗教的奴隶。漱石借一郎之口说出"神就是自己"的话,与尼采的感受一样,是积极的、主动的,是他对宗教的深刻认识。

费尔巴哈认为不是神创造了人,而是人创造了神,上帝是人们按照自己的本质幻想出来的;人对上帝的崇拜,实际上是对人的本质的崇拜。"理性、意志、心。一个完善的人,必须具备思维力、意志力和心力。思维力是认识之光,意志力是品性之能量,心力是爱。理性、爱、意志力,这就是完善性,这就是最高的力,这就是作为人的彻底本质,就是人生存的目的。"② 我们需要的是"有人格的上帝。"③ 爱默生也说:"如果一个人在内心深处是公正的,那么在一定意义上他也就是上帝:上帝的稳重、上帝的永恒性、上帝的威严和正义即进入到了这个人的人格中。"④ 漱石自己不相信神,但对人的有限性有清醒的认识。宗教的本质就是在最深层次上克服自我,追求真、善、美。《使者》中漱石表达的宗教观与前两位哲学家的宗教观有异曲同工之妙。

三 罪意识与殉死

漱石的名作《心》,向我们展示了作者的心灵体验,正如他为该作品的出版所做的广告宣传:向希望认清自己心灵的人们推荐这部已认清了人的心灵的作品。《心》是后三部曲的最后一部,在表现形式上,以及人生观、价值观和创作方法上,与前两部作品《过了春分之后》、《使者》相同,但从内容上看有了质的飞跃。前者主人公只看到他者的罪,而看不到自我的利己心,后者主要剖析自我的罪,这是耐人寻味的。

---

① 转引自周国平:《尼采在世纪的转折点上》,上海人民出版社 1986 年版,第 199 页。

② [德]费尔巴哈:《基督教的本质》,荣振华译,商务印书馆 1997 年版,第 31 页。

③ 同上书,第 48 页。

④ [美]爱默生:《自然沉思录》,博凡译,天津人民出社 2009 年版,第 126 页。

作品由三部分构成，分别是"先生和我"、"双亲和我"、"先生和遗书"，最后一部分是小说的主体。《心》的开篇就以"我"（即将毕业的大学生）为叙述者，介绍和先生相遇的情景，暑假里在镰仓海边混杂的人群中，发现了先生，因为先生正陪着一个外国白人。有一天，"我"按照相同的时间来到海边，又遇见了先生。此后"我跟在先生后面跳进了大海，同先生一起向远方游去"。"我们两人浮在宽广的碧澄澄的海面上，强烈的阳光照耀着视野以内的山山水水。我的身心里充满了自由和喜悦。"① 这里的描写本身含有寓意，大海常常是日本基督徒受洗礼的场所。"我"与先生相遇在大海边，一起在大海里畅游，仰望着蔚蓝清澈的天空，心情平和而愉快，像获得宗教信仰一样，从自我观念解脱出来，心情平和而愉快。先生的举动透露着这样的信息，即在轻蔑别人之前就先蔑视自己，这种人生态度由于人类自我意识的日益强烈而渐渐被淡忘，人们往往"看见你弟兄眼中有刺，却不想自己眼中有梁木。"②

先生有过两次深刻的人生体验，一是叔父侵吞了他的财产，他不仅憎恶叔父，而且憎恶叔父所代表的所有人，由此，先生失去了对他人的信任。另一个亲身体验是，先生与好友K之间发生的背叛悲剧。先生意识到是自己卑鄙的利己心，将K逼上绝路。在先生受到叔父的欺骗时，只认识到别人的罪恶；当一向具有优越感、自称是个"完善的人"的先生背叛了自己的好友时，认识到自己也是和叔父一样的罪人，由此先生陷入孤独的地狱。他获得的沉痛教训是："人世间是不可能有这种模子里铸出来的典型坏人啊！平常都是好人——至少都是普通人。就是这种人，在发生了某些事情的时候，会一下子变成坏人。"③

小说《心》中，作者对K的描写并不多，但我们却不可忽视这个人物的存在。漱石将K描写为一个宗教式的人物，出生于寺院，对哲学、宗教有着浓厚的兴趣，喜欢读《圣经》，追求真善美。K常常使用"精进"一词，性格倔强而又富有独立自主精神，有着坚定走自己之路的气概，尽管他有伟大的抱负，却无法实现。K是个"丧失了母亲的孩子"，

① ［日］夏目漱石：《心·路边草》，周大勇、柯毅文译，上海译文出版社1988年版，第8页。
② 《圣经》，汉语圣经协会有限公司2002年版，马太福音第7章第3节。
③ ［日］夏目漱石：《心·路边草》，周大勇、柯毅文译，上海译文出版社1988年版，第58页。

被送出去做养子，养父母出资让他进京学医，因他喜欢宗教和哲学，违背了养父母的期望被退回原籍，但本性吝啬的生父却不愿意承担儿子的学费和生活费。

先生很同情 K 的不幸境遇，为了帮助他，提议 K 跟自己同住，在前进的道路上同甘共苦，并对房东太太说，"我是要抱起一个快要溺死的人，决心把自己的热传给对方"，他请求太太和小姐也给 K 以温暖的照料。意想不到的是，先生的善意却酿成了 K 的悲剧。先生和他的好友 K，同时爱上了房东太太的女儿静，当 K 敞开心扉，就自己的恋爱向先生征求意见时，先生对 K 产生了嫉妒心理，利用 K 以前对先生说过的话，"在精神方面没有进取心的人，那是混蛋"，来堵死其恋爱之路。此后，先生暗地里对静提出结婚请求，就在先生和静准备结婚的时候，恋爱失败的 K 因对人生绝望而自杀。

先生与静结婚后，总感到有一道恐怖的黑影笼罩在自己的心头，良知折磨着他的心灵。先生为了解脱痛苦，做过种种努力。他一方面埋头读书或借酒消愁来忘却苦恼，另一方面他用行动赎罪，每月给 K 上坟，当他站在 K 的墓前时，"把那个新坟和我的新妻以及埋在地底下的新的白骨联系起来，不能不感到命运的嘲弄"。① 先生无论做什么，都是徒劳，生活中总有一种"不可思议的力量"，在各方面堵住了他的活动，令其痛不欲生。他像一个患了不治之症的人，剩下的只是孤独，常常感觉跟外在的一切联系都被切断了，好像这个世界上只有他一个人。这种罪的不安，导致先生的寂寞之感，他即使面对相爱的妻子，也感到寂寞难耐。他常常站在被害者的立场来审视自己的罪，失去了与人交流的意愿。他在这种恶劣情绪里面挣扎，感到自我迷失、厌倦生活、孤独绝望，真正体验到 K 的孤独与无助。正如先生所言："我们这批人诞生在充满了自由、独立、自我的时代，恐怕谁都要作为牺牲品，尝尝这种寂寞的味道。"②

先生反复思考 K 自杀的真正原因，当先生意识到 K 是因"一个人孤零零寂寞得没有办法，结果才突然自尽的吧"，就感到战栗。一种不祥的预感，时常像风一般掠过先生的心头，不安与悔恨遮蔽了先生的人生，良

---

① ［日］夏目漱石：《心·路边草》，周大勇、柯毅文译，上海译文出版社 1988 年版，第 205 页。

② 同上书，第 35 页。

心的遣责像黑夜一样尾随着他。"我的胸中，从那时起不时地闪过一个可怕的阴影，起初，那是偶然从外界袭来的。我一惊，浑身毛骨悚然，然而不久，我的心就和可怕的一闪呼应起来，最后，逐渐觉得即使不从外界来，仿佛也是一生下来就潜伏在自己胸底里的……我只是深深感到人的罪孽。"① 日本文学评论家荒正人认为：　"漱石有着日本人特有的强烈的'耻'意识。同时，还有日本人中少有的罪感意识，是一种新教徒的心理。"② 佐藤泰正也曾指出，宗教思想对漱石文学影响极大，忽视这一点则难以真正把握其文学内涵③。在他看来，漱石的小说《门》和《心》等作品，都是围绕着宗教问题，从心灵深处追问日本人的罪。一个心中有信仰摆脱了物化的人，才能体验到生命的恐惧与不安，才能有负罪感和自我反省的意识，这是救赎成为可能的必要前提。

《心》的主旋律就是社会变成了冷酷的生存竞争的战场，人与人之间没有信任感，没有同情、宽恕，只剩下荒诞和恐惧。在这种困境中，生存变得疲惫而绝望。先生的最终结局和 K 一样也选择了自杀，以死抗争的对象既是外界也是自我，离开仁爱，别说邻人爱，连自爱也会丧失。先生和 K 有个共同点，他们都离开故乡，到东京求学，而且最终都和故乡切断了联系。先生和 K 是近代日本知识分子的典型代表，他们是在理想与现实、精神与肉体、理念与行动的矛盾中艰难生存。先生和 K 都是作者自身的投影。他们是既有东方文化深厚的根基，又接受了西方文化的知识分子。东西方价值观的碰撞，是他们苦恼的根源，不可调和的双重人格导致了人生的悲剧。先生和 K 的命运，实际上是近代日本知识分子的宿命，他们显示出了一定的社会性与时代性。漱石在修善寺大病后所写的《浮想录》中说："眼下的年轻人，无论执笔，还是言谈，抑或躬身践行，无不把'自我主张'放在一个根本的位置。世道被形塑到了这等地步。世道正如此虐待着当今的年轻人……'自我主张'的内里，裹藏着与自缢、投河不相上下的悲惨和烦闷。"④ 在这一认识上，漱石十分接近西方的存

------

① ［日］夏目漱石：《心·路边草》，周大勇、柯毅文译，上海译文出版社 1988 年版，第 209 页。

② ［日］佐古純一郎：『夏目漱石論』，審美社 1978 年版，第 335 页。

③ ［日］竹盛天行编：『夏目漱石必携Ⅱ』，学燈社 1982 年版，第 34 页。

④ ［日］夏目漱石：《心·路边草》，周大勇、柯毅文译，上海译文出版社 1988 年版，第 202 页。

在主义哲学家克尔凯郭尔。"一个人的头脑中如果不存在永恒的意识,如果在一切事物的底部只有一种野性的骚动,或者是一种由晦暗激情生成的一切有意义或无意义的事物形成的扭曲的强力,如果一切事物的背后都隐藏着无形无止的空虚,那么生命除了绝望还会有什么呢?"① 克尔凯郭尔断言,绝望即是致死之病。漱石也洞悉了他所处时代的日本,正面临着道德上的大危机。

"宗教,不管是在东方,还是西方,都与人的宗教净化有关。人,不论是谁,都是不完全的存在……可以说,人对不完全性的自觉,有些是建立在对自己力量薄弱的自觉的基础之上的。可是,人进一步严肃自省的结果,不得不最痛切地意识到自己的不完全,意识到自身的恶,简而言之,是罪的自觉。"② 人只有抛开"小我",才能克服与他人及世界的疏离。漱石在《心》中描写了对于利己主义者可怕的惩罚,是面对没有信仰的现代人,揭示出的一个现实问题,人心得救已迫在眉睫。人若被物欲所役,就会远离精神世界,远离永恒。海德格尔曾认为,人钝化着生命的悲剧意识,真正的人是那种执著于自我人性的"死去","死者"将通过沉沉的黑夜的置换,在新的黎明中重生。改变这个悲剧,超越生死,才能获得新生。漱石在《心》的最后一部分"先生和遗书"中,道出了先生自杀的真正意图。

> 我要把黑暗的人世间的阴影,毫无客气地投在你的头上。但是,你可不要害怕呀!你要定神注视着这个黑暗的东西,从这里边抓住可以供你参考的东西……我现在正在自己剖开自己的心脏,要把它的血泼到你的脸上去。当我的心脏停止搏动的时候,能够在你的胸脯里孕育着一个新生命,我就满足了。③

先生自杀前给在海边相识的青年留下遗书,目的只是让年轻人"获

---

① [丹麦]克尔凯郭尔:《恐惧与颤栗》,堪肖聿、王才勇译,华夏出版社1999年版,第12页。
② [日]今道友信:《东西方哲学美学比较》,李新峰译,中国人民大学出版社1991年版,第149页。
③ [日]夏目漱石:《心·路边草》,周大勇、柯毅文译,上海译文出版社1988年版,第91页。

得活生生的教训"，对于青年的"今后有所发展"，有些许"参考价值"。
先生面对真诚想接受人生教训的青年时，就已经在心里做了决定，即以自
己的生命去换取青年的新生。先生的自杀还不由让我们想到，漱石在创作
《心》的时候，脑中肯定会时常浮现出福音中耶稣的形象。耶稣道成肉
身，被钉十字架上，代替人类而死的意义在于，以他本人圣洁的血来洗净
人类的罪，以无罪担当我们的有罪，以公义担当我们的不义，以慈爱担当
我们的仇恨。耶稣受难是为人类赎罪，先生自杀是陷入罪的自省，实际上
是对人的罪的严肃认识，是为了警世醒人。先生与耶稣虽然不能相提并
论，但先生的死和耶稣的死有着相似之处。他的殉道精神深深打动读者的
心灵，如佐古纯一郎感叹道："漱石为什么让《心》中的先生自杀？我深
切感到，对现实追根究底的漱石，苦恼得禁不住流泪的同时，在他的内心
里再也找不到出路，唯有自杀才能解放自我。在日本尚没有一个作家的作
品，像漱石文学所表现出的，需要神之子的救赎那样深深打动我。"①

漱石对人性的绝望直接影响到芥川龙之介和太宰治等著名作家。喜欢
漱石的芥川龙之介觉醒到对死无所畏惧，这里的死也包含了献身。他艺术
三昧的境界实际上也是对丑恶的利己主义的绝望。在绝望中，他希望在
《圣经》中找答案，写完《基督徒之死》后自杀。太宰治也走向自杀道
路，人生中最令他绝望的是人与人之间缺乏信赖。太宰治文学的主旋律就
是对他者的"不信任"和"恐惧感"。在互不信任的人际关系中，生存变
成疲惫。在绝望中，太宰治爱上了《圣经》，但是，他不但没有从圣经中
拯救自己，反而更加绝望。《圣经》给太宰治带来罪恶感，尽管他向神发
出彻底忏悔，但最后还是选择自我毁灭。帕斯卡尔说过"感受到上帝的
乃是人心，而非理智。而这就是信仰，上帝是人心可感受到的，而非理智
可感受的。""我还要谴责那些决心自得其乐的人；我只能赞许那些一面
哭泣一面追求的人。"②

总之，小说《心》揭示了利己主义造成人的不信任、孤独和不安。
主人公先生和 K 的自杀实现了人性的至善，是日本近代知识分子在社会
急剧转型时期不断认识自我、省察自我心路历程的反映。《心》触及人性
善恶的问题，作者对罪与罚、生与死的思考，生动地体现了基督教精神。

① ［日］佐古純一郎：『夏目漱石論』，審美社 1978 年版，第 91 页。
② ［法］帕斯卡尔：《思想录》，何兆武译，商务印书馆 1997 年版，第 130 页。

他"从灵的文学着手，将良心之门打开"。① 先生和 K 的自杀是作品最深刻的力量所在，他们是敢于背起十字架，"为了道，可以牺牲一切"的超越者，承担起道德救赎的重任。在他们身上我们看到了启示性的品质：真诚、善良、美和高尚。K 和先生的殉道是一次特别的旅行，穿过黑暗我们看见了希望之光，他们实现了人性的至善，同时也促进了人性的升华。漱石通过小说《心》真情呼告：利己主义、自我中心、远离神圣，其结果就是走向毁灭。作者以文学来启发人们去思考和选择。

第二节　人生烦恼与精神救赎

佛教自中国经朝鲜传入日本，在日本社会历史环境的漫长流传和发展中，已演变为具有鲜明民族特色的佛教文化。日本的时代意识、社会结构、政治形态都受到禅宗的深刻影响。基督教传入日本之后，日本人既信神又信佛是常有之事。明治维新后，日本兴起资产阶级改革运动，政府对佛教提出"神佛分离"和"废佛毁释"。废止宫廷的佛教仪式，排除神社内的佛像，废止供于神前的佛具，佛教受到了很大打击。明治五年，日本国民生活秩序陷于混乱，政府逐渐意识到佛教对"下层愚民"具有教化作用，因而停止了压制佛教的政策，采取利用佛教的方针。明治二十二年，日本政府颁布宪法，允许信教自由，各宗派竞相兴办大学或专门学校，出版了不少佛教著作，同时大学设佛教讲座。禅宗作为佛教宗派之一，成为日本精神生活的基础，相当普遍地扎根于日本人的内心。

一　日本佛教近代化

明治维新前后出生和成长起来的一代知识分子对佛教进行了改新，他们从佛教释放出迷信的毒素，传承它伦理的要素，并注入积极入世的思想。如禅宗界兴起精神主义、无我爱和新佛教等运动，推动了禅宗的近代化。

1900 年清泽满之（1863—1903）和多田鼎（1875—1937）等人发起了精神主义运动。1901 年创刊《精神界》，刊登了清泽满之的《精神主义》一文，主旨就是将精神主义作为处世的实践主义，追求精神生活，

---

① 《中国比较文学研究资料（1919—1949）》，北京大学出版社 1989 年版，第 404 页。

增进人生的幸福，消除苦恼。精神主义运动自明治维新以来，禅宗向个人信仰的转化，是对近代日本资本主义社会的生存竞争和近代自我之觉醒带来的绝望反抗，给知识分子精神上带来安慰。在漱石的藏书中，有 1910年安藤洲一著的《清泽先生信仰座谈》，他的藏书中还有许多净土真宗的主要经典，说明他对于清泽满之倡导的精神主义运动以及净土真宗的关心，但他并不完全认可。与精神主义运动的出世立场相反，1899 年，古河勇（1871—1899）等结成了"佛教清教同志会"（后改名"新佛教同志会"），以振兴健全信仰、主张道义、改善社会、探讨自由、杜绝迷信、否定教团制、独立于政治权利为目标，努力否定旧佛教，树立新佛教。古河勇主张从禅宗的立场对社会问题进行积极的评论，这场禅宗改革被称为"新禅宗运动"。古河勇去世后，高岛米峰（1875—1949）、境野黄洋（1871—1933）、山村楚人冠（1872—1945）等人结成新佛教同志会，1900 年出版刊物《新佛教》，他们批判禅宗各宗派的排他性，接近基督教，跟平民社会的社会主义者交流。伊藤证信（1876—1963）倡导的"无我爱运动"比较受漱石的赞赏。1904 年伊藤证信和两三个志同道合者共同搬进乞丐住的巢鸭大日堂，起名"无我苑"，第二年创办刊物《无我之爱》。第一期的卷首文题为《确信》，其中一段体现了伊藤证信的思想："宇宙的本性是无我的爱。个体把自己的命运完全托付给他爱，并且，尽全力爱他人，这就是无我爱的活动。"① 与"无我爱"产生共鸣的年轻评论家河上肇（1879—1946），为了给《读卖新闻》写"社会主义评论"，辞去东京帝国大学的讲师职务，搬进无我苑，一时成为社会新闻，广为人知。漱石 1906 年 2 月 3 日给朋友野间真网的信中曾谈及此事："河上肇等人令人佩服，没有那样的决心称不上豪杰，世人说他们是精神病，即便是精神病，这样的精神病也值得佩服。"漱石对忠实于自己信念的河上肇的行动给予高度赞扬。

　　1911 年 1 月 27 日，漱石的弟子森田草平在"无我爱"读者恳谈会上结识安藤现庆，带他参加了漱石家的周四聚会。此后，安藤现庆经常参加周四聚会。他借给漱石三本关于亲鸾上人②的书籍。漱石 1912 年 11 月 12日在第一高等学校做过题为《模仿与独立》的演讲。他提出独立精神必

① ［日］水川隆夫：『夏目漱石と仏教——則天去私への』，平凡社 2002 年版，第 113 頁。
② 亲鸾上人（1173—1262），日本佛教净土真宗初祖。

须担负起深厚背景的思想和感情，只有在那种基础上，人才能超越自我，扩展到为他人。漱石认为模仿与独立这两方面都是重要的。他认为，今日日本状况只是一味模仿西洋、俄国是无意义的。为培育一个独立自主的日本，尤其应该重视独立。在谈到独立时，漱石举了两个人物：一是日本的亲鸾上人，另一个是西方作家易卜生。

此外，对漱石有重要影响的禅宗人物是释宗演（1859—1919）。1910年以释宗演任会长、铃木大拙（1870—1966）任干事的日本禅道会机关杂志《禅道》创刊。释宗演是个很有社会责任感的僧侣，他在《禅的要旨》中指出，"避开尘世，遁入山中，自我提高，是得不到禅宗的要旨的。禅以慈悲为怀，拯救众生"①。在他的《产业与宗教》中，强调发展实业道德的必要性，使大乘佛教成为社会活动的原动力等。他侧重宗教伦理，不依赖于神与佛。漱石青年时期曾经到圆觉寺释宗演门下参禅，1916年他因病去世时，释宗演亲自为其超度。和漱石有过交往的铃木大拙对禅学思想颇有见地，继承了"修心"、"见性"的传统，并自觉地运用禅理去分析现代社会中人与自然、人与社会、人与他人、人与自我等关系，从而使禅在新的历史条件下达到和谐统一，在这一方面和漱石的宗教观念相契合。

阿部正雄说"宗教所要拯救的，不仅是单个的人，而且是整个世界。宗教宣扬实现天国或建设佛土，以及改造这个世界。这样，宗教不只是宣扬拯救，而且也对社会、政治和人类制度及欲望的终极性提出了挑战。因此神或佛性永远构成宗教最基本的教义和目标"。② 日本佛教近代化，就适应了社会发展的需要，积极吸收世俗社会通行的道德准则，推动了入世程度的逐层加深，并促使反映现实社会要求的佛教新宗派的产生和流传，对日本社会的历史、文化、政治、文学等产生了深远的影响。

二 圆觉寺参禅

漱石一生非常喜欢阅读禅书，青年时期还有过参禅经历。从禅宗文化这个侧面，来考察漱石文学，更能深入了解漱石的文学思想。漱石亲近禅

---

① ［日］释宗演：『禅の要旨』，宏道館1909年版，第199頁。
② ［日］阿部正雄：《禅与西方思想》，雷泉、张汝伦译，上海译文出版社1989年版，第276页。

宗首先是因为环境的熏陶，尤其是家庭中浓厚的佛教氛围，其次是苦难的童年。漱石幼年时代的记忆中，对禅宗有着深刻烙印。在晚年的自传体小说《路边草》中，记录了这方面的内容。如："养父家住在寺院附近，他经常到那里玩耍。""街道的对过，有一尊青铜大佛，盘腿坐在莲台上，扛着一根很粗的禅杖，头上还戴着斗笠。""他经常爬到大佛的身上，脚踩着大佛的衣褶，用手去抓禅杖的柄，从背后去攀大佛的肩膀，用自己的头去顶那斗笠。直到再没有什么可玩了，才从大佛身上下来。"① 漱石少年时代毫无顾忌地攀登地藏菩萨像玩耍，说明民间信仰地藏菩萨，对其有亲近和慰藉感。漱石9岁时，因养父母盐原夫妇离婚，不得不回到亲生父母身边。但他依然感到寂寞，因为生父把他当累赘，几乎不把他当儿子看待，总是板起面孔，其冷淡态度，"使建三对生父的感情连根枯竭"②。在缺乏爱的环境中，他幼小的心灵饱尝孤独。漱石家附近的寺院，有个不太高大的寺门，名叫西闲寺，漱石对西闲寺的回忆在《在玻璃窗户的里面》有记录："门内深处早晚传来的做佛事的撞钟声，至今仍在我的耳际回响。尤其是从多雾的秋季至朔风呼啸的冬季，这西闲寺中传来的嗒嗒钟声，叩击着我幼小的心弦，总使我感觉不胜悲伤凄凉。"③ 寺院的钟声，给当时的漱石悲伤寂寞的感觉，记忆犹新，可见禅宗的影响从幼年时代就开始了。

《路边草》还追忆了他少年时代的不幸遭遇，作品中写到了养父母及亲生父亲的事情，父亲和养父母都给他带来了深深的伤害。漱石1867年2月9日生于东京，他是末子，上有四个哥哥、三个姐姐。由于父母年事已高，家道衰落，生下不久就被送出做养子，这种生活经历，对他的性格影响很大。养父母把他看成日后用来养老的东西。他们夫妻俩在心灵深处对建三隐藏着不放心，他们竭尽全力想把建三变成他们的专有物。"他们将建三当作宝贝，到头来，使建三陷入困境，为了他们牺牲自己的自由。他的身体已经受到了束缚，然而比这更可怕的是心灵上的束缚。这种不以为足的做法，已经在他那不懂事的心里投下了阴影。"他们对建三的爱只

① ［日］夏目漱石：《心·路边草》，周大勇、柯毅文译，上海译文出版社1988年版，第288—289页。

② 同上书，第395页。

③ ［日］夏目漱石、川端康成等：《日本随笔选集》，周祥仑等译，上海译文出版社1986年版，第141页。

是希望将来得到特殊的报答，"他们的不良用心会受到自然发展的惩罚，此时却还蒙在鼓里。"这种环境造成了建三性格的扭曲，"他那温顺的天性渐渐地从外表消失了，而弥补这一缺陷的，不外是"刚愎"二字。"①在建三看来，岛田夫妇伪善、吝啬、技巧、撒谎。尤其是养母阿常，是个善于装模作样的女人，爱撒谎。不管什么场合，只要看到对自己有利，马上可以流下泪来。建三对阿常产生了厌恶心理。"在想把建三当玩物的阿常心里，与其说为爱所驱使而冲动，不如说贪心在推动着一种邪念经常起作用。在不懂世事的建三心里，这无疑会投下不愉快的阴影。"② 建三对阿常利用自己的技巧，扮演戏剧性的动作，心里有些害怕。对生父来说，建三只是一个小小的障碍物，待他十分刻薄，使建三对生父的感情连根枯竭了。"无论从生父来看，还是从养父来看，都不把建三当人，只不过当作一件东西。只是生父把他看作破烂货，而养父盘算着往后还会有点什么用处罢了。"③ 这残酷的感觉，使孩子的心灵产生了恐惧，讨厌养父母和亲生父亲的行为。他记不清当时是几岁，但决心通过长期的学习，一定要使自己成为社会上顶天立地的人。漱石与父母的疏离感，对漱石的性格影响很大，就是说给他带来的不安永远留在他的无意识中，形成漱石根源性的对生存的不安。这是漱石幼年的经验，给他投下了阴影。

漱石对禅宗感兴趣的主要原因还在于，伴随着他成长过程中，家中遭遇了一次次与亲人的生死离别的悲剧。在漱石出生前就有一个 4 岁的小哥病逝，11 岁时长姐病逝，14 岁时最疼爱漱石的生母千枝辞世，21 岁时他长兄和次兄皆因肺结核去世，25 岁时与他同龄的三嫂也因病离世。漱石家的宗教是净土真宗，家的墓地就在净土真宗本法寺的后面，送别辞世的亲人时，免不了一次次出入于寺院后面的墓地。亲人的去世给他的心灵留下深深的悲哀，对他的性格产生了深刻影响。尤其是最爱的母亲、长兄、次兄和三嫂的离去使年轻的漱石切身体验到人生无常。对于长兄的早逝，漱石在他修善寺大病后的《浮想录》里这样说过："家兄的须发直到临终仍像漆一般乌黑"，"家兄是在还没有生出白发前就死去了的。"这让漱石

---

① ［日］夏目漱石:《心·路边草》，周大勇、柯毅文译，上海译文出版社 1988 年版，第 295—296 页。

② 同上书，第 300 页。

③ 同上书，第 396 页。

深感生命的脆弱和对死的恐惧。1891 年漱石在给好友正冈子规的信中说自己是"厌世主义者"，其成因是复杂的，前面提过亲人的死别，感到世事无常是一个很重要的方面。漱石 27 岁那年春天，厌世主义的倾向进一步发展，又为神经衰弱所苦，并且疑患肺病，受到很大冲击，甚至有"万念俱灰"之感。只好专心疗养身体。8 月至松岛旅行，访瑞严寺。1894 年秋天，漱石曾经几次迁居，最后住进了小石川表町法藏院。为什么要这样不断迁徙呢？据说是因为觉得"尘界茫茫，毁誉扑耳不堪"，所以不愿意过学校宿舍的集体生活，也不愿意住在朋友家里，甚至住进寺院还嫌"僧尼语于邻室"，可见他的精神苦闷之深。在精神苦闷日益严重的情况下，漱石便动了参禅之念，当时青年之间有一股用参禅来解除自己苦恼的风潮，他亲近的朋友之中也有不少参禅的。1894 年 12 月底至 1895 年 1 月之间，漱石到镰仓圆觉寺释宗演门下参禅，希望通过自力克服"厌世主义"，加强"慈悲主义"，从释宗演获参"父母未生前的本来面目"公案。但参禅的结果并不理想，漱石没有解开公案，空手而归。之后，漱石在熊本第五高等学校任教期间，明治二十年至三十年出版的禅方面的书籍，多数都有收藏。

三　禅门内外

漱石成为作家以前，一方面有意识地习禅，修身养性，另一方面又无意识地习惯性地浸染了净土真宗的礼仪和思想。漱石对禅宗的关心成为他文学创作永不枯竭的底流。《我是猫》禅语乱发，《从此以后》中的宗教志向，《门》的参禅体验。

小说《我是猫》随处可见禅宗的印记。如苦沙弥无意中看到妻子头顶的秃疮，忽然闪现出过往的一段记忆："他发现这块秃疮，首先闪现在脑海的是他家祖传的那盏神灯的灯碗，在佛坛上不知摆了多少辈子。他全家信奉真宗。按老规矩，要把不合身份的大把钱破费在佛坛上。主要还记得，小时候他家仓房里供着一个黑乎乎的贴金大佛龛，佛龛里总是吊着一个黄铜的灯碗，灯碗里大白天也燃起朦胧的灯火。那里四周昏暗，唯有这只灯碗比较鲜明地闪着亮光，因此，他幼小时不知看过多少遍。"[①]

作品中还描写了一封署名"天道公平"的信，其内容是这样评价宗

---

① ［日］夏目漱石：《我是猫》，于雷译，译林出版社 1993 年版，第 114—115 页。

教的："神佛者，人类万般苦痛之余所捏造之泥偶而已，人类粪便所凝成之臭屎堆而已。相信希望渺茫，还说心安理得。嗟乎，醉汉！胡乱地危言耸听，蹒跚地走向坟墓。油尽而灯自灭；财竭而何所遗？"① 其后，作者又让迷亭出场，对大谈精神修养的八木独仙戏弄一番，"说到归终，再也没有比那些叫嚷什么禅呀、佛呀的人更阴阳怪气的了。"② 迷亭认为八木独仙卖弄的不过是消极论，跟醉酒或是死亡没有什么两样。《我是猫》的结尾把这个意思说得更精辟，以猫喝醉酒掉进水缸里："说不清这是痛苦，还是欢快，也弄不清是在水中，还是在客室。爱在哪里就在哪里，都无妨了。只觉得舒服。不，就连是否舒服也失去了知觉。日月陨落、天地粉齑！咱家进入了不可思议的太平世界。咱家死了，死后才得到太平，太平是非死得不到的。南无阿弥陀佛！南无阿弥陀佛！谢天谢地！谢天谢地！"③ 漱石认为只有死才能获得太平。

　　被称为漱石爱情三部曲的最后一部小说《门》，是漱石自我否定精神的开始。作品中的主人公宗助爱上了好友安井的妻子，他们"背上了不义不德的罪名"，"给宗助和阿米的一生笼罩上阴暗气氛的那层关系，使两人的形象显得影影绰绰，总是摒除不了，像是有什么幽灵跟随着似的。他俩都隐约地感觉到，在自己心底的某一部分中潜伏着见不得人的结核病的恐怖物，但他们故意显出无所感觉的样子，天天在一起过到了现在。"④ 他们听说自己的行为致使安井中途退学、回乡、患病，再加上远走满洲的事，感到万般悔恨，罪恶深重。他们不敢提安井的名字，甚至想都不敢去想。阿米的流产、婴儿的夭折、宗助官吏淘汰的传言，使他们陷入深深的不安感。内心中"结核性的恐怖"沉重地压抑着他们，无法解脱苦痛。

　　当宗助从房东坂井那里听说安井要来东京，并且要来房东家做客的消息后，心绪不宁，只想如何走出这种恐慌不安的生活。"造成这种重压的根源是自己所犯下的罪孽和过错。为了能从他造成的恶果中脱身，他已顾不上考虑别人的事，只能完全成为一个本位主义者。迄今为止，他是以忍耐度日，而今后，即必须积极地改变人生观。这种人生观不是口头上讲讲

① ［日］夏目漱石：《我是猫》，于雷译，译林出版社 1993 年版，第 261 页。
② 同上书，第 271 页。
③ 同上书，第 378—379 页。
④ ［日］夏目漱石：《夏目漱石小说选》上册，张正立、赵德远译，湖南人民出社 1984 年版，第 648 页。

就能济事。必须发自真心实意才成。""宗助往前走时，嘴里反复不停地
说着'宗教'两个字。但这声音随着每次的反复而归于消失。这'宗教'
真是一个虚幻的词儿，宛如自己以外已经握住的烟气，一张开手不知不觉
间就消失得无影无踪。"① 这是作者漱石在这个时期的宗教观。文中宗助
和阿米间关于宗教的对话，值得我们注意：

> "阿米，你有过信仰吗？"有一次宗助这么问阿米。
> "有过呀，"阿米这么答了一句，立即提出反问，"你呢？"
> 宗助微微一笑，什么也没有回答，也没有就阿米对信仰提出进一
> 步的询问。阿米在信仰方面也许是幸福的，因为她在这一方面根本没
> 有任何清晰完整的观念。夫妇俩既不曾到教堂里去倚过长椅子，也不
> 曾进过寺庙的门。他俩只是靠着大自然赐给的时间这一缓和剂的力
> 量，才使内心渐渐地安顿下来。那由远处突然出现的申诉，已经变得
> 那么微弱、那么无力，同他们的肉体和欲望离得非常远，以致无须用
> 痛苦或害怕这种残酷的词儿来形容了。总而言之，他们未能得到神的
> 保佑，也没有遇到佛，于是相依为命成为他们的信仰。他们同甘共
> 苦，合二而一，绘出了自身的生活。他们的生活寂寞而平稳，而在这
> 种寂寞的平稳中，又有一种甜美的悲哀味。②

人在生活面前，即便是现代男女也会感受到无论如何努力都不能治愈
的深深的悲哀，往往会让这些无助的人有宗教需求。宗助和阿米就是处在
这样的生活不安境遇中的夫妇。为了求得安心，宗助向单位请了一个星期
的假去镰仓禅寺坐禅，到寺院后，禅师让他思索"父母未生前的本来面
目是什么？"宗助虽然不太明白这句话的意思是什么，但从整体意思琢
磨，"无非是要你认识自身本体为何物"。宗助回到住室，手持线香，茫
然地坐下来。他强烈地感到，"对自己来说，那种所谓的思考问题简直同
自己的现状毫不相干。这就如同：自己现在苦于肚子痛而来求医，岂料这

---

① ［日］夏目漱石：《夏目漱石小说选》上册，张正立、赵德远译，湖南人民出社 1984 年
版，第 655—656 页。
② 同上书，第 649 页。

儿的对症疗法竟是要我解答一道令人头痛的数学题"。① 此后，他全力以赴地思考，"但思索的方向和思索的中心问题都是虚幻得不可捉摸"，他觉得自己在做着事与愿违之事。到最后宗助没有收到功效，他清楚地感到，"简直是白白耗费了时间"。作者对于宗助参禅的失败做了这样一番评论：

> 他自己去叫看门人开门，但看门的人在门那一侧，任凭你怎么敲门，竟连脸也不露一下。只听得传来这样的声音："敲也没用的，得自己想办法把门打开后进来！"……他平时是依靠自己的理智而生活的，现在这理智带来了报应，使他感到懊恼。于是，他羡慕那些根本不讲是非的刚愎自用者。同时也崇仰那些心无贰意的善男信女。他感到自己生就着必须长时伫立门外的命运，这是毫无办法的事。……他不是通过这门的人，又是非得通过不可的人。要之，他是一个只能悚然立在此门下等待薄暮降临的不幸者。②

《门》中寺院看门人对宗助敲门毫不理睬，"任凭你怎么敲门，竟连脸也不露一下"，并且仅仅说："敲也没用的，得自己想办法把门打开后进来！"小说《门》的题目本身也具有象征意义，让人不由想起《圣经》中经常被引用的一句名言："你们祈求，就给你们，寻找，就寻见，叩门，就给你们开门。"③ 这句话对于喜欢读《圣经》的漱石来说应该是清楚的，但他作品中表现的内容，与圣书的解释完全不同，是对信仰的怀疑抑或是对人性的怀疑。漱石青年时期有过到圆觉寺参禅的经验，从释宗演获参"父母未生之前的本来面目是什么"的公案，但参禅失败而归。《门》的内容感受也许就是漱石当时亲身的经验和认识。宗助参禅的场景，即是漱石那段经验的再现。宗助对思考公案的想法也是漱石的想法。从《门》的描述中可以看到，宗助参禅失败不仅仅是他没能解开"父母未生之前的本来面目是什么"的公案，还有寺院里的人事和环境给他留

---

① ［日］夏目漱石：《夏目漱石小说选》上册，张正立、赵德远译，湖南人民出版社 1984 年版，第 664 页。

② 同上书，第 679—680 页。

③ 《圣经》，汉语圣经协会有限公司 2002 年版，马太福音书第 7 章第 7 节。

下的不快记忆。比如那位 50 岁的禅师，"没有丝毫弩钝的模样，这形象宛如一尊铜像似的"，"眼中闪烁着一种异彩，这是普通人绝没有的。接触到这种视线，直令人有暗中见利刃闪过的感觉。"① 这让人联想到小说《心》中 K 的父亲。K 上大学时父亲不给他资助学费。K 的父亲虽然是个真宗和尚，但是在人情上像个武士，让人感受不到佛的仁爱和慈悲。可见，漱石对明治时代国民精神衰败的深刻洞见。《圣经》中说："引到永生，那门是窄的，路是小的，找着的人很少。"②

在宗助准备打道回府时，青年禅僧易道对宗助说的话值得深思："有道是：'道在迩而求诸远。'《孟子·离娄上》信然。近在咫尺之事，却往往视而不见，听而不闻。"③ 宗助从心底里尊敬这位勇敢、热忱、认真和亲切的青年禅僧，感到自己是陷入山中迷津的愚氓。漱石自身参禅失败而归，同样宗助也没有获得觉悟。在《门》这部作品中，主人公宗助曾殷切希望神佛能让他安心立命，最后却大失所望，终于怀抱遗憾的心情走出镰仓的寺庙。漱石的小说《门》发表后不久，1910 年 7 月 10 日发刊的《精神界》第 10 卷第 7 号，刊登了多田鼎对《门》的评论。题目是《门前伫立者——主人公野中宗助》。他批评宗助，对于潜藏在他自身"结核性的恐惧"的自觉，但不接受自己罪的责任，只是归咎于"残酷的命运"，尽管他有罪孽，他却感觉不到学校、职场、家庭和禅寺等外界的恩惠。对漱石来说，多田鼎的批评，作为布道的宗教家来说是合适的，但作为文学作品的批评他并不认可。

漱石在前一部作品《从此以后》创作完毕时，曾和一个弟子谈起小说的结局，弟子认为应该归到宗教上面去，但他没有这样做，原因是那样的话，就不真实了，所以只能是那样的结局。《门》往往被看作漱石寻求宗教解脱的小说，实际作品具有多义性。据说小说的题目是漱石的两个弟子森田草平和小宫丰隆商量的结果，他们受尼采的《查拉图苏拉如说》一书的启发，想出"门"这个题目。小说的标题《门》象征了宗助与现实的关系。宗助自我封闭的生活，必须超越这个"门"。在作者的眼中，

① ［日］夏目漱石：《夏目漱石小说选》上册，张正立、赵德远译，湖南人民出版社 1984 年版，第 664 页。

② 《圣经》，汉语圣经协会有限公司 2002 年版，马太福音书第 7 章第 14 节。

③ ［日］夏目漱石：《夏目漱石小说选》上册，张正立、赵德远译，湖南人民出版社 1984 年版，第 678 页。

知识分子的道德意识和自由精神是融入现实的障碍，而且这一思想界限若不经历实践恐怕是很难超越的。

《门》描写了一对平凡贫穷夫妇的现实生活。这对超越了道德而且远离精神生活与世无争的夫妇，获得了某种程度的平安生活。但是，他们体验着孤独和寂寞，作品的基调沉闷、阴暗、痛苦。《从此以后》之前的作品多是肯定自我，而《门》中宗助的生活与代助精神贵族式的生活截然不同，是非精神性的。宗助是将工作作为谋生的义务和手段，没有任何积极价值。现实社会中宗助也没有能力生活得更有意义。作者描写的生活中的宗助沉着冷静，消除了初期作品中人物的狂气。宗助退学后几乎没有碰过什么书，偶尔读读《论语》。他关心的事情不是国家如何发展、道德风尚问题以及自己如何成功，而是关心治疗牙的费用或是鞋子破了是否买一双新鞋子，都是生活上的琐碎小事，他担忧最多的是妻子的病和自己是否被解雇。《门》的结局中，宗助没有见安井，最终也没有被免职，而且月薪还增加了 5 元。弟弟小六成了房东坂井的书童。宗助和阿米都非常满足。这可以看作知识分子融入社会，反过来说也是知识分子的猥琐。

漱石后三部曲之一的《使者》，进一步体现出他追求禅宗的超越精神和心灵自由。作品中的主人公长野一郎整天处在不安当中，总觉得"人与人之间是搭不成桥的"。他还认为父亲也是轻佻、虚伪的人，弟弟也是和父亲一样的人。他一天天疏远生身父母。无论在家庭还是社会他都感到极端孤立，他很惋惜地对弟弟说："当今的日本社会——也许西方也是如此——培养出来的人都是些油腔滑调的献媚者，这样的人才能生存下去，真没办法！"[1] 还经常引用尼采的话"孤独你就是我的家"，残酷的现实使他陷入了疯狂和死的境地，作品揭示出对存在困境的痛苦、前景的忧虑以及人生艰难选择的苦闷心理。为了解脱痛苦，一郎和朋友外出旅游，他对 H 君谈到非常喜欢中国唐代的禅僧香严。香严饱学经纶，聪明伶俐，这反而成了他悟道的障碍。后来香严连"禅"字都不去想了，抛弃了"善"，也抛弃了"恶"，离开寺院选择一个闲静的地方盖间草房，一天，当他为平整土地铲除杂草和乱石时，锄头碰石子的声音，顿然使他彻悟。当一郎

---

① ［日］夏目漱石：《夏目漱石小说选》下册，张正立等译，湖南人民出版社 1984 年版，第 453 页。

跟 H 君叙述完这个故事后说自己想成为香严。由此可见，漱石对禅有一种亲近感，究其原因，可能跟多数日本人一样，禅有超越感，强调"自力"，认为人可以依靠自身的道德努力提升人格修养，更接近普通人的宗教。① 弟子小宫丰隆对漱石青年时期参禅做过这样的评价："性格倔强不服输，追求自由和独立的漱石，无论自己多么苦恼，也不希望皈依神或佛等靠他力拯救的基督教和佛教。漱石无论什么事情，若不是自己亲眼看、亲自听，被自己接受，他不会随便认可。去崇拜或是信赖神佛他无论如何是不习惯的。因此，对于靠自力解脱的禅宗，是最适合他的宗教，漱石抛弃了一切，决心到镰仓修行，对漱石来说是万不得已的事情。"② 《使者》中提到一郎希望成为香严式的人物依然是出于无奈，揭示出在严酷的现实面前知识分子启蒙精神的衰落。

四　夏目漱石汉诗与求道

漱石一生创作汉诗二百多首。留学英国前，创作了 77 首汉诗。1910年 7 月因胃溃疡入院，出院后到修善寺疗养，这期间创作汉诗 17 首。1912 至 1915 年漱石喜欢上绘画艺术，在创作小说的同时，也创作了许多绘画作品，并为自己的画题诗，共有 38 首。在他最后一部长篇小说《明与暗》创作的同时写了 78 首汉诗，占总数的三分之一还要多，堪称奇迹。漱石的汉诗是在世俗功利之外独辟的胜景，他主张的"非人情"文学审美思想在其汉诗中得到尽情演绎，这是鼓励人放弃俗念、荡涤烦恼、恢复心灵自由的艺术，展现出宁静、空寂、超然物外的禅境。

在走向小说创作之前，漱石创作了许多带有出世色彩的汉诗，如：

> 出门多所思，春风吹吾衣。
> 芳草生车辙，废道入霞微。
> 停筇而瞩目，万象带晴晖。
> 听黄鸟婉转，睹落英纷霏。
> 行进平芜远，题诗古寺扉。
> 孤愁高云际，大空断鸿归。

① ［日］滝沢克己：『漱石の「こころ」と福音書』，洋洋社 1975 年版，第 127 頁。
② 转引自［日］佐古純一郎：『夏目漱石論』，審美社 1978 年版，第 103 頁。

寸心何窈窕，缥缈忘是非。

三十我欲老，韶光犹依依。

逍遥随物化，悠悠对芬菲。

菜花黄朝暾，菜花黄夕阳。

菜花黄里人，黄昏喜欲狂。

旷怀随云雀，冲融入彼苍。

缥缈近天都，迢递凌尘乡。

斯心不可道，厥乐自潢洋。

恨未化为鸟，啼尽菜花黄。

　　上述两首五言汉诗属于漱石在熊本五高任教时的代表作品。前一首汉诗在漱石的小说《草枕》第 12 章中引用过，他借主人公画工之口道出："这首诗很好地表达出了躺着看木瓜和忘掉尘世的感情"。"忘是非"、"随物化"等用词表达了作者怡然自得，并与自然融为一体的心境，显示出老庄思想。诗中传达出的宁静心境和观物方式，在很大程度上也是禅宗思想影响的结果。1885 年底，漱石给挚友正冈子规的信中写道："是非如云烟，善恶亦一时，唯守拙持顽，永远贯彻之。"有评论家指出，后一首汉诗和《草枕》的第一章内容有关联，作品中的画工引用雪莱的云雀诗，感慨道："诗人不管如何幸福，他总不能像云雀一样忘却周围的现状，执着地、专心地去歌唱自我的喜悦。西方的诗歌自不待言，就连中国的诗也时常有'万斛愁'之类的字眼。"① 在画工看来，戏剧和小说"是难免有人情的。苦恼，愤怒，喧闹，号哭"，西洋诗的根本也是吟咏人情世故，充满着同情、爱、正义、自由等。但他希望"诗不是鼓舞那种世俗人情的东西，而是放弃俗念，使心情脱离尘世"，"哪怕是暂时的也好"。画工认为陶渊明"采菊东篱下，悠然见南山"的诗句，王维的"深林人不知，明月来相照"的诗句，有着抛却一切利害得失，超然物外的宁静心境，建立起"优雅的乾坤"，这是漱石所追求的"非人情"的审美世界。

　　眼识东西字，心抱古今忧。

---

① ［日］夏目漱石：《哥儿·草枕》，陈德文译，海峡文艺出版社 1986 年版，第 108 页。

廿年愧昏浊，而才绕回头。

静坐观复剥，虚怀役刚柔。

鸟入云无迹，鱼行水自流。

人间固无事，白云自悠悠。

"虚怀役刚柔"的理念与"虚怀不昧"相通，"虚怀"是无私的自然之心，漱石在这首诗中喜欢使用"虚怀"、"虚明"和"虚白"这类词语，是对"虚怀不昧"的向往。在《草枕》中，有段谈及基督和日本寺院和尚的文字："我记得王尔德说过，基督是具备高度艺术家气质的人，基督我不知道。我认为观海寺的和尚确实具有这种资格。他心地通达，像一个无底的布袋，毫无阻隔。他随处而动，任意而为，腹内没有沉积一点尘埃。"① 实际上，漱石所憧憬的人，即超越尘世、守拙质朴的诗化了的真人。何少贤认为漱石当时有消极避世的思想，"漱石的诗文里一再出现守拙和持顽两个词反映出相同的思想，证明他有不与恶势力同流合污而采取回避等消极方法的一面。"② 就是说，相对于充满了困恼、愤怒、同情、正义、自由等的人情世界，漱石的汉诗就是超脱的"非人情"世界。

　　1910 年 8 月 6 日，43 岁的漱石因胃病到修善寺温泉疗养，17 日以后两次吐血。24 日晚，因大吐血不省人事，生命陷入危笃状态，经历了 30 分钟死亡的体验。修善寺大病对漱石后期文学创作产生了深刻影响，对此虽然众说纷纭，但一致的观点是，与以前相比他变得更温厚、达观，作品也相应地有了重大转折。他同时代的自然主义作家正宗白鸟，曾经对漱石的作品给予辛辣批评，而对于《修善寺日记》和《浮想录》给予热情的赞扬，对漱石大病后的汉诗也很推崇，认为透视出作者东洋人的谛观。漱石在修善寺大病后休养期间，抛开了日常现实的压抑和束缚，重新开始创作了许多优秀的汉诗。1900 年以后相隔十年的首作汉诗，是他 1910 年 7 月 3 日的无题诗："来宿山中寺，更加老衲衣。寂然禅梦底，窗外白云归。"文学评论家松冈让说，该诗句首次透视出漱石"对禅的憧憬之心"。"白云归"，意味着"绝对境界"。作品具有超越、脱俗的风韵，超脱忘我，气定神闲。这首诗体现出作者超脱而又平和的心态。

---

① ［日］夏目漱石：《哥儿·草枕》，陈德文译，海峡文艺出版社 1986 年版，第 205 页。

② 何少贤：《日本近代文学巨匠夏目漱石》，中国文学出版社 1998 年版，第 160 页。

> 圆觉曾参棒喝禅，瞎儿何处触机缘。
> 青山不拒庸人骨，回首九原月在天。

这是大吐血后的诗作，表达了漱石病后的感怀，情景交融，堪称佳作，对周围事物的看法也发生了变化，犀利讽刺的语调或豪言壮语似的气概淡了，以前作品中的激情洋溢转向了宁静优雅。在他大病之后，九死一生，抬头看天，明月静静地浮在空中，一个凡夫的觉醒。

> 风流人未死，病里领清闲。
> 日日山中事，朝朝见碧山。

> 仰卧人如哑，默然见大空。
> 大空云不动，终日杳相同。

天空的透明和漱石病后谛观心境的融合，使他充分体味到一种"内心的荡漾"。此诗含有"缥缈的主客圆融的境地"①，其诗风的空寂寥落、清淡深远，富有深意。这两首汉诗融情于景，意境深邃，显示出作者的真情实感，如他自己所称："病中吟咏的俳句和诗，并非为了解闷和闲极无聊所作，而是逃离了现实生活压迫的心灵，蹦回到了原本就该享有的自由无羁之境，获得了充分的余裕时，弥漫浮现而出的一种绝妙的彩文。"②油然而生诗文，让漱石觉得欣喜。这是漱石在长与肠胃医院养病期间写的《随想录》中所附的汉诗。修善寺大病，是漱石生涯中的一件大事，对他后期的生活和文学创作影响深刻，意义非凡，它成为"作家休闲"的良机，安闲的心情使他的俳句、他的诗开始涌流。如他自己所称："那是逃离了现实生活压迫的心灵"的自然流露。修善寺大病给漱石带来的影响主要有三点：一是对死亡的认识，二是恍惚状态，三是亲切和谛观。漱石

---

① ［日］和田利男：『漱石漢詩の展開』，『夏目漱石全集別卷』，筑摩書房1979年版，第313页。

② ［日］夏目漱石：《梦十夜》，李振声译，广西师范大学出版社2003年版，第143—144页。

开始以宁静之心，面对当下的人和事。可以说，大病后的漱石开始进入了宁静的禅境，其人生观念、价值观、审美意识以及生活方式都有极大改观。

　　漱石创作生涯中的最后一部小说是《明与暗》，自 1916 年 5 月 26 日起在《朝日新闻》上连载。小说淋漓尽致地揭露了人的利己主义，把主人公津田和阿延的"爱的战争"看成每个人都会遇到的"生存战争"。漱石的心情也因描写世俗而变得难以忍耐。自 8 月 14 日起，他每日午后写一首汉诗。他在 8 月 21 日写给弟子芥川龙之介和久米正雄的信中谈到，依然在创作《明与暗》，心情痛苦、快乐、机械三者兼有，为了转换"俗了"的心情，下午的日课是做汉诗，一日一首。并附当日的汉诗：

> 寻仙未向碧山行，住在人间足道情。
> 明暗双双三万字，抚摩石印自由成。

　　前两句的含义是没有去仙人住的地方，依然住在人世间，一点点理解道之心。"仙"、"碧山"不仅仅指脱离世俗的仙界，还体现出作者独立不羁的人生姿态。漱石虽然追求仙境或是脱俗的世界，但并没有走向深山，就在人世间，也能寻到"道情"，即脱俗的境界，也就是在人世间求道。吉川幸次郎将"道情"解读为"道情大"，也说"哲学之心、宗教之心、超越之心。"[1] 这里"道情"是理解漱石晚年思想的关键词。

　　对于不依靠特定宗旨入"道"的漱石来说，道就是他的一个志向。佐古纯一郎认为那就是"天然自然的道"。[2] 漱石 1916 年 8 月 16 日作汉诗"无心礼佛见灵台，山寺对僧诗趣催。松柏百年回壁去，薛萝一日上墙来。道书谁点窟前烛，法偈难磨石面苔。借问参禅寒衲子，翠岚何处着尘埃。"这首诗的第一句，吉川幸次郎解释为"通过有意识地拜佛、醒悟，看清自己的心，再到达无心之境"。[3] "道书谁点窟前烛，法偈难磨石面苔"表现了不局限于特定宗旨（不倾向于某宗教）的漱石的真面目，最吸引他的还是"翠岚"清静的境界。

---

① 〔日〕吉川幸次郎：『吉川幸次郎全集』（第 18 卷），筑摩书房 1970 年版，第 230 頁。
② 〔日〕佐古纯一郎：『夏目漱石論』，審美社 1978 年版，第 134 頁。
③ 〔日〕吉川幸次郎：『吉川幸次郎全集』（第 18 卷），筑摩书房 1970 年版，第 261 頁。

> 不入青山亦故乡，春秋几作好文章。
> 托心云水道机尽，结梦风尘世味长。
> 坐到初更亡所思，起终三昧望夫苍。
> 鸟声闲处人应静，寂室薰来一炷香。

这首汉诗更让我们明确漱石独特的求道心。"寂室薰来一炷香"，这是我们考察他"道情"的重要依据。当然禅的本质让漱石达到了这一境界。虽然不无沉思之苦，但是诗中所传达出的整体情绪却是安恬闲静。

> 曾见人间今见天，醍醐上味色空边。
> 白莲晓破诗僧梦，翠柳长吹精舍缘。
> 道到虚明长语绝，烟归暧曃妙香传。
> 入门还爱无他事，手折幽花供佛前。

诗的初句"曾见人间今见天"可以说体现了漱石"则天去私"的主张。以前考虑的多是人世间的俗事，如今终于思考起"则天的道"，人世间的喧哗与虚伪妨碍了"天然自然之道"。漱石的"天"与"道"的含意，可以从他的汉诗中去寻找答案。

> 途逢啐啄了机缘，壳外壳中孰后先。
> 一样风幡相契处，同时水月结交边。
> 空明打出英灵汉，闲暗踢翻金玉篇。
> 胆小休言遗大事，会天行道是吾禅。

"会天行道是吾禅"这句诗表达出漱石所追求的"道"的志向。实际上"则天去私"与"会天行道"意义基本相同。漱石不属于任何宗教派别，但不可否认，他的"道"与禅的"悟"有着密切联系。"则天去私"的人生观就是禅道。① 漱石追问近代自我中心问题，他超越了我执，向真、善、美、平等和博爱迈进。

1915 年，漱石跟两位神户祥福寺质朴的年轻禅僧富泽敬道和鬼村元

---

① ［日］佐古純一郎：『夏目漱石論』，審美社 1978 年版，第 138 頁。

成交往，并跟两个年轻人通信，更加强了漱石对道的关心。1915 年 4 月漱石给富泽敬道的信中说："我虽然不知道比你大多少，但我希望当你成为名禅师的时候，去听你讲道。你成为名禅师时，如果我辞世了，请到我墓前念经。赶巧的话，你来我的葬礼给我念经超度。我没有什么宗旨，对于胸怀善意的优秀僧人为我念经超度，心存无上感激。"① 漱石 11 月 10 日给鬼村元成的信中提到："我打算以我自己相应的方针和追求来修道。"同月 15 日在给富泽敬道的去信中写道："我是五十岁才开始志向于道的愚人。"19 日给鬼村元成的信说："我不是禅宗学者，读些许法语类（尤其是假名法语类），但是没能入道。我仅仅是个凡夫俗子。"② 漱石给富泽敬道的信中还附上二三日前作的汉诗。"自笑壶中大梦人，云寰缥缈忽忘神。三竿旭日红桃峡，一丈珊瑚碧海春。鹤上晴空仙翻静，风吹灵草药根新。长生未向蓬莱去，〔不老〕只当养一真。"最后两句和他 8 月 21 日作的"寻仙未向碧山行，住在人间足道情"非常相似，含义深刻。"长生"、"不老"象征着永恒的生命。"一真"即天真和顺乎自然。从漱石给两位年轻僧侣的信及汉诗中，可以明显看出他求道并没有特定的宗旨，"则天去私"即是他追求的道之世界。

> 大愚难到志难成，五十春秋瞬息程。
> 观道无言只入静，拈诗有句独求清。
> 迢迢天外去云影，籁籁风中落叶声。
> 忽见闲窗虚白上，东山月出半江明。

　　经历了五十春秋，漱石感慨"大愚"对一个人成功的重要性。"独求清"也指漱石的求道心。日本传统的审美意识中，形容人的道德纯正无邪时常采用"清明"一词。内心的清净亦即内心的善。获得清净心是宗教追求的极致，参禅正悟，心境自然明净、清澈。从漱石的汉诗和小说中我们发现他所追求的"道"的最高境界也是"清"，例如他初期的小说《哥儿》中，被哥儿多次称赞的有着清净善良之心的女佣阿清。小说《明与暗》中的人物清子就代表了这种境界，她是自由清净心的化身，是作

---

① 〔日〕佐古純一郎：『夏目漱石論』，審美社 1978 年版，第 96 頁。
② 〔日〕竹盛天行编：『夏目漱石必携Ⅱ』，学燈社 1982 年版，第 84 頁。

者"则天去私"观念的体现。

> 真踪寂寞杳难寻，欲报虚怀步古今。
> 碧水碧山何有我，盖天盖地是无心。
> 依稀暮色月离草，错落秋声风在林。
> 眼耳双忘身亦失，空中独唱白云吟。

漱石最后的汉诗鲜明地表达了其求"道"精神。"真踪"不言而喻是指"道"，"报虚怀"即"去私"，"碧水碧山"和"盖天盖地"指天然自然，是指一个人所追求的"无我无心"的境界。"白云"指人与自然合二为一的自由自在的心境。漱石汉诗中"白云"出现频率很高，共有十四处，在后期汉诗中有三处，是深受王维淡定自然诗风影响的结果。这首诗典型地体现了他晚年的向道之心。放下我执，那就是一片开阔澄明的人生境界。这首汉诗的文字被认为是漱石给自己做的遗偈。

漱石在他生命的最后阶段，上午创作小说《明与暗》，下午转向汉诗，对大多数人来说很难想象。关于两方面不断交替的创作，有人认为《明与暗》是表层艺术，汉诗是深层艺术，而佐藤泰正认为："汉诗是漱石本真的生活流露，具有东洋文化的超脱趣味；小说《明与暗》是漱石作为作家生活思索的再现，有着西方文化的入世激情，两者完美融合构成独特的文学风景。"① 就是说，漱石文学是激进与超越的糅合。漱石每一首汉诗都是他人生智慧的结晶，渗透了他的思想感情，诗中传达出的伦理要素和超越意识，为人们提供了冲破空虚与苦闷、寻求希望与光明的积极人生态度。

总而言之，漱石宗教思想的深刻性在于剔除了传统宗教的偶像崇拜和迷信形式，汲取宗教精神，以此唤醒人类的高尚情操，超越生存和道德困境。

---

① ［日］佐藤泰正、吉本隆明:『漱石の主題』，春秋社 1986 年版，第 258 頁。

第五章

走向和谐世界之路

20 世纪初，特别是第一次世界大战（1914—1918）的爆发，给各国人民带来极大的不安和创伤。人们目睹武力、流血和死亡，整个世界由于战争都经历了社会巨变，进入精神荒原。夏目漱石晚年曾跟友人谈起正在进行的第一次世界大战时，很失望地指出战争看不到爱与宗教。为了探求人与人之间的爱与和谐，他的后期小说开始将理念的宗教问题作为主题提出来，宗教性已经发生实质性的变化，追求宗教的自觉性。也就是说，漱石晚年由专注于自身的生存意义，逐渐转向平民的生存状况和生存意义的追问，这种诚实且悲悯的人生态度，是他文学吸引人和具有永久生命力的源泉。

和谐是东方传统文化极力追求的理想目标，也是人的社会生存所需要的重要因素。和谐注重宽容，尊重差异。自我与他者的兼顾、自我主张与自我克服成了日本知识分子最关注的重要问题，适应了当时的需要。如西田几多郎的著作《善的研究》中说："精神是实在的统一作用，大的精神是与自然一致的。因此我们把小我当作自我的时候就痛苦多；随着自我的增大，以至于与客观的自然趋于一致，就成为幸福了。"[1] 因为我们的大我包含了别人和自己在内，所以就要向别人表示同情和寻求别人同自己的一致。我们所谓的"他爱"，就是这样发生的超个人的统一要求。因此我们会在"他爱"中感到比"自爱"更大的平安和喜悦。[2] 漱石晚年文学也转向探求个性发展与自我克服的协调问题，他的自我反省意识和"则天去私"观念就是克服利己主义的有效途径。在人与人之间的相互宽容、相互关爱的基础上，人类才能得以守望和平，和谐相处。

---

① ［日］西田几多郎：《善的研究》，何倩译，商务印书馆 1965 年版，第 72 页。
② 同上书，第 76 页。

第一节　自我反省意识

漱石小说《心》问世以后，在《我的个人主义》演讲中谈到，他的个人主义是建立在道义上的，而不是利用权力和金钱无限地膨胀自己，一切都要唯我独尊的个人主义。他希望人在尊重自己的同时也不忘尊重他人，有是非的主义，但不能有党派之心，这是漱石的肺腑之言，他提倡在人格前提下的个人主义，为了达到这一境界，他主张人需要有自我反省意识。漱石的晚年作品如《在玻璃窗户的里面》、《路边草》和《明与暗》体现出了深刻的自我反省意识。这个苦恼的灵魂，是多么期盼走出孤独，与周边的人协调。写完《在玻璃窗户的里面》，漱石的胃病又一次发作，在他卧病期间，接到异母姐姐病危的电报，姐姐的离世唤起了他对件件往事的回忆，以此为机缘，开始写《路边草》，这是一部漱石将自己的日常经历，通过高度的思想凝聚而成的自传体小说。作品从不同侧面客观地再现了作者从小说《我是猫》问世到《心》的精神世界。作品中的建三也即漱石的化身，他站在客观立场上分析自己的过去，重新认识自己、思考自己，反省自己的缺点。他以前的作品如《从此以后》、《过了春分以后》、《行人》、《心》等作品中表现的多是"高等游民"，都是自闭症式的人物，他们或不愿意工作，或不愿意和外界接触，而《路边草》中描写了普通人物的日常生活。《路边草》是《使者》完成后相隔一年半的新作。若是拿《使者》和《路边草》的主人公一郎和建三进行比较，他们有着天壤之别。作为大学教师的一郎声称自己集整个人类不安于一身，在不安和恐惧中度日，言行尽显知识分子的孤芳自赏，而建三虽是大学教师的身份，但被彻底相对化了，仅仅复归到作为一个普通人——儿子、弟弟、丈夫、父亲而存在，整日被生活的艰辛和周边亲友的人情世事所困扰，他被琐碎的生活和复杂的人际关系逼到几乎崩溃的边缘。用评论家的话说，就是由"理念的文学"向"现实的文学"回归。

在《路边草》中，漱石站在他者的立场上凝视和反省自己。建三因工作繁忙，课余时间还要看书、写文章、思考问题，由此他不得不避开社交，将自己封闭在书斋里，"几乎不知道世间有'清闲'二字"。他自己认识到"与铅字打交道越发复杂，就越会陷入个人的苦海"，意识到生活的孤寂。但在他的内心深处"藏着一团异乎寻常的烈火"，他认为热情人的血不会枯竭。没有完全从知的世界中走出来的建三，力图协调周围的矛盾与苦恼。《从此以后》背景是宗教，《门》中进一步涉及宗教问题，但原来只是将理念的宗教问题作为主题提出来，从《路边草》起，宗教性已经不再仅仅停留在理念上，而是已经有了"实质性的推移"，也就是真正地追问人的生存状况，从中能找到问题的根本。"漱石晚年的宗教性，就是作为一个作家，由专注于自身的生存意义，转向追问平民的存在意义这一诚实且悲悯的人生态度"。① 如婚姻受压抑的姐姐，总担心失业病弱的哥哥，失掉官职生活无着的岳父，还有老而无所依靠的养父母。该作品中作者第一次站在平等的立场，去描写这些默默无闻的小人物，标志着漱石的创作进入了一个新高度。

在《路边草》中，建三的养父岛田以异常的方式登场。第一章中写到建三在散步的途中，遇到了"没有戴帽子的男人"，由此产生一种不安。那个男人就是来向建三讨钱的养父岛田，不仅如此他还希望恢复原来的关系。养父此后时常出现在建三的客厅，建三开始常常是怀着厌恶的心情接待他，听他说些无关紧要或是愚痴的话。

> 建三认为老人光考虑满足金钱上的欲望，尽管自己头脑简单，不能如愿以偿，却还在拼命地动脑筋，显得那么可怜。他那双深陷的眼睛，靠近毛玻璃灯罩边，好像在仔细琢磨似的，使劲地盯着那盏昏暗的灯，那样子使建三深表同情。
> "他就这么老了！"
> 这时，建三在领会这句说明岛田一生受尽熬煎的话，联想到自己又将怎样衰老下去。他本不相信神，然而此刻他的心里确实出现了神，而且强烈地感到：如果这个神用神的眼睛来观察他的一生的话，说不定会认为自己与这位欲望很强的老人的一生没有什么不同。②

用"神的眼"来看，"这位欲望很强的老人"与自己没有什么不同，将两个身份处于两极的人物平等地看待，由此感受到了自我与他者的一

---

① ［日］佐藤泰正、吉本隆明：『漱石の主題』，春秋社 1986 年版，第 282 頁。

② ［日］夏目漱石：《心·路边草》，周大勇、柯毅文译，上海译文出版社 1988 年版，第 309—310 頁。

体化。

建三从少年就和养父脱离了关系，已经没有赡养他的义务。岛田提出恢复养父子关系遭到建三拒绝后，在春节即将来临之际，他派了中间人向建三提出，用钱换回当年他们脱离关系时的字据。建三对岛田不择手段索要钱财的行为非常厌烦，更加鄙夷其贪婪的个性。但是过去曾经受到养父照顾，从人情义理的角度无论怎么讨厌都要正确对待。建三生活并不富裕，只好通过写稿筹钱，自己身体也越来越差，令他不快。他只有拼命地写作，像跟自己过不去，又像是虐待自己的健康，更像惩罚自己。

> "你究竟为什么要降生在这个人世间呢？"
> 他脑子里的某个部位向他提出了这个问题。他不想就此做出回答，而且尽可能回避回答。可是，这声音在追逼着他，反复提出同样的问题。他最后大叫一声："不知道！"①

这是漱石对真实生活的感受，是失去了存在感的痛苦和无奈后的愤怒与不平。这追问不仅指个人的苦难与烦闷，还有他周边亲友的。《圣经·旧约·耶利米》20 章第 18 节中说："我为什么要从母腹中出来，经历辛劳悲苦？我的岁月为什么要在羞辱中告终？"建三将自身置于不明白"为什么要生"一样的他者的平等的地位上。而且，当他看到"自然"的平等性时，他第一次认可了和周围人的平等。《路边草》的意义在于追求无限的必然性，就是达到了从对方的角度设身处地地看问题。妻子、哥哥、姐姐还有养父母，他们都没有多少文化，但从相对化的眼光来看，他们与自己没有什么不同，他们都同样经受着生活的艰辛。柄谷行人说："《路边草》表现了知识分子的宽容精神：从'知识'（观念）这样的'遥远地方'回归到普通生活者的观念（妻子的观念）。但建三的痛苦没有因为改变观念而改善。"②

在创作《路边草》期间，漱石 6 月 25 日给武者小路实笃的信中也表现出豁达心态："世上不如意的事、令人郁闷愤慨的事多如尘埃，靠人力

---

① ［日］夏目漱石：《心·路边草》，周大勇、柯毅文译，上海译文出版社 1988 年版，第 407 页。

② ［日］柄谷行人：『漱石論集成』，平凡社 2001 年版，第 45 頁。

谴责无济于事，与其抗争不如宽容些，更能显示出人的优秀品质，希望我们尽量加强这方面的修养。"① 其实漱石的小说《从此以后》已经开始显示出宽容和理解的胸怀，如代助从父亲劝告他与有牢固经济基础的乡下地主的女儿结婚，他看到了父亲对经济上的不安，如："父亲向代助谈了一般工商业的困难、危险和繁忙的情况以及当事者在这些情况下的内心苦痛和紧张的恐怖感。""有了一门这样的亲戚，将来会带来极大的方便，而且目前确实非常需要。" 当父亲摘下假面具，反而让代助感到痛快。"代助对父亲产生了从未有过的同情"②。

日本近代社会有两种类型的知识分子：一是坚持真理与正义，即使自身毁灭也要坚持到底。二是不认可现存社会秩序，但希望建立一种调和的，生存下去的生活。前者是破灭型，后者是调和型。像幸德秋水、石川啄木属于破灭型人物，漱石和西田几多郎属于调和型人物。但有趣的是，漱石塑造的人物形象多数属于破灭型，他后期文学的形象逐渐趋向调和型，建三就是调和型的人物形象。就是说，当漱石感觉到启蒙失去作用之后，不得不转向独善其身。

第二节 《明与暗》的意义

漱石生命中最后一部未完成作品《明与暗》，描写大正时期新形势下的日本市民生活。作品客观地再现了小市民的所有对立形态及相互关联和转化。从作者的立场看，认识到小市民社会法则的津田与从小市民世界分离出来的小林都存在某些弱点。小林是在特殊历史时期产生的新精神。漱石作为他的同情者，希望融合他与社会的矛盾。

一 津田的精神更生

《明与暗》共刊出 188 回，这部作品是心理小说的圭臬，一向被日本人推崇。佐藤泰正称《明与暗》是日本大正时代市民文学的代表作。《明与暗》中人物与以往迥然不同，主要体现在人物身份和个性的不同。《路

① ［日］竹盛天行编：『夏目漱石必携Ⅱ』，学燈社 1982 年版，第 84 页。
② ［日］夏目漱石：《夏目漱石小说选》上册，张正立、赵德远译，湖南人民出版社 1984 年版，第 467 页。

边草》等以前的作品多数是教师,是生活在象牙塔里的人;而《明与暗》的主要人物是公司职员、报社编辑,他们是社会人。故事以津田与阿延这对结婚仅半年的夫妇为中心展开。30 岁的津田是公司职员,因浮华和虚荣却要京都的父母供给补贴。津田是个喜欢读书的人,工作之余喜欢在书桌前看外文书,他看的书太专业化,又太过于高尚,与他的工作没有任何关系,只是想把知识作为一种自信力或是引人注意的装饰。在个性方面津田与妻子阿延都是趋向于利己性的人物,他们互不信任,但能接受这种现状,并不感到痛苦和不幸。作品中的人物形象延续了《路边草》的特色,彻底相对化,如津田、阿延、小林、阿秀这些人物,因为作者是以超越性的眼光来描写他们,所以他们身上优缺点共存。

小说开篇第一句话是,"医生诊察后,把津田从手术台上扶下来"。检查的结果是津田的瘘管蔓延到肠部。医生自称出于不能对患者说谎的职业道德,建议病人手术治疗,"只是光像过去那样一味地擦洗患处可不行。那样下去总也不会长肉,这回要改变治疗方法,要决心来个根本的手术,此外别无办法。"① 那样的话,"切开的断口两侧自然愈合起来,才算真正的治愈"。日本评论家唐木顺三指出作品的开端就是一个象征,《明与暗》就是主人公津田从黑暗走向光明的"精神更生记"②。津田在他乘电车回家的路上心情郁闷,浮想联翩。他回忆着去年初次疾病发作时的疼痛与呻吟,想到"冰冷冷的手术刀具的寒光,接着就是它的撞击声。最后就是感到有一种可怕的力量的压迫"。又联想到"人的肉体说不定何时会有什么变化。岂之如此,也许此刻某种变化正在此人的肉体中发生着。并且自己对此毫无所知。真可怕。""精神界也是一样的,精神界也完全是一回事。几时会发生什么样的变化不得而知。可是这种变化,我却看见了。"③ 漱石晚年的随笔《在玻璃窗户的里面》第 30 节,作者如是描述自己的胃病:"同病魔的战斗,就好比是德国人同联盟军的战斗。今天我同你这样相对而坐,这并不意味着天下太平了,所以得进入战壕,密切监视着病情的发展。我的身体就好比乱世,说不定什么时候就会发生什么变乱

---

① [日] 夏目漱石:《明与暗》,林怀秋、刘介人译,海峡文艺出版社 1984 年版,第 1 页。
② 转引自 [日] 佐藤泰正:『夏目漱石論』,筑摩书房 1986 年版,第 384 頁。
③ [日] 夏目漱石:《明与暗》,林怀秋、刘介人译,海峡文艺出版社 1984 年版,第 3 页。

了。""在'继续'的东西，恐怕不光是我的病情吧。"① 与《明与暗》中"精神界也是一样的"的描写寓意相同。

作品描写了津田因为疾病引起的命运不安，主要指地位和金钱危机。他们夫妻最担心的是父亲的经济资助会不会中断，一旦失掉资助，津田就会陷入生活危机。津田爱虚荣，还喜欢奢侈，他的婶子经常批评他"过于奢侈"，"不光在打扮和吃喝上面。生来就从心里爱浮华和奢侈。"② 津田也体会到叔叔藤井近来像口头禅似的使用起"如今的年轻人"这句话，很久以前听这位叔叔自鸣得意地谈到过，精神上的诱惑和肉体上的疾病是同出一源，而且都是一种罪恶等等。

阿延是个"爱耍花招"的人，"她是一个不给津田一丝余暇的女人"③，"因而津田则不得不始终处于被动的地位。并且也不得不为响应她迎战而尝试受着紧张的痛苦与挣扎的烦恼。"在津田妹妹阿秀眼里，因为嫂子的个性，哥哥结婚后变了，没有原来正直和坦白。现在"哥哥只是珍爱自己，而嫂嫂只是求哥哥的喜爱。你们眼里再没有别的什么。"她又说："任何事情都是因果相随的。然而是由那些事实所产生的结果。""只把自己的事情挂在心上的你们二位，作为人，你们已经失去了感受他人关怀的资格。这就是我的意思。也就是说你们把自己降低为对他人的友善不懂得感谢的人了。""那对你们自身是最不幸的了。因为那简直像被剥夺了享受人间欢乐的能力一样。"④ 因为津田夫妇的利己导致了婚姻充满纠纷和对抗，而且引起妹妹阿秀的不满。

小林是津田的旧友，在某种意义上小林跟吉川夫人、阿秀一样都是津田和阿延的批评者，是给他们忠告、启迪的人物。小林去朝鲜前，津田宴请他，临别见面，小林也不失时机地指责津田，"（你）一直在避开不快的东西，一味追寻那自己喜好的事。那究竟是为什么？其实什么原因也没有，就是'自由'在作祟，就是因为有奢侈的余地啊。你不会有像我这样的身陷窘境、悉听尊便的心境吧。"⑤ 他认为津田虽然懂他的意思，但

---

① ［日］夏目漱石等：《日本随笔选集》，周祥仑等译，上海译文出版社 1986 年版，第 165 页。
② ［日］夏目漱石：《明与暗》，林怀秋、刘介人译，海峡文艺出版社 1984 年版，第 51 页。
③ 同上书，第 418 页。
④ 同上书，第 231 页。
⑤ 同上书，第 347 页。

还不能心悦诚服,原因是"你的对手是一个无身份、无地位、无财产、无一定职业的人"。小林认为自己的状况,使聪明的津田感到不快,甚至是蔑视,但他对津田的蔑视根本不当回事。他认为自己属于实战,而津田"任你再有余裕,任你交游富豪,任你清高不凡,一经实战就败北了,不也枉然吗。所以方才我说,未经脚踏实地得到磨炼的人,简直等于木偶"。①

阿延对小市民世界的人物有着冷静的认识,她与挑战小市民世界的小林相反,感觉不到对立的必要。阿延对小林向来没有好感,认为小林是个厚脸皮的人,对其表现出冷淡和轻视。在津田住院期间,小林曾到他家里取津田的旧大衣穿,阿延对小林刻薄地说:"我觉得(你)与其活着让人耻笑,还不如死了的好。"小林批评说:"夫人,您如果是这样想的话,可得好好注意不要让人耻笑哟。"② 当阿延说"多此一举,没有让你提醒的必要"时,小林反唇相讥:"不曾有人提醒过您吧。""您原本无疑是个高贵的妇人。可是……"他没有把话说完,后来补充说:"津田君是具备优良品格的人,是绅士。"③ 这里暗含着小林批评阿延的人格。津田和阿延本质上并不一致,他相信公正和良知,是小林的同情者。津田的温泉之行,寻找曾经相爱的清子就是这一认识的具体体现,意蕴深刻。津田和清子之间的信任、宁静、无拘无束的交谈使他摆脱了日常烦忧。清子是一个相信天意、没有人为技巧的纯洁女性,她一切言行都是顺从"天道"。有西方评论家认为,清子是神爱的化身,把她看成是陀思妥耶夫斯基小说中索尼娅的精神姊妹,像索尼娅拯救拉斯科尔尼科夫一样,清子是来拯救津田的人物。津田的温泉之行,包含多重意义,首先,体现了津田对于自由的追求并没有完全放弃希望。其次,清子出场的真正目的,就是重新唤起人们对精神家园的渴望,它与漱石创作的汉诗世界一样,秩序井然、绚丽多姿、充满光明,表达了作者对和谐世界的渴望。温泉的环境令人超脱和舒畅,有着回归故乡的感觉,象征了津田的重生。

---

① [日]夏目漱石:《明与暗》,林怀秋、刘介人译,海峡文艺出版社 1984 年版,第 351 页。

② 同上书,第 182 页。

③ 同上书,第 182—184 页。

二　对弱势群体的悲悯情怀

小林是漱石以往作品中从未出现过的人物形象，是大正时代的精神体现者。小林在津田叔叔藤井的那家杂志当编辑，也写稿子，却卖不出去。忙忙碌碌而无所收获，不仅如此，小林还无双亲，无妻子，也没有朋友。他生活贫困，居无定所，像一个流浪汉，整日为了面包奔波，没任何余裕。"像我这样的人，说不定生来就是到处漂泊的命。怎么也安定不下来。即使自己想安静，这个世界却不让我安静。真残酷。除了逃往他乡之外，还有什么办法？"① 所以他对社会不满，爱发牢骚，爱骂上流社会，是"善良贫民的同情者"，如在《明与暗》中，小林对津田说："我总是同情下层社会的人，把他们看成兄弟姐妹。他们在相貌上比上流社会的人都好。至少是'陶然自乐'，没有沾染上流社会那种傲慢的习气。"② 他喜欢看陀思妥耶夫斯基的小说，极为赞赏陀氏的观点，如他对津田说："俄国小说，特别是看过陀思妥耶夫斯基小说的人一定该知道，不管人多么下贱，又多么没有受过教育，有时从这个人的口中，也会像泉水般流出催人泪下的毫无虚饰的至纯至精的感情。"③ 森田草平谈到，漱石与陀思妥耶夫斯基有着类似的人生观。漱石喜欢陀思妥耶夫斯基的作品，读过陀思妥耶夫斯基的《白痴》、《罪与罚》等作品。《明与暗》中小林与《罪与罚》中的拉斯科尔尼科夫人物类似。拉斯科尔尼科夫本来是心地善良、热情正直的青年，他父亲过早去世，在贫穷生活的折磨下，变得阴郁、孤僻。他对社会的贫富悬殊极为痛恨。穷人过着地狱般的生活，在苦难的深渊中挣扎、呻吟；有钱有势的人逍遥自在，腐化奢侈，做着伤天害理的勾当。拉斯科尔尼科夫找不到工作，饥肠辘辘，陷入走投无路的境地时，用斧头砍死了一个放高利贷的老太婆。拉斯科尔尼科夫的形象集中表现了市民阶层的绝望与反抗。最后他受到良心上的折磨，投案自首，被流放到西伯利亚服苦役。在服刑期间，他阅读圣经，他的灵魂得到了净化，获得了新生。陀思妥耶夫斯基强调宗教的拯救力量，表明只有基督的仁爱、宽恕、忍耐精神，才能消除人世间的罪恶，才能使人类脱离苦海。在《明与暗》中

---

① ［日］夏目漱石：《明与暗》，林怀秋、刘介人译，海峡文艺出版社1984年版，第71页。
② 同上书，第72页。
③ 同上书，第69页。

我们也看到日本和俄罗斯社会的环境相似。但作者对于贫困的年轻人如何生存的问题有自己的认识。

作品中描写小林有一次在肮脏的小酒馆宴请津田时,他压低了声音对津田说身边有警察在跟踪他,监督他的言行。津田指出:"像你这样胡乱说上流社会的坏话,很快会把你当成社会主义者。"但小林不以为然地说:"比起我来,装作高级的你们这些人更坏,到底谁应该让警察拖去,你想想看吧。""也许你根本就没有把这些力工和搬运工人当人看待"。"他们比你和侦探真不知有多纯真的崇高素质。只是他们那人类的美德,让贫穷这种尘埃给污染了。"津田很清楚,小林替贫民辩护,实际也是在为他自己辩护。他不愿和小林争辩,原因只是怕在众人面前伤了他的体面。小林曾在阿延面前为自己辩护:"既无亲人又无朋友。也就是没有人世生活。广而言之,也可以说是非人般的生活。""我是为了让人讨厌而活着的。故意说些让人讨厌的话,办些让人讨厌的事。不这样干,我就难受,就活不下去,就不能使人知道我的存在。"① 当他看到阿延的眼睛里放射出憎恶的冷光时,他又辩解道:

> 我只是向夫人说明,我不是从狭窄的心胸出发来报复的。老天爷命令我成为这样让人讨厌的人,所以没有办法,才特意解释给您听的。我想让您了解,我一点没有卑劣的目的。请您了解我从一开始就没有目的。可是老天爷也许是有目的的。而且它那目的也许正在支配着我。被它支配一事,也许就是我的宿愿。②

这段话是与作品主题有关的寓意或者伏线。"没有人世生活","非人般的生活",小林内心发出的苦闷,也就是作者的认识,这种表现不仅是对现实的批评,同时也是漱石慈悲情怀的表露。

津田做完手术之后要去温泉疗养,在走之前,留给去朝鲜谋生的小林一笔费用。除了念及旧情外,还谈到他这样做是出于人道主义,原因是小林的生活过于困难。津田跟阿延解释道:"小林既非迟钝也并非混蛋,就

---

① [日]夏目漱石:《明与暗》,林怀秋、刘介人译,海峡文艺出版社1984年版,第177页。

② 同上书,第179页。

是因为赚不到钱才对社会不满"，"并不是说他不好而是境遇不好"，"总之是个不幸的人"。当小林接到津田资助他的路费后，感动得流泪。他从这些钱中，拿出三分之一分给了比自己生活更窘迫的朋友原君。之后把自己的朋友原君介绍给津田，并且拿出原君的一封长信给他看。原君是位追求艺术的青年，父母双亡，住在冷漠吝啬的叔父家，犹如生活在牢狱。书信的最后部分这样写道：

> 我只能认为在这个世界的人，只有我一个人被恶魔缠身，于是我更可怕了。并且有时我简直要疯了。不，我已经是疯子了吧。我这么一怀疑就更恐惧得不得了。在土牢中受磨难的我，岂只是没有阳光，我觉得我连手脚都已经没有了。因为虽然是举手动脚了，但周围是一片漆黑。因为无论我怎么诉说，又厚又冷的墙壁挡住了我的声音，谁也听不到啊！我是天底下如此孤单的一个人，没有朋友，就算有也和没有一样。因为不会有那样一个头脑能触及像我这样一个幽灵似的人的心境。我太痛苦了，才写这封信。我不是为了求助才写的。我了解您的境况。我丝毫没有从你那里得到补助之类的念头，我只想把我的痛苦中的一小部分，传达给流动在您那血管中的情谊的血流中，能在那里激起少许同情之波，我也就满足了。因为根据这一点，我可以确证我还是人世间的一员仍存在于社会中。在这恶魔的重围之中，难道就不能有一丝光亮传到那广漠的人间中去吗？现在，我甚至怀疑这个了。那么我就想用您是否有回音来解开这个疑难。①

在"土牢中受磨难"的生活，"又厚又冷的墙壁挡住了我的声音"，因没有安慰、没有温暖、没有关心，这切齿扼腕之痛苦，深深打动了津田，他读完这封信后感到"简直有隔世之感"。接着作者这样描写津田的心理："他总有些惊异。直到今天他只是展望着前方，认为这就是世界。然而现在他却不得不立即向后方回顾了。然后注视与自己不同的存在。于是在凝视着那至今未遇到过的幽灵般的人物时，产生了'啊，这就是人生'的心情。他眼前出现了这样的事实：关系极远的东西都变成了关系

---

① ［日］夏目漱石：《明与暗》，林怀秋、刘介人译，海峡文艺出版社1984年版，第365页。

极近的东西了。"① 可以说这里是漱石对弱势群体的深切同情。在前一部
小说《路边草》中,当建三想起姐姐那副猫一般缩着下颚、喘不上气来
的痛苦样子,以及哥哥那张特有的惨白而干瘦的长脸时,有过类似的感
叹:"建三没法忘记在自己的背后还存在这样一个天地。平时对他来说,
这个天地已经是老早以前的事了,可是,在特定的情况下,又会猛然出现
在自己的眼前。"② 这是漱石对他们的真诚、深挚的关爱。

何乃英认为就作品的客观效果而言,由于小林的出现大大拓宽了小说
的领域,丰富了小说的思想,使小说对生活的描写从"家庭"的矛盾扩
展到"社会"的矛盾。③ 漱石创作《明与暗》时,日本社会矛盾日益彰
显。宫岛资夫的小说《矿工》出版,大杉荣和堺利彦为其写了序言。该
作品和漱石 1907 年创作的小说《矿工》同名,但所写的内容完全不同。
它是描写工人反对资本家的剥削,成为日本工人文学的先声。濑沼茂树指
出,漱石《明与暗》中的小林是"大杉荣式的人物"。大杉荣、堺利彦和
幸德秋水同被称为日本早期社会主义思想先驱者,他们受欧洲无政府主义
思潮的影响,在极权统治下,他们对国家机器满怀仇恨,反对侵略战争。
1903 年 11 月成立平民社,发行周刊《平民新闻》,倡导"平民主义"、
"社会主义"、"和平主义"。1911 年 1 月 18 日,日本统治者以"大逆事
件"为罪名宣判了幸德秋水等 24 人死刑,次日其中半数改判无期。面对
死刑幸德秋水泰然自若,在当日用汉文写下了一首绝笔诗句:"区区成败
且休论,千古唯应意气存。如是而生如是死,罪人又觉布衣尊。"④ 天皇
政府的暴行,激起了日本和世界的强烈抗议。这一年 1 月 21 日,《大阪朝
日》报道,美国作家杰克·伦敦说:"只有对幸德秋水等人宽大处理,才
能表明日本是个文明国家。"与漱石一起供职于《朝日新闻》的诗人石川
啄木悲愤地写道:"……日本完了。"他撰写了《时代闭塞的现状》一文,
呼吁"我们青年人首先要把'强权'——独裁政府明确地看成'敌人',
向'时代闭塞的现状''宣战'"。然而他连在自家报纸上发表这篇文章的

---

① [日]夏目漱石:《明与暗》,林怀秋、刘介人译,海峡文艺出版社 1984 年版,第 368
页。

② 同上书,第 369 页。

③ 何乃英:《〈明与暗〉——夏目漱石创作的新突破》,《日语学习与研究》1992 年第 4 期,
第 38 页。

④ 网址:http://book.kantsuu.com/200912/20091223105730_ 168571. shtml。

权利都被剥夺了。① 谢野晶子也发出了愤怒呼声，激烈批评日本独裁政府。对于幸德秋水事件，也有人认为他们过于激进，缺乏远见和策略，是属于盲目蛮干，是不可能胜利的，这就是他们悲剧的原因所在。"新佛教同志会"的高岛米峰和衫村楚人冠是幸德秋水的好友。幸德秋水于 1911年被作为乱臣逆子判死刑前，高岛米峰受托出版秋水在狱中所写的《基督抹杀论》，并在《新佛教》杂志上发文批评他们"只知为肉体去求面包，不如为心灵去求面包"。该文的末尾附了幸德秋水最后的书信："两三天前，读了衫村楚人冠的《其迹》，不胜同情，因为幼而孤的境遇和我非常相似，但后半生却和我完全相反。"② 衫村楚人冠比漱石早四年入朝日新闻社，他们关系很密切。在出席报社每月两次的聚会时，衫村楚人冠经常邀请漱石共进午餐。在漱石的回忆中，他们聊的净是闲话，免得生是非，艺术啦政治啦什么的从来不谈。从反面可以窥见当时政治环境的严酷性。幸德秋水在被判死刑的 3 年前，曾在漱石的前三部曲《从此以后》中出现过，说他时刻被警察跟踪监督。爱说上流社会坏话的小林也时常被警察跟踪，所以说小林身上也有幸德秋水的影子。小林和津田本质上是一致的，但思想和言行又有不同，如小林和津田分手时，小林说：

> "看你的意思是永远把我的劝诫置之度外呀！"
> "老实说，也就是那种意思吧。"
> "好吧，谁胜谁负等着瞧吧。小林的启发总不如让事实本身惩戒更为直接而切实，好啊。"③

津田认为："是非曲直且不去说就是为了这口气他也必须舍弃像小林这类人物的思想和议论。"津田在去温泉途中的一番议论寓意深刻：

> 就现在来说仍然是怎么做都可以的。只要想成为一个"真正以治疗为目的而来的客人"，是可以做到的。愿意与否，完全是你的自

---

① 李国栋：『魯迅と夏目漱石——悲劇性と伝統』，明治書院 1993 年版，第 199 页。
② ［日］幸德秋水：《基督何许人也——基督抹杀论》，商务印书馆 1982 年版，第 98 页。
③ ［日］夏目漱石：《明与暗》，林怀秋、刘介人译，海峡文艺出版社 1984 年版，第 372页。

由。自由无论何时都是幸福的。但问题却永远得不到解决，所以才感到不足。因而你想放弃那自由吗？你的未来还没有成为现实啊！它比你过去曾经遇到的那一线之谜，或许更要神秘多少倍啊！为了解开过去的谜，而把自己所想的要求于未来并放弃今日的自由，你这样做是愚蠢还是聪明呢。①

"将不可能的事变为可能那就是自由，津田明知道自由不可能，但又不放弃挑战。可是追求自由的方式绝不是戏剧化的，而是渐进的。既追求自由又要履行责任，并且即便屡遭失败，也要不懈地追寻他所憧憬的自由。"② 就是说津田不放弃对自由的追求，但不赞成用小林那样的方式去追求自由。小林和原君是生活贫穷的知识青年，他除了言论上的反抗之外，没有任何过激行动。漱石描写他们的目的，是关心像小林和原君这样的年轻人如何生活得更好，他们该有满意的工作、温暖的家庭和幸福的生活。他希望融合社会和个人之间的矛盾，正如俄国著名作家安德列夫曾经说："我们的不幸便是大家对于别人的心灵、生命、痛苦、习惯、意向、愿望，都很少了解，而且几乎全无。我是治文学的，我之所以觉得文学的可尊，便因其最高尚的事业，是在拭去一切界限与距离。"③

第三节　则天去私

1914 年，漱石在作品《心》中塑造了一个因利己主义而走向自杀的人物形象——先生。写完《心》之后，在漱石与弟子们的周四聚会上，他就生与死的问题发表了自己的看法，说自己不想自杀，能活着就尽量活着。虽然讨厌生的苦痛，勉强地活着直到死更珍贵。一个人选择死不是悲观而是厌世。他认为痛苦的生不如幸福的死，这与他的生死观不矛盾。漱石对待人生绝不悲观，人生来有自身的弱点，所以要珍惜生命。漱石的晚年作品，主要探讨生与死的问题，在随笔《在玻璃窗户的里面》中，他

---

① ［日］夏目漱石：《明与暗》，林怀秋、刘介人译，海峡文艺出版社 1984 年版，第 388 页。

② ［日］竹盛天行编：『夏目漱石必携Ⅱ』，学燈社 1982 年版，第 155 页。

③ 《中国比较文学研究资料 1919—1949》，北京大学出版社 1989 年版，第 387 页。

对有过一段痛苦遭遇的女士，回答了"是生好还是死好"的问题。漱石认为，死比生可贵，死是过着不愉快生活的人所能达到的至高无上的境界；同时，他又按照千百年来形成的习惯执着于生，继续生活下去。

他在给一个青年的回信里表达了类似的生死观：

> 我认为意识是生命的一切，但不认为意识是我的一切，即使死了仍有自己。而且认为死后才能还原为自己的本来面目。我现在不想自杀，恐怕只要能活就活下去，并在生活过程中像普通人一样发挥自己生就的弱点。因为我认为这就是生活。我厌烦生的痛苦，同时最厌烦从生转到死的更厉害的痛苦，所以不想自杀。另外，我选择死不是悲观，而是厌世观。悲观和厌世的区别，我想你也知道。我不想在这个问题上打动别人，即不希望以自己的力量使你这样的人具有和我一致的看法。可是你有相当的思考力和判断力，如果得出和我同样的结论，也是没有办法的。我看到你的信，既不特别吃惊，也不特别高兴，毋宁说是悲哀的。想起像你这样的年青人在思考这类问题，我感到非常可怜。然而，你若和我同样认为死亡是人最幸福的归宿，我便不觉得可怜，也不觉得悲哀，反而十分高兴。①

漱石让《心》中的主人公"先生"自杀，但作者本人并不想自杀。他心灵深处有一种生理和精神上进退维谷的困境。弥补生理和精神的对立，让本来的自我死而复生，但难以忍耐选择死的痛苦。那么人应该选择怎样的生之道为好呢？这就是漱石"则天去私"的积极人生观形成的背景。"则天去私，圆融洒脱地应对世事，是先生多年以来思考的问题。这表现在，他对人的利己主义异常敏感且为此苦恼。先生的作品中塑造了各种各样的人物形象来表现利己主义的危害，晚年的作品对这个主题逐渐深化。从这个意义上来说，他晚年作品表现宗教意识，其目的也是为了去私欲，这不仅仅是艺术描写的问题，也是先生的生活准则。"② 这是安倍能成的《追忆漱石》著作中的一节。"则天去私"标志着漱石人生的最高追求，同时也是他的文艺理念。漱石在对弟子们谈到"则天去私"时说，

---

① 转引自 http://sakuran.bokee.com/5826104.html
② ［日］佐古纯一郎：『夏目漱石論』，審美社 1978 年版，第 92 頁。

如若自己再次站在大学讲坛，他希望给学子讲"则天去私"的文学观。漱石特意提到了《傲慢与偏见》这部作品，他认为作品的主题，对比描写与反讽的艺术特色、心理刻画等方面都值得借鉴。漱石晚年还提出了道破他整个文学创作实质的名言"是伦理性的，才是艺术性的；真正艺术性的东西，必须是伦理性的"。①

　　1916年10月9日的周四聚会上，松冈让记录了漱石和弟子们交谈有关"宗教问答"的内容，这和"则天去私"不无关系。漱石谈到人要顺其自然，提出了"柳绿花红"一词，举例说，假如看到自己的女儿一只眼睛失明了，也能平静地看待。② 弟子们听了漱石的这一番话，反应是"先生太残酷了"。但是漱石想说的，不是控制感情，也不是感情迟钝。任何事情像"柳绿花红"那样保持本来应有的样子，哪怕是很残酷的事情也不觉得大惊小怪。他指出："大凡真理都是残酷的。"并继续回答说："人经过相当程度修行的话，会到达那种精神境界，但肉体的法则，是很难实现精神上的完全觉悟。即使在头脑中能够克服死的惧怕，但临到死时还是厌恶死，这就是人本能的力量。"有弟子问先生："悟道会被本能打败吗？"漱石的回答："并不是那个意思。由此看来，那完全是由个人控制的事吧。在这点上是需要修行的。表面上看这样做就是逃避，实际上是人生中最严肃的态度。"③ 当然，漱石并没有认为自己达到了"则天去私"的境界，也不是简单地表现这种境界，这是漱石晚年的个人追求。在"宗教问答"中，漱石对于松冈让所问的"自力"问题，他回答说："自力也好他力也好，那都是佛教味十足的用语，两方面的界限好像非常分明，实际上容易误解。"④ 漱石有时主张通过自力的修养而不是他力，例如"志向于道"等似乎是指禅道，而"按照自然，遵循普遍的大我"的表现，可以认为是他力的救助。在漱石的观念中，自力和他力两者兼有，即依照他力行动，依靠自力修养，但"则天去私"的自力和他力的关系以及"天"的内在性和超越性等问题都不是很明确，或许"则天去私"也是漱石未完的思想。松冈让在他的《漱石先生》一书中写过这样的话：

---

① 李国栋：《夏目漱文学之脉研究》，北京大学出版社1990年版，第66页。
② ［日］松冈譲：『現代仏教』，現代仏教社1933年版，第103页。
③ ［日］佐古純一郎：『夏目漱石論』，審美社1978年版，第97页。
④ ［日］水川隆夫：『夏目漱石と仏教——則天去私への道』，平凡社2002年版，第172页。

"关于'则天去私'论，众说纷纭。通常都是解释为去掉小我，遵从大我。我感到那样的解释并未完全表达出本意。"就是说，漱石的"则天去私"含有去掉小我遵从大我这种追求，但问题是所谓的"大我"又是指什么？他认为漱石的"大我"指崇高的人格观念。①

漱石晚年再度关心起东洋文化。1916 年 1 月 1 日《朝日新闻》连载的《点头录（一）》中，漱石谈到唐代赵州和尚 61 岁开始志向于道，直到 120 岁谢世前向众人传道。然后他说："人的寿命不是自己期待的那样，根本不能预测。我虽然多病，但离赵州（和尚）初发道心还早十年，即使活不到 120 岁，我认为尽我余生而努力，还能做点贡献。因此，在我天寿的许可内，要学习赵州和尚，专心致志做事。模仿古代佛教人士和长命都不是自己的本意，羸弱的身体，更让我感恩我未来的时日，希望尽我所有的天分。"② 还有漱石对良宽书画的爱好。良宽无论书画还是汉诗，都呈现出一个澄清、高洁的世界，尤其是良宽的汉诗，无视韵律自由自在地表达，朴素的格调、孤独的情致，并且不乏伦理要素，对自然的描绘也是独具特色，达到伦理和自然的统一。漱石追求"则天去私"思考着如何去私时，良宽追求的精神给了他很多启迪。漱石晚年的《路边草》和《明与暗》与良宽的影响分不开。"漱石晚年'则天去私'的"天"与良宽的'自然'有些类似"③。若是"则天去私"中，把"去私"看成"开悟"的话，去私也就没有必要。正因为人的私难以去掉，所以才有去私的必要。良宽作为禅僧，一生也是在难以去私和想去私这一矛盾中痛苦着，漱石也是如此。

"则天去私"被多数评论家当作一个佛教用语来理解，不可否认佛教思想对漱石的影响，而且"去私则天"一词很容易让人联想到亲鸾晚年的名言"自然法尔"。"自然法尔"和"则天去私"都主张去掉人为的"技巧"，信赖"自然"的天理。"自然法尔"中，"自然"即"法尔"，"法尔"即"自然"，两者意义相同。不加任何人为造作的、处于自然的、完全他力的状态，跟老庄的思想相似，是在无我的世界中看众生，不分彼此，自然流露出来就是慈悲。"自然法尔"和"则天去私"两者的共通性

① ［日］佐古純一郎：『夏目漱石論』，審美社 1978 年版，第 95 頁。
② ［日］竹盛天行編：『夏目漱石必携Ⅱ』，学燈社 1982 年版，第 6—7 頁。
③ ［日］佐藤泰正、吉本隆明：『漱石の主題』，春秋社 1986 年版，第 251 頁。

并非偶然，与儒教、老庄思想和禅宗影响分不开。"则天去私"中"天"等于"自然"，"是内在的'自然'，同时也是作为救助者的一种超越性的'自然'"。① 但是，漱石"则天去私"的世界，并不是表意上的人格实在者，如"遵从大我"、"遵天命"等，这些只是漱石观念的认识。

"则天去私"的含义丰富，它还蕴含着基督教精神。陀思妥耶夫斯基文学中体现出的基督教观"是一种积极的、行动的基督教"，"与破坏性的自私自利相对立的，依据耶稣，乃是一种相互帮助、相互给予、相互奉献、相互爱护、相互宽恕的基本态度。这种积极的爱的基督教使人发生改变。它不仅具有一种个人的维度，而且也具有一种政治—社会维度……是一种建立在每一个人的精神尊严之上的平等；是一种克服现代人的疏离和孤独的博爱。"② 漱石"则天去私"的追求与陀思妥耶夫斯基的追求极为类似。漱石晚年多次对他人提到的关心入道，如 1913 年 10 月 5 日漱石给和辻哲郎的信中表达自己"志向于道"。"我现在关心的是入道问题，即便是淡然的言辞，但愿望是强烈的。没有热情就难以入道。"③ 此种情况下的道，并不意味着是宗教的生活方式。但毫无疑问，漱石拥有严肃的求道心。"则天去私"观念就是他的道心的体现。《约翰福音》开篇就说："太初有道，道与神同在，道就是神。这道太初与神同在。""真正的宗教是给某人幸福的东西，是那种唯一在尘世中永远赋予人真正生存、价值和尊严的东西。"④ "人类不是注定要受苦受难的，然而，在尘世的任何地方、任何时候，只要他自己愿意，他就可以随时随地分享尘世间的和平、安宁与极乐，从而降临到他的头上。但这种极乐不能依靠外力，也不能借助这种外力的奇迹，而是必须用他自己的双手亲自抓住它。"⑤ 这和漱石对宗教的认识相同。漱石在 1916 年 10 月 6 日做汉诗说自己"非耶非佛又非儒，穷巷卖文聊自娱"，此汉诗表明他不是倚靠某种宗教，同时也正说明漱石受东西方多元宗教的影响。

---

① ［日］水川隆夫：『夏目漱石と仏教——則天去私への道』，平凡社 2002 年版，第 174 頁。

② ［德］汉斯·昆、瓦尔特·延斯等：《诗与宗教》，李永平译，生活·读书·新知三联书店 2005 年版，第 257—258 页。

③ ［日］竹盛天行编：『夏目漱石必携Ⅱ』，学燈社 1982 年版，第 84 頁。

④ ［德］费希特：《极乐生活》，于君译，光明日报出版社 2009 年版，第 3—35 页。

⑤ 同上书，第 61 页。

　　"则天去私"理论亦是漱石自然观念的发展，包含了人性的"自然"。这是漱石思想的重要内容，此种意义的"自然"是指本应如此的状态及事物固有的、内在的规律性。这种对人本身的自然性的探讨贯穿于作者整个文学创作过程，成为其作品永恒不变的主题。漱石的小说《明与暗》，就是这种心态下的作品。漱石在他的作品中是如何阐释他的"则天去私"的呢？他最后未完作品《明与暗》给了我们启示。高见顺指出："'则天去私'不能简单地理解为漱石放弃人间救助的悲愿。"在《明与暗》的结束部分，登场的新女性人物清子，真诚、纯洁、质朴无伪，是作者钟爱的形象，是漱石"则天去私"观念的艺术形象。《明与暗》中虚荣心盛的阿延耍尽心机，受到作者的批评和嘲讽。自1915年，漱石追求一种"无我"境界。在漱石这一年的京都旅行中，对招待他的津田清风和他的妻子谈到"无我"一词。他的观点是"无我"并非放弃了"自我本位"的立场、否定自我的存在，而是抛弃自我中心，"既发展自己的个性，也要尊重他人的个性"。

　　漱石倡导"则天去私"，就是追求人的纯洁无瑕、优雅平和，它是美德，是仁慈。辜鸿铭的箴言可以对"则天去私"做一个绝好的注脚："人，只要做到无私和仁慈——那么不论你是犹太人、中国人还是德国人，也不论你是商人、传教士、军人、外交官还是苦力——你都是一个基督之徒，一个文明之人；但假若你自私和不仁，那么即使你是全世界的皇帝，你也是一个乱臣、贼子、庸人、异教徒、蛮夷，乃至残忍的野兽。"①在黑暗现实面前，在信仰危机时代里，"则天去私"观念充分展现了晚年漱石对精神救赎的渴望：去私向善，人人相爱，这些是建立理想社会不可或缺的道德准则，也是人类走向自由和精神救赎的必由之路。

---

　　①　辜鸿铭：《东方智慧》，北京大学出版社2010年版，第205页。

结 语

漱石是日本近代文学史上最有精神气魄的知识型作家，同时也是充满神圣使命感的思想家。漱石文学是真、善、美、庄严的统一，其文学理想是教给平民生存的意义，塑造独立自主的自由人格。尽管有日本评论家认为，在当时的历史条件下，这只是漱石的幻想而已，因为这样做是很困难的，但他始终坚持自己的理想信念。他一边倡导"文学即人生"，一边追求诗意般洒脱的"非人情"。前者如崇山峻岭，惊心动魄，后者如春花秋月，怡心养性，从而使自己的作品达到了刚性美和柔性美的完美结合。

漱石的作品洋溢着强烈的人道主义情感和炽热的改良社会之愿。他提倡良知和正义，主张尊重个性、肯定自我，在尊重自我自由的同时，尊重他者的自由和个性。他批判现实中存在的黑暗与虚无，并探求超越虚无的途径，其创作有别于自我幽闭者的哀怨，也有别于犬儒式的冷漠。吉本隆明在《漱石的主题》中指出："对隐形或无形的'空虚'和'压迫'，如果人们都保持沉默，就是现代文明开化中最大的'苦恼'，保持沉默，即照单接收，就是认可冷漠和无情……哪里存在现代文明开化的'空虚'而没有被表现出来，哪里就不会产生真正的文学艺术。"① 尽管漱石无力改变现实，但是，他将现实的黑暗与空虚表现出来，这就是他的最大成功。

漱石站在人人平等的立场上，关注妇女地位和命运，除批判"恶女"之外，也展示被侮辱被损害的善良女子，抨击违背自然法则的婚姻陋习。漱石根据自己对女性的认识塑造了三类不同的女性形象，即理想型、险恶型和觉醒型，体现了他在特定语境中对女性伦理道德的评判。尽管夏目漱石对女性有许多偏见，但在争取男女平等、婚姻自由等方面，代表了时代

---

① 〔日〕佐藤泰正、吉本隆明：『漱石の主題』，春秋社1986年版，第284—285頁。

的进步思想。漱石的创作跳出了单一的平面描写模式，在迷茫中不断探求
女性生存的意义。

　　漱石文学关注人的终极意义，宗教文化精神成为他思想的一大资源。
宗教始终与真、善、美、道德、良心、宽容等联系在一起，是对自由、平
等、博爱的宣扬。宗教也是规避人自杀和发疯的途径。漱石是一位彻底的
无神论者，对于宗教形式以及神佛崇拜，他保持理性的批评精神，反对神
佛崇拜，追求自由和独立。但是，也不可否认，漱石是最具有宗教性的作
家，他不断追求宗教的自觉性，正如文学评论家佐藤泰正精辟地指出：
"拥有知性拒绝神，同时又有虔诚的信徒般宗教情感的漱石，看似矛盾，
实际上是统一的。对纯洁"信仰"的共感和对神的反叛并存，成就了漱
石文学。"① 可以说，对神佛的拒绝体现了漱石诗性的浪漫豪情，对虔诚
信仰的共感体现了漱石的正义感、伦理感和超越意识。

　　老舍说过："从古至今，那些能久传的作品，不管是属于哪一派的，
大概都有个相同之点，就是它们健康、崇高、真实。反之，那些只管作风
趋时，而并不结实的东西，尽管风行一时，也难免境迁书灭。"② 漱石文
学的价值和意义也在于此，它包含了对伟大的向往，对崇高的敬畏，对信
仰的热忱，以及批判的勇气和人道情怀，既是荡涤烦恼、恢复心灵自由的
艺术，又不失其为理想而抗争的"执着"本色。

---

① ［日］日本基督教学会编：『日本基督教与文学』，教文館 1983 年版，第 158 页。
② 老舍：《老舍文集》第 15 卷，人民文学出版社 1980 年版，第 546 页。

参考书目

日文版

夏目漱石：『漱石全集』，岩波書店 1937 年版。

駒尺喜美：『漱石——その自己本位と連帯』，八木書店 1970 年版。

太田登等：『それから——漱石作品論集成第六巻』，桜楓社 1991 年版。

日本基督教学会編：『日本基督教与文学、神学』，教文館 1983 年版。

水川隆夫：『漱石と仏教—則天去私への道』，平凡社 2002 年版。

佐古純一郎：『夏目漱石論』，審美社 1978 年版。

滝沢克己：『漱石の「こころ」と福音書』，洋々社 1975 年版。

坂本郁雄：『鑑賞漱石語録』，桜楓社 1980 年版。

吉川幸次郎：『吉川幸次郎全集』（第 18 巻），筑摩書房 1970 年版。

佐藤泰正：『夏目漱石論』，筑摩書房 1986 年版。

李国棟：『魯迅と夏目漱石——悲劇性と文化伝統』，明治書院 1993 年版。

松岡讓：『現代仏教』，現代仏教社 1933 年版。

磯田光一：『思想としての東京』，国文社 1978 年版。

佐藤泰正、吉本隆明：『漱石の主題』，春秋社 1986 年版。

瀬沼茂樹：『夏目漱石』，東京大学出版会 1962 年版。

出久根達郎：『漱石先生の手紙』，日本放送出版協会 2001 年版。

唐木順三、柄谷行人等：『夏目漱石全集別巻』，筑摩書房 1979 年版。

竹盛天行編：『夏目漱石必携 II』，学燈社 1982 年版。

柄谷行人：『漱石論集成』，平凡社 2001 年版。

安東章二：『私論夏目漱石——「行人」を基軸として』，桜楓社1995年版。

小宮丰隆：『夏目漱石』，岩波書店1938年版。

夏目鏡子：『漱石の思ひ出』，角川文庫1979年版。

小宮丰隆：『漱石の芸術』，岩波書店1942年版。

小森陽一：『漱石を読みなおす』，ちくま新書1995年版。

江藤淳：『現代文学』，講談社1974年版。

中文版

[日] 夏目漱石：《我是猫》，于雷译，译林出版社1998年版。

[日] 夏目漱石：《哥儿·草枕》，陈德文译，海峡文艺出版社1986年版。

[日] 夏目漱石：《梦十夜》，李振声译，广西师范大学出版社2003年版。

[日] 夏目漱石：《十夜之梦·夏目漱石随笔集》，李正伦译，华东师范大学出版社2008年版。

[日] 夏目漱石：《三四郎》，吴树文译，上海文艺出版社2010年版。

[日] 夏目漱石：《夏目漱石小说选》（上、下册），张正立等译，湖南人民出版社1984年版。

[日] 夏目漱石：《心·路边草》，周大勇、柯毅文译，上海译文出版社1988年版。

[日] 夏目漱石：《明与暗》，林怀秋、刘介人译，海峡文艺出版社1984年版。

[日] 泽信祐：《日本近代作家介绍》，寒冰译，国际文化出版公司1985年版。

[德] 卡尔·雅斯贝尔：《尼采其人其说》，鲁路译，社会科学文献出版社2001年版。

[法] 米歇尔·福柯：《权力的眼睛——福柯访谈录》，严锋译，上海人民出版社1997年版。

[法] 米歇尔·福柯：《疯癫与文明——理性时代的疯癫史》，刘北成、杨远婴译，生活·读书·新知三联书店1995年版。

程麻：《沟通与更新——鲁迅与日本文学的关系发微》，中国社会科学出版社 1990 年版。

李赋宁:《英国文学论述文集》,外语教学与研究出版社 1997 年版。

[德] 歌德:《歌德谈话录》,朱光潜译,人民文学出版社 1978 年版。

[德] 歌德:《论文学艺术》,范大灿等译,上海人民出版社 2005 年版。

[德] 弗里德希·威廉·尼采:《查拉图斯特拉如是说》,中国社会科学出版社 2009 年版。

叶渭渠、唐月梅:《20 世纪日本文学史》,青岛出版社 2004 年版。

李国栋:《夏目漱石文学主脉研究》,北京大学出版社 1990 年版。

何少贤:《日本现代文学巨匠夏目漱石》,中国文学出版社 1998 年版。

林少阳:《文与日本的现代性》,中央编译出版社 2004 年版。

《中国比较文学研究资料 (1919—1949)》,北京大学出版社 1989 年版。

韦政通:《伦理思想的突破》,中国人民大学出版社 2005 年版。

[丹麦] 索伦·克尔凯郭尔:《非此即彼》,陈俊松、黄德先译,光明日报出版社 2007 年版。

[德] 尼采:《论道德的谱系》,周红译,生活·读书·新知三联书店 1992 年版。

[日] 小森阳一:《村上春树论——精读海边卡夫卡》,秦刚译,新星出版社 2007 年版。

[法] 加缪:《西西弗的神话——加缪的荒诞与反抗论集》,杜小真译,陕西师范大学出版社 2003 年版。

[日] 井上清:《日本现代史第一卷明治维新》,吕明译,生活·读书·新知三联书店 1956 年版。

[日] 中江兆民:《一年有半、续一年有半》,吴藻溪译,商务印书馆 1979 年版。

[德] 费希特:《人的使命》,张珍麟译,光明日报出版社 2010 年版。

何乃英:《夏目漱石和他的小说》,北京出版社 1985 年版。

[日] 井藤省三:《鲁迅故乡阅读史——近代中国的文学空间》,董炳月译,北京大学出版社 2001 年版。

[捷克] 米兰·昆德拉:《米兰·昆德拉全集》,作家出版社 2006

年版。

〔日〕今道友信：《东西方哲学美学比较》，李新峰译，中国人民大学出版社 1991 年版。

〔英〕鲍桑葵：《关于国家的哲学》，汪淑均译，商务印书馆 1995 年版。

〔美〕威廉·詹姆斯：《多元的宇宙》，吴棠译，商务印书馆 2005 年版。

《圣经·马太福音》，汉语圣经协会有限公司 2000 年版。

乐黛云等：《比较文学原理新编》，北京大学出版社 1998 年版。

叶渭渠、唐月梅：《20 世纪日本文学史》，青岛出版社 1999 年版。

〔日〕谷崎润一郎：《阴翳礼赞——日本和西洋文化随笔》，丘仕俊译，生活·读书·新知三联书店 1992 年版。

〔德〕歌德：《歌德箴言录》，武译编，学苑出版社 1993 年版。

〔法〕西蒙娜·德·波伏娃：《第二性》，陶铁柱译，中国书籍出版社 1998 年版。

〔英〕雪莱：《雪莱政治论文选》，杨熙龄译，商务印书馆 1997 年版。

〔日〕柄谷行人：《日本现代文学的起源》，赵京华译，生活·读书·新知三联书店 2003 年版。

〔德〕恩格斯：《马克思恩格斯全集》第 14 卷，人民出版社 1982 年。

〔德〕海涅：《论德国宗教和哲学的历史》，海安译，商务印书馆 1972 年版。

〔美〕威廉·詹姆斯：《宗教经验种种》，尚新建译，华夏出版社 2000 年版。

〔德〕费尔巴哈：《基督教的本质》，荣振华译，商务印书馆 1997 年版。

周国平：《尼采在世纪的转折点上》，上海人民出版社 1986 年版。

〔德〕爱默生：《自然沉思录》，博凡译，天津人民出版社 2009 年版。

〔丹麦〕索伦·克尔凯郭尔：《恐惧与颤栗》，堪肖聿、王才勇译，华夏出版社 1999 年版。

王小波：《我的精神家园》，文化艺术出版社 1997 年版。

〔日〕阿部正雄：《禅与西方思想》，雷泉、张汝伦译，上海译文出版社 1989 年版。

［日］西田几多郎：《善的研究》，何倩译，商务印书馆 1965 年版。

曾繁仁、谭好哲等：《中西交流对话中的审美与艺术教育》，山东大学出版社 2003 年版。

［日］幸德秋水：《基督何许人也——基督抹杀论》，商务印书馆 1982 年版。

［德］费希特：《极乐生活》，于君译，光明日报出版社 2009 年版。

［德］汉斯·昆、瓦尔特·延斯：《诗与宗教》，李永平译，生活·读书·新知三联书店 2005 年版。

［日］夏目漱石等：《日本随笔选集》，周祥仑译，上海译文出版社 1986 年版。

［德］康德：《单纯理性限度内的宗教》，李秋零译，中国人民大学出版社 2003 年版。

鲁迅：《鲁迅全集》，人民文学出版社 2005 年版。

老舍：《老舍文集》第 15 卷，人民文学出版社 1980 年版。

［德］黑格尔：《美学》第二卷，朱光潜译，商务印书馆 1979 年版。

丰子恺：《丰子恺散文》，人民文学出版社 2008 年版。

后 记

最早听说夏目漱石的大名是在我大学时代，我读的第一本日本小说就是他的成名作《我是猫》，看过后有似懂非懂之感，但对作者以嬉笑怒骂、冷嘲热讽的文笔揭露明治社会的丑恶，其幽默讽刺和精辟绝妙的比喻给我留下了深刻的印象，激起了继续阅读夏目漱石小说的兴趣爱好。日后在我回母校山东师范大学读研究生和去山东大学文学院读博士时，我都毫不犹豫地选择以夏目漱石为论题，才一步步逐渐走近这位伟大作家的心灵。我选择和研究夏目漱石，除了源自对他作品的爱好和人格的敬佩外，还深深蕴含着对自身和周边小人物生存问题的关切。夏目漱石的作品像一面镜子，映照出日本近代知识分子的精神创伤，也照出了我们自己的生存境况。今天，终于要出版以我博士论文为基础修改而成的书时，庆幸自己选定了夏目漱石，因为他使我有机会真诚地表达自己某些切实的感受和心声，更重要的是在我跟漱石倾心交流的日子里，让我穿越时空和语言障碍，得到这位大师的"福音"，使我变得眼界开阔，内心丰富，本书权且作为个体生命存在的一段有价值的经历吧。

感谢我的两位导师高文汉教授和佐藤泰正教授。我博士论文的完成与高文汉教授的指点分不开。在论文写作的整个过程中，都凝聚着老师热情的鼓励和悉心指教，对于论文的结构、章节和内容等提出了具体的建议，拓宽了我的思路。老师以其严谨的治学态度和睿智的思想给了我无穷的启迪，使我受益匪浅。佐藤泰正教授是我 2008 年去日本访学时的指导教师。他是日本当代著名文艺评论家、文学教授，被誉为研究夏目漱石的第一人。佐藤先生一生从事研究与教学，既是著作等身的评论家，也是桃李满天下的文学教授。佐藤先生对夏目漱石文学的独到见解使我深受启发。其中，最令我难忘的是先生亲自带我到学校图书馆给我指出要看的书目，甚至对有些夏目漱石论著具体到需要看哪些章节都给予点明。先生对我这样的无名之辈如此热诚关照，确实令我感动不已。佐藤先生作为终身教授，90 多岁依然执教于梅光学院大学研究生院，每当想起先生如此高龄还在默默奉献，就给我无穷的激励，让我不敢懈怠。

感谢山东大学文学院的仵从巨教授，仵教授拨冗参加了我的论文开题报告和毕业预答辩，并以其渊博的学识对我论文的主题、章节之间的逻辑关系等提出了宝贵意见，对论文的提升起到了重要作用。在学位论文答辩会上王汶成教授、傅礼军教授亦给予我热心指教，我还有幸得到了朱德发教授和杨守森教授关于出书时的修改意见，他们的真诚厚意，至今让我感动不已。

感谢齐鲁工业大学领导的关心和支持，使本书得以顺利完成。中国社会科学出版社的张林女士和中国社科院亚太所的朱凤兰研究员，为本书的面世倾注了大量心血，付梓之际，谨表示由衷的敬意和真诚的感谢。

我总觉得"感谢"一词的分量太轻，恩情似海，终生难忘。我唯有在今后的研究之路上以扎实的探索和不断的进步予以回报。

李玉双
2013 年初夏于济南